GW00496496

COLLECTION FOLIO

Jean Rouaud

Comment gagner sa vie honnêtement

La vie poétique, 1

Gallimard

€4-

Jean Rouaud a obtenu le prix Goncourt pour son roman *Les champs d'honneur*. Il a notamment publié, aux Éditions Gallimard, dans la collection Blanche, *La désincarnation* (Folio nº 3769), *L'invention de l'auteur* (Folio nº 4241), *L'imitation du bonheur* (Folio nº 4590), *Préhistoires* (Folio 2 € nº 5354), *La fiancée juive*, *La femme promise* (Folio nº 5056), *Comment gagner sa vie honnêtement* (Folio nº 5497) et *Une façon de chanter*.

« Sur la question de savoir comment gagner sa vie honnêtement, on n'a presque rien écrit qui puisse retenir l'attention. » J'avais noté la réflexion de Thoreau dans un petit répertoire téléphonique rouge tenant dans la paume d'une main, où je collectais pêle-mêle les noms de personnes, peu nombreuses au vrai, qui ne me disent plus grand-chose aujourd'hui, sur lesquelles j'essaie vainement de coller un visage, mais qui peuvent-elles bien être ? à quelle occasion avais-je trouvé utile de solliciter leurs coordonnées ? et d'autres, beaucoup plus connues, auxquelles je n'ai jamais fait faux bond, quand, d'ordinaire, c'est moi qui ne fais pas montre d'une fidélité exemplaire. Et cette permanence du sentiment est liée essentiellement à la notoriété de celles-ci, ce qui pourrait faire de moi un adepte du name-dropping, mais pas au sens où on l'entend couramment, de ces convives qui prennent un vif plaisir à semer tout au long du repas la liste glorieuse de leurs relations. J'étais bien trop pauvre pour m'approcher des lumières du monde, bien trop démuni, et d'ailleurs je n'en éprouvais aucun désir, ces fumerolles alimentées par des émanations éphémères ne m'éclairaient pas, n'étaient d'aucun secours à ma désolation.

Non, en fait, ceux-là, consignés dans mon carnet rouge, je les annexais d'autorité, sans leur demander leur avis. Alors que je n'étais rien, je profitai de mon extrême solitude pour dialoguer avec eux et leur demander conseil et soutien. Et en dépit de leur immense renommée, jamais ils n'ont failli. Ils ont toujours répondu présents. Ils constituent encore aujourd'hui les éléments inamovibles de ma garde rapprochée.

Ainsi à la lettre C, au milieu de quelques adresses auxquelles je ne me suis jamais rendu — mais qu'est-ce que j'aurais bien été faire à V. —, on trouve Chateaubriand (François-René) (vicomte de) Saint-Malo 1768 - Paris 1848. Pas de téléphone, en vis-à-vis, bien sûr, mais il me suffisait de lire la date de sa mort pour entendre le vieil écrivain alité, le corps tordu par l'arthrose et les rhumatismes, réagissant aux coups de canon de la révolution de 1848 qui avaient percé sa surdité, et lâchant dans un dernier souffle : C'est bien fait, à l'attention du monarque exécré qui avait trahi la cause des Bourbons en écartant du trône le souverain légitime, le petit comte de Chambord, baptisé avec l'eau du Jourdain, rapportée dans une fiole par ce même Chateaubriand au retour de son périple à Jérusalem, lequel, vexé peut-être que son eau précieuse n'ait pas fait de miracle, savourait à sa dernière heure, comme un plat froid, ce nouveau revirement de l'histoire qu'il ponctuait par ce mot à double fond. Bien fait pour l'usurpateur, mais aussi, ça qui a été ma vie, ç'a été bien fait. Maintenant que je peux y jeter un coup d'œil terminal, oui, c'est bien fait.

Il était mon tuteur, mon repère et ma force. J'avais pris l'habitude de lire par-dessus son épaule dans le moment même où il rédigeait ses Mémoires, ce qui me rendait témoin de ses emportements, de ses hésitations, de ses envolées, de ses dissimulations, de ses emphases, de ses repentirs. Je le voyais se réjouir d'une longue période, d'une métaphore comme ce « vice appuyé sur le bras du crime », à laquelle il ne voulait pas renoncer bien qu'elle lui compliquât la relation de l'événement, cette simple vision de Fouché aidant Talleyrand à traverser un salon pour rejoindre Louis XVIII, à Gand, car il peinait souvent dans le récit, lequel ne lui est pas naturel, dont il se tire souvent en passant au présent du verbe destiné à le rendre plus vivant, mais il ne tient pas longtemps, et bien vite il s'en échappe en plaçant un rappel historique, ou un commentaire désabusé, avant de reprendre l'imparfait de la hauteur. Je connaissais ses amours, ses mensonges, ses foucades, son ingénuité aussi, quand tout en marchant il laissait glisser sa canne contre les barreaux d'une grille pour les faire sonner, ou quand isolé dans un relais de poste il adoptait un petit chat plein de puces qu'il gardait sur ses genoux tandis qu'il écrivait. J'avais même recueilli le témoignage d'une vieille sœur en 1906 ou 1907, peu après la séparation de l'Église et de l'État, qui expulsée de son couvent de l'Abbaye-aux-Bois se souvenait très bien, alors qu'elle était une jeune novice, de ce vieil homme arthritique, grimpant péniblement les marches du petit escalier menant à la chambre de la toujours divine Juliette, laquelle, aveugle à présent, ne cessait de le regarder avec les yeux de l'amour tandis qu'il lisait ses pages somptueuses devant un parterre choisi de jeunes gens, dont cet Alphonse de Lamartine, qu'à peine sorti de la chambre il traitait, en réponse aux propos flagorneurs du jeune prince romantique, de grand dadais. Juliette qu'il demanda en mariage après la mort de sa femme, et qui refusa. Ne changeons rien, dit-elle.

On trouve aussi Chardin (Jean-Baptiste Siméon) Paris 1699 - Paris 1779. Il vivait à une adresse que je n'avais pas besoin de noter pour la retenir. J'allais le visiter régulièrement au Louvre, du temps que le musée était gratuit le dimanche, ce qui allait bien avec mes moyens, et où je passais un long moment en tête à tête avec la pipe et le saladier débordant de pommes, accrochés dans une petite salle attenante à la grande galerie. Plus tard, profitant d'une tribune que me proposait un magazine, j'ai écrit sur lui afin de témoigner officiellement ma reconnaissance et m'acquitter de ma dette. Je crois me souvenir que je n'étais pas responsable du titre de l'article, mais il n'était cependant pas l'invention d'un secrétaire de rédaction, la phrase était extraite du texte, et elle disait ceci : « Pour les affinités il n'y a pas à chercher loin. Il s'attachait à des sujets tirés du quotidien, aux objets modestes, et il travaillait lentement. Comme moi. C'est comme ça que j'en arrivais à me dire qu'au fond Chardin était un type dans mon genre. » D'où le titre choisi : Chardin, un type dans mon genre. Ce qui n'avait rien de condescendant ou de grivois, ce qui disait simplement cette familiarité que j'avais établie avec lui au cours de ces longues séances de pause où je glissais ma main dans la sienne pour mieux le suivre dans l'exécution d'un reflet argenté. Mais ce qui, quand j'ouvris le magazine, me fit rougir.

Dans ces années où je progressais laborieusement, ligne à ligne, et où je m'attachais à rendre au plus juste l'esprit de mon enfance, les lieux sans charme de ces campagnes de l'Ouest gorgées de vert et de pluie, l'extrême humilité de ses habitants, leur sens de la parole et leur manque de fantaisie, il me convainquait de ne pas dévier de ma voie quand je trouvais ma palette trop lourde, trop collante, et que je l'aurais volontiers échangée parfois contre un paysage toscan et une famille érudite. Ne t'inquiète pas, me disait Chardin. L'art se moque de ce qui brille. Fais comme moi. Fais la sourde oreille. Rends compte le plus honnêtement, le plus simplement, de ce que tu vois. Et si tu sais voir, ce qui implique de fermer les yeux, tu y verras des beautés qui valent largement celles des beaux quartiers. Tu es sûr, Siméon ? (J'aimais bien l'appeler par son troisième prénom que l'on donne généralement à un petit canard jaune dans les livres d'enfants.) Trouver des beautés à ma vieille tante Marie, confite en dévotion, toute sèche et rabougrie ?

Au XVIIIe siècle on classait les artistes selon l'importance du thème traité. On avait placé au sommet de la hiérarchie les peintres d'histoire, ceux dont le nom ne nous dit quasiment rien aujourd'hui et qui n'avaient pourtant pas leur pareil pour faire tenir dans un rectangle panoramique la prise de V. par le maréchal De Quelque Chose, qu'on apercevait dans un coin du tableau, dressé sur ses étriers, minuscule et emplumé, suivant à la longue-vue la bonne exécution du massacre des habitants. Suivaient, en redescendant, les peintres de portrait, puis de scènes de genre, et tout en bas, au dernier échelon, on rencontrait les soutiers de l'art, ceux pour qui on avait créé la mention : Talent dans les fruits et les fleurs. Autrement dit, les peintres du dimanche, les bons à rien d'autre qu'à décorer les trumeaux de cheminée. On m'a casé dans cette catégorie, soupirait Chardin, en regardant par-dessous cette espèce de visière d'imprimeur dont il se coiffait, sans doute pour ne pas être aveuglé, mais aveuglé par quoi ? Par sa pauvre chandelle ? Et il ajoutait : Si ça les amuse.

J'avais résisté longtemps avant de gagner à reculons ce classement infamant. Car enfin, talent dans les fruits et les fleurs, est-ce qu'on peut vraiment se faire valoir en peignant son jardin ? Est-ce qu'il ne vaut pas mieux s'intéresser aux hauts faits d'armes du maréchal De Quelque Chose et aux malheurs des habitants de la ville de V. ? Laisse tomber la marche du monde, me soufflait Chardin. Ceux qui pensent aller à sa rencontre commencent par enjamber les mendiants assis devant leur hôtel particulier en se flattant de garder leur compassion intacte pour les martyrs du lointain. Le monde défile à ta porte. Ne sois pas impatient. Assieds-toi et attends. Apprends à habituer tes yeux à la pénombre des vies obscures et tu verras des formes apparaître, des visages s'animer.

La peinture apaisée de Chardin parlait pour lui, et j'étais tout disposé à le croire, mais de là à suivre ses conseils. Les temps avaient changé, on ne s'éclairait plus à la bougie et on avait inventé plus rapide que le cheval pour se déplacer. Comment lui expliquer que nous étions entrés dans le siècle de la vitesse et du progrès, un peu, vois-tu, comme l'esprit encyclopédique mais en bien plus développé ? Tu n'imagines pas, Siméon, la frénésie qui s'est emparée de nous. On nous force à nous agiter, ça court de tous les côtés. Dans le moment même où la chose est créée on la dit démodée. Notre époque n'est plus disposée du tout à cette patience, à cette lenteur, à cette attention aux choses, à ces personnages d'un autre temps comme ma vieille tante Marie récitant ses rosaires à la chaîne. Comment faire moderne avec ce magasin d'antiquités qu'est mon enfance ? Tu sais ce qu'on demande à un auteur, aujourd'hui, dans ce dernier quart du XXe siècle, pour suivre le tempo du monde et être en phase avec lui ? D'écrire vite, précipité, haché, tout en ellipse et suspension, factuel et concentré. Fini le grand style, les métaphores extravagantes, les envolées lyriques. La phrase doit se réduire à sujet, verbe, et complément en option, si vraiment il n'y a pas moyen de faire autrement. Ce qui donne à la lecture le sentiment d'être dans un embouteillage, de progresser au coup par coup, de s'arrêter à chaque point tous les trois mots, sans jamais pouvoir lancer ses grands chevaux. En fait de vitesse, c'est du moins mon avis, je trouve que ça n'avance pas beaucoup. Mais ils insistent quand même, en bons idéologues qui, quand leur système ne marche pas, décident que c'est justement par manque d'idéologie, qu'il faut en rajouter encore, ce malade finira bien par mourir en bonne santé : enlevez-moi toute cette graisse, disent-ils. Or ce qu'ils appellent la graisse, Siméon, c'est tout ce que j'aime, les adjectifs soyeux, les adverbes traînants, les contournements alambiqués, les antiphrases perfides, les prolégomènes fuyants, tout ce qui retarde la révélation, ces passes de cape gracieuses qui repoussent l'instant de la mise à mort. Mais la mise à mort, franchement, je préfère laisser ça au maréchal De Quelque Chose.

Affublé d'une forte myopie que je me refusais de corriger pour des raisons esthétiques — mais j'avais bien remarqué que Chardin sur ses autoportraits portait des lunettes, ce qui conduit à privilégier une vision de près —, évoluant dans un brouillard permanent qui accentuait mon retrait du monde, je profitais que la petite salle du Louvre n'avait pas de gardiens, occupés à surveiller la cohue de la grande galerie, pour coller le nez sur les petits tableaux du doux maître. Grâce à quoi je repérais des détails de trois fois rien, comme cette gouttelette de vermillon déposée dans le fourneau de la longue pipe en terre blanche, posée à l'oblique sur le bord d'un coffret ouvert, tapissé à l'intérieur d'un velours bleu pâle. Peu à peu je me rendais, me convainquant qu'il me faudrait en passer par là. Et tant pis pour les mots d'ordre qui me serinaient le contraire. C'est à cette fine pointe rougie, à ce résidu de braise dans la pipe de *La Tabagie*, que j'ai allumé les cigarettes que fume le grand-père des *Champs d'honneur* dans sa 2 CV, laquelle est pour nous, avec son allure d'escargot, une apologie de la lenteur.

Ce qui ne voulait pas dire que je tournais le dos au monde contemporain. Il n'y avait là aucune nostalgie, et de quoi, mon Dieu ? De cette enfance pluvieuse ? J'attends encore du lendemain qu'il me rende heureux. Si peu nostalgique que, toujours à la lettre C dans le petit carnet rouge où je compilais mes admirations, on tombe sur Cassavetes (John) New York 1929 - Los Angeles 1989. J'étais sorti de *Love Streams*, son film testamentaire, et le premier que je voyais de lui, dans cet état d'apesanteur, de joie et de bouleversement profond que provoque la rencontre non seulement avec l'insoupçonné, mais avec ce quelque chose qui résonne en soi, et attend d'être sollicité. C'est de l'ordre de l'éveil. Tu peux t'extraire de ta cachette, dit une voix, tu n'es plus seul. Quelqu'un t'a reconnu. Un pan du brouillard se lève, on aperçoit un peu mieux la route devant soi. On marche d'un pas plus léger sur le trottoir après la séance. Et même la rugueuse réalité, qui s'y entend pour reprendre le dessus et nous faire redescendre de nos nuages, ne peut étouffer ce sentiment de la révélation. Car c'est un encouragement à aller là où on ne savait pas que l'on pouvait aller, c'est un passeport pour la liberté. Maintenant à toi de jouer, dit la voix.

Et pourtant l'histoire racontée était à des années-lumière de ma Loire-Inférieure natale. À commencer par le lieu, et ce désespérant beau temps de Los Angeles aux avenues bordées de palmiers. Encore qu'il y pleuve aussi. Me revient cette image, reprise dans une revue de cinéma achetée à la mort du réalisateur, et sans doute est-ce pour cela qu'elle s'impose aussi nettement, de Cassavetes encapuchonné à la hâte, s'empressant de mettre au sec dans sa maison toute la caravane d'animaux rapportés par sa sœur — jouée par son épouse dans la vie, Gena Rowlands —, qui lui a demandé l'hospitalité après une rupture, et qui tente de combler ainsi sa solitude en déversant sur son arche de Noé son trop-plein d'amour. Ce qui nous vaut la vision d'une chèvre dans le salon, dont on se demande un moment si elle n'est pas provoquée par l'abus d'alcool du propriétaire des lieux. Même si d'ordinaire il est plutôt d'usage, pendant une crise de delirium tremens, de voir des lézards et des serpents grimper au mur. Cependant une chèvre sur un canapé, on peut s'inquiéter légitimement de son état. Mais une pluie torrentielle, violente, comme seuls en connaissent les étés perpétuels et les ciels bleus, à faire s'épanouir les fleurs de cactus dans le désert. Sans aucune parenté, ce déluge, avec notre insidieux crachin sous nos ciels anthracite.

Éloigné aussi des gens austères de mon enfance, ce personnage de débauché cynique, centré sur lui-même, ne pensant qu'à son plaisir, capable parfois d'une folle générosité, mais tellement détachée, qu'elle ressortit moins à un élan du cœur qu'au geste négligent de lancer des jetons à pleines mains sur une table de jeu, le même, père occasionnel d'un week-end, n'hésitant pas à laisser son petit garçon de sept ou huit ans, terrifié, seul dans une chambre d'hôtel, pendant que lui va faire sa vie au casino. Or, du jeu, nous ne connaissions que les joueurs de cartes qui se retrouvaient rituellement dans le même café à l'heure de l'apéritif, et aucun d'eux ne se serait jamais aventuré à jeter un centime au milieu de la table. Il y avait bien les parieurs du dimanche, qui faisaient semblant de s'y connaître bruyamment en chevaux après plusieurs verres de vin avalés debout au comptoir, mais leurs mises étaient modestes et n'allaient pas au-delà de la somme minimale qui leur permettrait de rêver toute la journée à un mirifique tiercé gagnant. Quoique, à bien y réfléchir, la débauche ne nous était pas complètement inconnue. Nous avions aussi nos Cassavetes, ces jeunes gens, soudeurs ou fraiseurs spécialisés, qui, après avoir fait leurs classes aux chantiers navals de Saint-Nazaire, partaient à deux ou trois travailler en Allemagne ou en Suisse, ce qui était synonyme de salaires princiers à l'aune de nos existences, et que selon la rumeur ils dépensaient fastueusement dans les boîtes de nuit de la frontière, roulant dans des voitures de sport entourés de filles et ne dormant pas de tout un week-end avant de reprendre leur travail à la première heure de la semaine, bourreaux de vie, mettant la même énergie à souder qu'à s'amuser. Mais le tribut de ces folles équipées fut lourd. Au moins deux d'entre eux, beaux garçons à leur départ du village, moururent prématurément, le visage violacé et boursouflé par l'alcool dont ils avaient emporté avec eux l'habitude excessive de consommation qui était le propre et la fierté de notre région.

Et puis autre chose pour apporter un bémol à notre prix de vertu : il se disait que la petite épouse chétive d'un artisan de la place faisait des passes derrière la chapelle en contrebas du bourg, que des sortes de rôdeurs la prenaient à la tombée de la nuit contre le mur du chevet. Ce qui est peut-être vrai, bien que difficile à croire. Et plus difficile encore d'imaginer que le plaisir ou l'appât du gain ait pu être au rendez-vous dans ce pauvre corps malingre de petite fille. Le mari, à la mine triste et au pied déformé, eut-il vent des activités de son épouse, ou faut-il incriminer le maigre chiffre d'affaires de son échoppe ? Le couple quitta le pays pour une destination inconnue. Ainsi ce courant d'amour dont parle Cassavetes traversait aussi nos maisons, comme par-dessous une porte trop courte un air glacé.

Du film proprement dit, il ne me reste que des images éparses. Il m'aurait été facile de le revoir, mais j'ai toujours hésité de crainte de ne pas retrouver l'éblouissement premier. L'occasion s'est présentée une fois, lors d'un passage à la télévision, mais dans une version si atrocement doublée, le beau John parlant français avec une voix de canard — ce qui doit être une méthode très fine de torture à Guantánamo —, qu'on me fournissait le bon prétexte pour abandonner le visionnage quelques secondes après le générique. Parmi ces bribes de souvenir : un long prologue bavard dans une boîte de nuit, une scène onirique où Gena Rowlands qui n'en finit pas de perdre pied danse au bord de la piscine, ou peut-être est-ce même sous l'eau, une partie de bowling avec la même Gena, épanouie, heureuse d'avoir trouvé un amoureux, un camionneur, je crois, dont on peut penser qu'il lui apporte le bonheur d'être encore séduisante dans les yeux d'un homme, Cassavetes payant au petit matin une ou plusieurs prostituées, la longue voiture s'engageant souplement dans un virage en épingle à cheveux conduisant à sa demeure, l'escalier droit et pentu menant à l'étage, cette même maison du réalisateur que l'on reconnaît dans d'autres films, et puis cette séquence où le frère jette rageusement le volumineux sac de médicaments qu'avale sa sœur en quantité pour lutter contre son mal de vivre — geste que j'ai reproduit piteusement, lors de vacances à Alicante, avec une compagne malheureuse, en ayant clairement le sentiment de rejouer une scène fondatrice. Pendant quelques secondes j'ai été John Cassavetes bravant la médecine et ses charlatans, mais pour un résultat nul qui n'allégea aucune souffrance, redoubla les pleurs, et ne fit qu'enrichir les pharmaciens espagnols aussitôt sollicités pour remplacer les produits perdus.

Et bien sûr, comme Chardin et le fourneau rougeoyant de sa pipe, le cinéaste américain est de l'aventure de ce premier roman, invité clandestin dans un passage sur la résurrection. Mais à moins d'être prévenu, peu de chances de le repérer. À première vue rien qui lui ressemble, même si ses ascendances grecques le rapprochent du berceau évangélique. Pourtant, il est bien là, accompagnant Marie Madeleine, ce matin de la Pâque où elle ne reconnaît pas dans ce jardinier qui ratisse entre les tombes son amour revenu d'entre les morts. Et cet aveuglement, le méconnu aurait pu s'en trouver vexé : Enfin Madeleine, tu ne me remets pas ? Pourquoi fais-tu semblant de m'ignorer ? Ai-je dit ou fait quelque chose qui t'ait contrariée ? Mais il n'en prend pas ombrage, il est bien cet homme paisible qui n'entre dans de furieuses colères qu'au moment de chasser les marchands du temple ou de châtier un pauvre figuier sans fruits. Pour la réveiller de son cauchemar somnambulique il se contente de l'appeler doucement. Mariam, dit-il. Et le texte (pas l'Évangile de saint Jean, le mien, quelque part dans mes *Champs d'honneur*, et quand je l'écrivais, je pensais qu'on me demanderait ce que venait faire ici Marie-Madeleine au milieu de mes morts, et j'aurais été bien en peine de répondre sinon que j'avais aimé lui faire une place) poursuit : « Et elle, se retournant : "Mon rabbi", ce qui en hébreu signifie mon maître, ce qui pourrait signifier mon homme, mon tout, ma sollicitude, car il est le seul à la mesure de ce flux d'amour, le seul à l'étancher, quand avant Lui tous les hommes entassés dans son lit n'y suffisaient pas. »

Rabbi viendrait plutôt de l'araméen, mais vous avez vu John ? On le reconnaît à ce flux d'amour, en anglais *love streams*. Ce flux d'amour, il est là d'abord pour moi, qui traverse ce paysage endeuillé de mon enfance en habits de pleurs comme d'autres paradent en habits de lumière. Je veux ce même élan, dit ce flux d'amour, je veux cette femme qui me regarde comme le sauveur avant de se jeter à mon cou, je veux l'éblouissement de la rencontre, et au lieu du cinglant *noli me tangere*, par exemple cet aveu, murmuré à l'adresse de la fiancée, s'avançant lumineuse et timide sur un quai de gare : Je tremble, ma chérie.

1

La citation de Thoreau était extraite de son journal, une traduction abondamment expurgée, qui tenait en deux cents pages, quand l'original compte quarante-sept volumes, ce qui n'a pas de quoi surprendre, l'homme de la désobéissance civile s'étant imposé cet exercice quotidien, à l'invitation d'Emerson, pendant vingt-cinq années, de sa sortie d'Harvard jusqu'au 3 novembre 1861, soit six mois avant sa mort, alors qu'il ne pouvait plus se livrer à ses longues randonnées dans la campagne autour de l'étang de Walden et qu'il n'avait rien d'autre à raconter que son lit de douleur auquel le clouait la tuberculose. Maintenant qu'il était vain d'espérer une rémission, il jugeait sans doute préférable, avec l'aide de sa sœur, d'utiliser ses dernières forces à mettre en ordre ses papiers en vue d'une publication posthume. Mais la citation a rejoint le petit carnet rouge à la lettre T comme Thoreau (Henry David) 1817-1862, Concord, Massachusetts.

Qu'il soit difficile de gagner honnêtement sa vie, ce n'était pas une révélation pour moi. J'avais déjà eu de quoi me faire une idée assez précise de la question, accumulant depuis mes années d'université tout ce qui ne requérait aucun talent particulier, sinon une bonne volonté et une exigence financière minimale : un passage à la chaîne en usine, la vente de glaces et de beignets l'été, la cueillette du raisin à l'automne, la distribution de prospectus, le comptage des voitures à un carrefour embouteillé, qui a dû depuis grâce à ces calculs minutieux être remplacé par un rond-point, le rangement et l'étiquetage de l'accastillage dans un magasin d'articles de marine, le transport de cartons remplis de livres à monter au second étage d'une librairie — à mon habitude je partis à toute allure, et trois voyages plus loin j'agonisais sur une marche —, le montage et le démontage de décors pour des tournées théâtrales faisant escale à Nantes, les nuits dans une station-service, sans chien de garde, les enquêtes sur des sujets variés, et tout ce qu'un bonimenteur peut proposer au porte-à-porte. Et même quelques cours particuliers pour lesquels je n'avais ni méthode ni patience, ce qui sautait tellement aux yeux que la mère d'un élève, lisant les brouillons annotés par moi de son fils, me renvoya dès la seconde séance. Autant de petits métiers dont la relation pourrait prendre avec la distance un tour cocasse. Après tout, l'enquête sur un apéritif à la gentiane dont nous devions faire goûter un échantillon à ceux qui acceptaient d'ouvrir leur porte et de se prêter au jeu en grimaçant — car la boisson jaune d'or était amère et avait un goût de plante médicinale — nous avait valu de stocker une quantité impressionnante de petites bouteilles que nous offrions à boire aux quelques amis de passage, notre misère n'ayant rien d'autre à leur proposer. Si bien que la plupart, après une première tentative accompagnée d'une moue peu encourageante, refusaient poliment, demandant de préférence un verre d'eau ou une tasse de thé.

Mais je n'avais pas vraiment le cœur à rire alors. Ça ne m'amusait pas du tout, ces opérations de survie, ces escaliers grimpés, ces carillons de sonnette, ces questionnaires d'embauche, ces humiliations ravalées pour assurer notre maigre quotidien. Et si je dis notre, c'est que nous étions deux à partager la mansarde, un petit deux-pièces sous les toits, sans confort, mais qui avait ce luxe, qui nous avait séduits la première fois que nous l'avions visitée, de donner sur un jardin planté de mimosas. Leur douce odeur citronnée entrait par la fenêtre ouverte, le soleil du printemps s'invitait à l'ouest dans la soupente, illuminant la tapisserie vieillotte et par endroits décollée, de flammes dorées, la paix du soir régnait sur ces quelques mètres carrés. Comme l'avait dit Jeremiah Johnson, par la bouche de Robert Redford, dans mon film préféré d'alors : un bon endroit où vivre. D'autant que le loyer était idéalement accordé à nos moyens. Ce qui, ce faible coût, avait bien sûr un prix : pas de chauffage, pas de salle d'eau, juste un évier et un robinet d'eau froide. Pour les toilettes, vous sortez, c'est la porte au fond à droite sur le palier. Mais il y avait les mimosas. Or très vite nous découvrîmes qu'ils n'étaient pas des quatre saisons. Leur floraison s'étalait sur deux ou trois semaines, au bout desquelles les petites graines solaires après avoir gonflé comme des fleurs japonaises viraient au doré, puis au brun avant de se dessécher et de pendre lamentablement. De ce moment, rendez-vous au printemps prochain.

La question du chauffage se posant, repoussant l'idée d'un radiateur électrique, autant pour se mettre en conformité avec l'esprit du temps que par crainte de la facture du compteur, j'avais ramené de la maison familiale le poêle en fonte émaillée lie-de-vin, qui chauffait notre magasin autrefois, une relique. Je l'avais repêché dans l'entrepôt où il avait été remisé au milieu des toiles d'araignée et des volumineux saloirs en grès dont plus personne ne voulait depuis que les agriculteurs s'étaient équipés de réfrigérateurs — les leurs servaient désormais de potiches dans les cours de ferme. Sans doute aussi, ce sauvetage, une manière de me raccrocher à mon enfance, de lui accorder de faire encore un petit tour, même s'il commençait à se faire tard pour elle. Le poêle trônait au centre du magasin et les clients venaient s'y chauffer les mains avec un petit commentaire sur le temps. J'ai encore le souvenir d'une bouilloire en aluminium au bec verseur recourbé qui, sur sa plaque, servait peut-être moins à préparer une hypothétique tisane qu'à humidifier l'air asséché. Son tuyau argenté s'élevait à la verticale et transperçait le plafond pour venir chauffer nos chambres. À l'étage, il surgissait du plancher, poursuivait son ascension jusqu'à hauteur d'homme. Là, un coude le forçait à traverser à l'oblique la chambre avant de s'enfoncer, à moins d'un mètre au-dessus de la tête de lit, dans le mur mitoyen de la maison voisine, où il rejoignait le conduit de cheminée. Une invention de notre père, aussi ingénieuse qu'inefficace, mais dont il semblait assez fier au point de la montrer aux familiers et aux amis de passage.

J'ai raconté que la nuit de sa mort — un lendemain de Noël, ce qui indique que les températures étaient basses —, ce vaste système tubulaire était encore en place, imaginant même que notre petite tante Marie, hagarde à la pensée que son neveu agonisait dans la salle de bains voisine, s'y était heurtée. Mais à dire vrai je n'en suis plus sûr. La tante était si petite qu'il lui eût fallu se hisser sur la pointe des pieds pour s'y cogner le front. Il est même probable qu'il avait déjà été remplacé par le poêle à mazout à la capacité de chauffe plus puissante, installé au sous-sol après que mon père, au cours de son dernier été, eut inventé d'agrandir notre magasin en aménageant les caves situées juste en dessous. Mais je n'ai pas envie de me renseigner, même s'il reste encore deux témoins de notre *noche triste*. C'est une histoire qui ne me dit presque plus rien aujourd'hui, que je récite encore à la demande, comme un écolier une fable (le lendemain de Noël, sur les coups de dix heures du soir, un père s'effondrant à quarante et un ans dans la salle de bains), mais dont je ne retiens au final que ce que j'en ai écrit. L'écriture a ce pouvoir de recouvrement, et il n'est pas si facile de retrouver la vérité qui mijote en dessous comme un lac volcanique sous une surface pétrifiée. Si j'ai contraint le poêle à bois à reprendre poétiquement du service cette nuit-là pour une ultime saison froide, c'est qu'il faisait partie de cet univers de jadis qui allait s'effacer avec notre père, comme si, profitant de sa disparition, le monde avait décidé de tourner une page, notre Loire-

Inférieure se dépouillant dans le même temps de son qualificatif infâme pour se muer en une avenante Loire-Atlantique. Et nul besoin de m'envoyer une lettre indignée pour rectifier cette erreur historique. Je sais pertinemment que le changement de dénomination de notre département remontait à quatre ou cinq ans déjà, mais dans mon esprit les deux événements coïncident qui, symboliquement, déterminent un avant et un après.

Si on confiait à la tombe des grands disparus les objets de leur quotidien, vases, épées, mobilier, char en bronze, ce n'était pas tant pour accompagner le corps du défunt dans sa traversée des ténèbres que parce qu'ils étaient une part de lui-même et que de ce fait ils mouraient avec lui, qu'ils n'avaient donc plus de raison de continuer sans lui. Ainsi le poêle en fonte, après la nuit tragique, avait été dans mon imaginaire renvoyé dans l'entrepôt. Et la question se pose. Qui s'en va avec lui ? Notre mère aussi avait cru mourir de la mort de son mari, comme aspirée par ce gouffre noir qui s'ouvrait sous ses pieds. Elle avait confié au milieu d'un sanglot, à une cliente qu'elle servait au sous-sol du magasin, qu'elle n'imaginait pas lui survivre un an. Contrairement à sa prophétie funeste que ma jeune sœur de neuf ans, à son retour de l'école, avait entendue avec effroi au point de compter secrètement chaque jour pendant un an, et de s'autoriser enfin un soupir de soulagement à la date anniversaire, ma mère avait tenu bon, mais dans quel état.

Comme nous étions la semaine au pensionnat, c'est elle qui avait la charge désormais de remplir seule les deux poêles de l'ère nouvelle. Fidèle à son mari, poursuivant son œuvre de modernisation, elle en avait ajouté un second dans la grande chambre donnant sur la rue que traversaient il y a peu les tuyaux argentés. Hiver après hiver, à bout de bras, elle, toute menue, petite silhouette endeuillée d'un mètre cinquante, toujours au bord des larmes, transportait depuis le fond du jardin, où étaient entreposées les cuves de fuel, deux bidons de vingt litres, le premier qu'elle descendait au sous-sol, le second qu'elle montait au premier étage. Au moment de remplir le réservoir, exercice délicat qui exigeait des gestes précautionneux, il arrivait qu'une goutte du liquide violacé tombât par mégarde sur la tôle surchauffée, envahissant aussitôt la maison d'une odeur âcre et entêtante, qui raclait le nez et la gorge et finissait par imprégner les murs. Plus jamais le fuel.

La question du chauffage se posant pour notre mansarde, j'avais tout de suite pensé au vieux poêle en fonte dans l'entrepôt. Quand j'en fis part à ma mère, elle me mit en garde, ce n'était pas un poêle à bois mais à charbon. Et alors, c'était pareil, non ? Un poêle brûle ce qu'on lui donne. Mais je n'entendais déjà plus ses avertissements, toujours agacé à recevoir d'elle des leçons de bon sens. J'avais appris très tôt les effets nocifs de l'oxyde de carbone, qu'on avait rendu responsable de la mort de notre vieille tante Marie dans sa petite maison du jardin, quelques semaines après la disparition de notre père. Cette fin à la Zola, au laïcard Zola, ne manquait pas d'ironie pour notre pieuse petite tante, mais la vérité était sans doute autre. L'impensable, la mort de son neveu, qu'elle avait tant de fois dans ses prières recommandé à l'attention bienveillante de la Providence, avait vraisemblablement provoqué une telle commotion dans son esprit qu'un matin elle ne s'était pas réveillée. Mais nous nous étions accrochés à cette version physico-chimique qui nous protégeait des effets en chaîne de la mort cérébrale.

À dire vrai, c'était moins cette peur de l'asphyxie qui m'avait conduit à préférer le bois au charbon que les mots d'ordre qui agitaient les milieux marginaux contestataires et prônaient, depuis l'été du Larzac, lorsque des milliers de jeunes gens s'étaient retrouvés sur le Causse pour défendre les bergeries contre les casernes, un retour à la nature. En témoignait dans notre mansarde une affiche électorale proposant, pour peu qu'on suivît massivement les directives de vote du réseau des amis de la terre, un Paris bucolique, avec des jardins potagers dans les squares, des arbres et des éoliennes sur les toits, des rues livrées aux vélos et aux enfants, du lierre escaladant la tour Eiffel, et pour bien montrer qu'on ne perdait rien à cette vie rustique, des amoureux en sabots prenant tout leur temps pour s'embrasser.

Le charbon n'était pas moins naturel que le bois, mais trop lié au monde industriel et à son exploitation effrénée de la terre et des hommes. Le charbon était un collaborateur de classe. Il s'était mis au service du grand capital et avait consciencieusement écourté la vie de centaines de milliers d'individus, comme sur cette photo d'André Kertész où, derrière une vitre, un mineur de quarante-sept ans aux traits de vieillard couve d'un air résigné sa silicose en fumant ses dernières cigarettes. Le charbon appartenait au monde souterrain, aux faces noires, au brasier, ce qui rejoignait la représentation séculière de l'enfer. Et l'enfer, pour un fils des bocages catholiques de l'Ouest, dont toute l'enfance s'était déroulée sous la menace suprême de finir en rôti éternel, c'était hautement dissuasif. Au lieu que le bois, c'était l'arbre de la croix, l'espérance de la résurrection. L'arbre poussait droit vers le ciel, suivait le cours des saisons, offrait sa fraîcheur l'été, se dénudait l'hiver pour ne pas faire écran au soleil, se parait parfois de fleurs au printemps, se régénérait de lui-même, se replantait et, pour ce qui nous intéressait, dispensait en se consumant une odeur délicieusement enivrante. Du moins si le conduit d'évacuation fonctionnait. Car tous les utilisateurs ne possédaient pas cette science ancienne du foyer.

Je connaissais pour les avoir un peu fréquentées les maisons enfumées où s'expérimentait la vie en communauté. Par grand froid il n'y avait pas d'autre solution que d'ouvrir portes et fenêtres pour aider au tirage de la cheminée et ne pas étouffer. L'apprentissage du retour à la nature était cruel pour les doctrinaires. Mais c'est pourtant de la fréquentation de ceux-là que m'était venue l'idée de nous chauffer au bois.

J'avais été témoin — mais témoin, ce serait laisser croire que j'y pris ma part quand j'avais tout juste passé une tête par l'entrebâillement d'une porte —, disons plutôt que j'avais été amené à effleurer ces essais d'une autre vie, communautaire, protestataire, marginale, quelques années auparavant, quand je profitais des vacances universitaires pour parcourir le pays en auto-stop. Le stop, je l'utilisais déjà, sur de courtes distances, depuis mes quatorze ou quinze ans pour rentrer du collège, le vendredi ou le samedi, selon l'heure de la fin des cours, me postant sur le pont qui enjambe la voie ferrée à l'entrée de Saint-Nazaire, où nous étions quelques-uns à solliciter le flot des voitures, certains avec un panneau de carton indiquant une destination, Nantes, le plus souvent, mais je m'en dispensais, ma destination n'aurait pas dit grand-chose à grand monde, et j'aurais eu honte de brandir le nom de mon village sous les yeux des automobilistes. Je ne voulais surtout pas qu'on me prît pour un garçon de la campagne (Rimbaud, l'été 1873, faisant les foins à la ferme de Roche et, tout en relatant sa saison en enfer, se moquant de sa prétention à se réincarner en voleur de feu, en fils du soleil, se traitant avec mépris de paysan), préférant faire le mystérieux, vous me déposerez à l'embranchement que je vous indiquerai, c'est-à-dire, sans le dire, la route à travers champs menant chez moi, prétextant, ce qui était vrai, le faible nombre de cars qui y conduisait, un seul, qui ne partait qu'en toute fin d'après-midi, ce qui me faisait gagner du temps, mais pas toujours. Il m'est arrivé d'arriver après lui, d'avoir attendu trop longtemps sur le bord de la route, le voyant filer sous mon nez, ce qui était une forme d'humiliation, me retournant vers la haie pour qu'on ne me reconnût pas, mais il y avait toujours un ouvrier pour dire à ma mère dans son magasin qu'il m'avait aperçu, mais elle était au courant, et ne l'était-elle pas qu'elle faisait semblant, et d'ailleurs aucun reproche de sa part, plus tard elle évacuera les questions à mon sujet d'un magnifique « il vit sa vie », et je n'ai jamais su si elle tremblait de m'imaginer à cet âge sur les routes, ou si elle avait perdu à ce point contact avec le monde qu'elle se montrait incapable de voir au-delà de son chagrin.

Les années passant et la contestation s'amplifiant, nous étions de plus en plus nombreux à nous déplacer de la sorte. La plupart par nécessité. Hormis les enfants des cheminots qui bénéficiant de la quasi-gratuité traversaient le pays en train, il n'existait pas alors d'autres moyens de voyager à bon marché. Mais ce n'était pas, cet aspect financier, l'unique raison qui poussait tous ces jeunes gens à choisir l'auto-stop. Plutôt une manière de se rendre visibles, de sortir du bois de l'enfance, d'apparaître dans le paysage, de s'imposer en force dans un monde qui campait sur des valeurs anciennes où la voix des pères tonnait toujours, où les épouses baissaient encore les yeux, et où la jeunesse avait surtout le devoir de se taire. Pour bien marquer leur désaccord avec cet ordre qu'on leur imposait, ils arboraient l'étendard de leur insoumission : leur chevelure. Ce qui faisait un choc pour leur entourage, ce retour aux âges farouches. Ils avaient quasiment tous dans leur album de famille des photos d'eux-mêmes à douze ou treize ans, avec des coiffures impeccables de premiers communiants — comme celle encore du pieux Rimbaud au même âge où il pose avec son frère Frédéric —, qu'ils auraient volontiers déchirées. Et comme Rimbaud, de rage, ils avaient laissé pousser leurs cheveux dans tous les sens. Ce qui, cette manifestation modérée d'indiscipline, suffisait pourtant à indisposer les autorités, et pas seulement paternelles ou professorales. De temps en temps une voiture de police ou un fourgon de gendarmerie s'arrêtait pour un contrôle d'identité, et c'est vrai que sous le képi des agents des forces de l'ordre le poil était court, la nuque rasée. Ce qui était pour nous un motif de sarcasme. Être à ce point vieux jeu, aussi ridicule, on avait presque de la peine pour eux. Mais ils se vengeaient à leur manière en nous imposant d'aller nous poster ailleurs, sur telle route départementale où ne passait personne et qui ne conduisait nulle part.

Car avant le délit de sale gueule, il y eut celui de cheveux longs. Comme si les sociétés avaient besoin de signes distinctifs d'expulsion, de fiches signalétiques identifiables au premier coup d'œil. Au sein des familles, c'était le même lamento. Les pères, qui rêvaient de tondeuses, appelaient de leurs vœux une bonne guerre, quand leurs fils usaient de tous les moyens, y compris la simulation de la folie, pour échapper au service militaire. Les mères imploraient (mais pas la mienne qui ne me fit jamais une remarque) : Si au moins tu te faisais la raie sur le côté (mais ma grand-mère, oui, à un jeune cousin qui avait les cheveux plutôt sages comparés aux miens). Même le sévère Gracq à la coupe sergent-major y allait de son couplet réprobateur. Dans *Lettrines* il écrit : « Je n'aime pas le négligé, le débraillé ostentatoire des *hippies* qu'on rencontre maintenant quelquefois allant sur les routes : je ne peux me faire aux cheveux longs, étendard d'une querelle ouverte, déclaration de guerre ostensible à la génération qui s'en va — aucune de ces tignasses poudreuses qui ne me signifie de loin : *nous ne sommes pas du même sang, toi et moi*. Je crois que je n'aurais rien à leur dire, ni eux à moi. » Il eût suffi peut-être à monsieur Poirier, dit Gracq, d'arrêter sa petite auto au lieu de filer en solitaire en remâchant son amertume. L'occasion sans doute de parler de ses livres avec son passager débraillé. Il est vrai que le peigne, symbole d'une remise en ordre, n'était pas invité au voyage, et l'abondance de reflets roux chez les routards était due moins au hasard de la génétique qu'à l'emploi massif du henné, shampoing cent pour cent naturel, échappant pour l'instant au ratissage de fer des multinationales, et qui faisait fureur depuis que certains allaient se ravitailler au Maroc. Mais pas seulement en shampoing naturel.

Mais monsieur Poirier voyait juste. La chevelure constituait une signature très sûre. Broussailleuse, on avait affaire à un militant irréductible — on en rencontre encore, crâne dégarni, mousse blanche et flottante autour du crâne —, tombant dans le dos, elle traduisait une dominante écologique — apparition des premiers catogans pour les garçons, ce qui était aussi une manière d'affirmer l'égalité des sexes —, relativement maîtrisée, l'oreille simplement recouverte, elle dénotait un esprit prêt au compromis, par tailles centimétriques successives on allait dans quelque temps retrouver une coupe acceptable par les employeurs, quant aux cheveux courts ils ne se montraient pas. Ils étaient l'apanage des étudiants en droit ou des écoles de commerce, lesquels ne s'aventuraient pas au milieu de cette horde hirsute. Et d'ailleurs ils n'en avaient sans doute pas besoin, voyageant en train, ou possédant déjà des voitures qui de toute façon ne s'arrêtaient pas pour nous prendre. Ceux-là détestaient cette bouffée de jeunesse dans laquelle ils ne se reconnaissaient pas, ayant choisi pour miroir l'image de leurs pères, cravatés et peignés, émus par l'apparition d'un Malraux débraillé, bras dessus bras dessous avec les coquins du pouvoir, réclamant sur les Champs-Élysées le retour à l'ordre après la chienlit de mai. Comme si le vieillard chevrotant représentait toujours le flamboiement de ses années de jeunesse. Pour nous, c'était beaucoup plus simple, nous les considérions, les cheveux courts, comme des fascistes. Maintenant imaginons que l'un d'eux s'arrête : convenait-il d'embarquer et de se livrer à une critique en règle des sièges, des essuie-glaces et de l'allume-cigare, c'est-à-dire du mode de vie bourgeois, en écrasant son mégot sur le tapis de sol pour les plus radicaux, ou carrément de refuser l'invitation en insultant au passage l'automobiliste, quitte à en reprendre pour des heures d'attente? Beaucoup plus tard, la proximité du pouvoir, l'attrait de l'argent, les agréments du confort virent les uns et les autres se tomber dans les bras, mais à ce moment-là, il n'était pas même envisageable d'engager le débat autrement qu'à coups de manche de pioche.

Du moins en théorie, l'outrance verbale n'obligeant pas à un passage à l'acte, se suffisant à elle-même. En pratique, les voitures confortables ne s'arrêtaient pas, ou très rarement. Ce qui réglait la question. Aux nantis les palaces flottant sur coussin d'air, dont le souffle nous ébouriffait au passage, à nous les épaves roulantes dont s'étaient débarrassées les familles les plus modestes pour acquérir, leur niveau de vie s'améliorant, un modèle de la gamme supérieure, lâchant pour une bouchée de pain ou offrant à nos rebelles désargentés ces témoins de leurs années de labeur : 2 CV à la capote crevassée et aux sièges défoncés, 4L paysanne au levier de vitesse horizontal en L, sur lequel le bras droit du chauffeur s'arc-boutait pour passer la troisième vitesse qui était la plus élevée, 403 massives, levier de vitesse au volant au maniement tout aussi musclé, bas des portières gangrené par la rouille, dégageant une forte odeur d'huile brûlée, 4 CV à l'habitacle si exigu qu'on avait inventé pour elle cette devinette, comment y faire entrer quatre éléphants, et la question était si incongrue que la réponse, deux devant et deux derrière, valait un grand éclat de rire à la seule vision des quatre pachydermes entassés dans si peu d'espace, et puis, venant d'Allemagne et des pays du Nord, les combinés Volkswagen pareils à celui qu'on aperçoit sur la pochette de *The freewheelin'* de Bob Dylan, garé dans une rue enneigée de New York, à gauche du jeune couple amoureux qui se serre frileusement en se cramponnant le bras, et ceux-là, les combinés, repeints aux couleurs psychédéliques pour camoufler une carrosserie fatiguée, dans lesquels on s'asseyait à l'arrière à même le sol, au milieu d'un bric-à-brac de casseroles, livres et duvets, voyageant bras écartés pour se cramponner aux parois dans les virages, en jurant, à une question du chauffeur, que tout allait très bien, merci.

Quand on les voyait venir vers nous — identifiables de loin à leur panache de fumée noirâtre — on savait que ces corbillards ambulants étaient notre chance, alors le pouce se faisait plus insistant, plus complice, plus accusateur aussi : vous, qui êtes nos semblables, vous n'allez tout de même pas nous laisser moisir au bord de la route, vous conduire comme de vils bourgeois. Et de fait, souvent ils s'arrêtaient, s'excusant d'appartenir au club des nantis, avançant que la voiture leur avait été léguée par leur grand-père, qu'il ne fallait donc pas les juger sur la mine, même déplorable, de leur véhicule. S'il n'avait tenu qu'à eux, ils voyageraient comme nous, bien sûr. On les absolvait du bout des lèvres en pensant très fort que sans eux nous serions toujours à attendre le pouce levé, mais nous devinions bien qu'ils étaient à la limite de verser du mauvais côté, que nous étions autour de l'an mil, quand une herse s'affaissa entre miles à cheval d'où allait sortir la caste des chevaliers et miles à pied, ces paysans pour qui on inventa la piétaille. Une seule fois j'eus droit de voyager dans une voiture de luxe, une puissante Mercedes aux fauteuils recouverts d'un cuir de couleur crème, qui de Marseille me conduisit d'une traite jusqu'à Paris. Le voyage était d'autant plus agréable que, installé sur la banquette arrière, je n'étais même pas tenu de faire la conversation, ce qui était mon tribut habituel. C'est ainsi que d'ordinaire je réglais mes trajets, commentant le dernier disque de tel groupe de la côte ouest des États-Unis, dont je connaissais le nom des membres et leurs biographies sans les avoir jamais écoutés, spéculant avec le chauffeur sur la date de la prochaine révolution, déplorant, chaque fois que nous étions dépassés par un véhicule flambant neuf, les inégalités criantes du système, prévoyant des camps de rééducation pour les chauffards aisés, où ils apprendraient des ouvriers eux-mêmes à mettre en marche leur voiture à la manivelle et à coller des rustines sur les chambres à air. Même si je brode bien sûr — ma manie des énumérations fantaisistes, qui cache comme chaque fois une réalité peu glorieuse où j'essayais de tenir l'échange, de me rendre intéressant en surfant comme je pouvais sur des sujets qui n'étaient pas les miens. Et les miens, c'était quoi ? Une rêverie. Une aspiration au bonheur. Très peu dans l'actualité du temps. Et quand le CV du conducteur différait du modèle habituel, chevelu, communautaire et fumeur de joints, c'était un professeur d'université, spécialiste de Vauvenargues, qui me soumettait à la question : ce que j'étudiais, à quelle université, le nom des enseignants. J'avais alors sorti de mon chapeau tous ceux dont il se disait qu'ils avaient une grande réputation internationale, à commencer par cette sommité cornélienne, dont la rumeur prétendait qu'il planait sur la littérature du XVIIe, et j'étais d'autant plus affirmatif que je devais à cet homme la découverte éblouie du *Menteur* et de *L'Illusion comique*, les deux diamants de jeunesse du Maître de Rouen. Mais je n'eus aucun succès. Le nom ne lui disait rien. Mes candidats défilaient les uns après les autres, et chaque fois le spécialiste dont les mèches de la calvitie volaient au vent — nous roulions à bord d'une voiture décapotable et le temps était gris — esquissait une moue, se faisait répéter le nom, réfléchissait, non vraiment, inconnu au bataillon des têtes chercheuses, et comprenant que j'étudiais les lettres dans une faculté de troisième catégorie dont peut-être la création récente, cinq ou six ans, ne lui avait pas encore permis de faire ses preuves, il me revint soudain le nom d'une femme dont je n'avais pas suivi les cours mais dont la particule pouvait résonner favorablement à l'oreille d'un dix-septiémiste, madame de, hum, oui, concéda-t-il, elle a publié deux ou trois articles assez convenus. Je venais de terminer ma licence alors, et en un voyage, de Tarare jusqu'à Lyon, je perdais mes dernières illusions sur la valeur de mes études.

Mais ces deux-là dans leur Mercedes ne manifestaient pas la moindre curiosité quant à ma personne, ma provenance, mes projets. Ils s'étaient arrêtés, avaient embarqué une sorte de mendiant, et après s'être informés de ma destination étaient repartis comme si de rien n'était, ce qui me reposait des conversations engagées sur le fil du rasoir où je craignais à tout moment d'être démasqué. À leurs costumes élégants, ils n'attendaient certainement pas de fêter le grand soir, plutôt des truands, ou des hommes d'affaires, ou les deux, et pas une seule fois ils ne se retournèrent pour me demander comment j'allais. Ils n'avaient cependant pas été rebutés par mon apparence, n'avaient pas craint pour leur banquette de cuir crème sur laquelle j'avais posé, avec leur permission, mon sac à dos. Je pouvais ainsi en silence me livrer au petit jeu de la comparaison, et le résultat n'était pas à l'avantage des véhicules de mon parc habituel. Ici on ne sentait pas les ressorts des sièges, on ne sursautait pas à chaque changement de vitesse, on n'avait pas besoin de se cramponner dans les virages avec l'impression de verser dans le fossé, y avait-il même un moteur ? on ne percevait qu'un léger ronronnement, le sifflement du vent, alors que la puissante berline ne quittait pas la voie de gauche de l'autoroute, donnant aux voitures doublées l'impression qu'elles faisaient du surplace, pas non plus de relents de gaz d'échappement et d'huile brûlée, pas de courants d'air intempestifs, je n'avais qu'un reproche à faire : sa vitesse ne me permettait pas d'admirer les haies de cyprès et d'arbres fruitiers de la vallée du Rhône. Nous étions déjà à Lyon.

J'aurais sans doute oublié cet unique voyage trois étoiles, si je n'avais retrouvé les fauteuils de cuir crème, trente ans plus tard, à Bruxelles. J'avais rendez-vous avec une belle jeune femme qui m'avait commandé une préface à des poèmes de la Grande

Guerre. Nous nous étions rencontrés à trois reprises pour évoquer ce projet, elle m'avait montré ses ouvrages, et l'occasion d'un voyage m'offrait de la revoir encore. Comment ne pas être séduit par sa sollicitude, sa grâce, son élégance retenue ? Serait-elle ? Non. Pas cette fois. Je voulais dire, pas cette phrase empruntée à *Tristessa*, un court roman de Jack Kerouac, l'histoire désespérée d'une jeune Indienne sombre des quartiers misérables de Mexico, à la beauté sublime et déglinguée, se prostituant pour s'offrir ses doses de morphine, dont l'Américain tombe fou amoureux, s'essayant à l'accompagner dans sa descente aux enfers, n'implorant qu'une chose, qu'elle le remarque, lui accorde un regard, et devant laquelle il a cette phrase bouleversante, la plus bouleversante jamais entendue dans ce dialogue continu depuis la nuit des temps entre l'homme et la femme, partant du plus loin de la solitude et s'élevant vers l'espérance la plus haute, alors qu'il la regarde rajuster sa robe et ses bas sur son corps maigre de junkie qu'il n'a jamais touché : Serais-tu cette sorte d'amie pour moi ?

Et cette question avait été le motif lancinant de ma vie, dont j'attendais de la réponse le salut. Que je posais silencieusement, parfois juste le temps d'un regard, à une passante qui poursuivait son chemin. Mais je me l'interdisais maintenant. Ma rêverie s'éloignait. Je me préparais à rentrer peu à peu dans mon arrière-pays. Mais prélever quelques instants pour contempler son beau visage, l'interroger peut-être. Serais-tu ? Non, tais-toi, il est trop tard maintenant. Atterris, regarde-toi. Officiellement, nous étions convenus de parler travail, mais ma préface était rendue, pendant l'écriture de laquelle j'avais douté, ayant eu à me battre avec une sensation d'épuisement. Fini, là aussi ? Avant il me suffisait d'ouvrir les doigts et s'envolaient les colombes. Il me semblait cette fois que la poésie s'était retirée de moi, comme la mer. Alors, laborieusement, j'avais passé mes phrases au tamis pour y recueillir quelques éclats à offrir à la belle jeune femme. Elle en avait été si heureuse que j'avais repris espoir. Serait-elle ? Non, non, espoir simplement en l'écriture. Le recueil parti à l'impression, j'avais inventé pour la retrouver que nous pourrions organiser une lecture publique, histoire d'assurer un peu de publicité au moment de la sortie de l'ouvrage. L'idée l'avait séduite, et je pensais que c'était toujours ça de pris, ce supplément de temps que je m'accordais auprès d'elle.

Elle était venue me chercher aux abords de la Grand-Place, alors que je sortais d'un affreux petit hôtel pour voyageurs démunis, ce qui n'était plus mon cas alors, mais pour m'y être pris trop tardivement, et tous les hôtels pleins en ces derniers jours de juin, j'avais réservé ce qui se présentait au cœur de la cité. Ayant connu bien moins confortable, je ne me formalisai pas trop du sommier à ressorts creusé en son milieu, ni de la pomme de douche qui arrosait le couvre-pied tellement le lit était proche des toilettes, ni du plafonnier sans ampoule, ni de l'émail douteux du lavabo, ni de l'absence d'une télécommande pour le téléviseur. L'important était pour le lendemain et je m'empressai tôt le matin de rendre ma clé et de rejoindre mon lieu de rendez-vous. Il faisait un temps très doux, la ville s'éveillait peu à peu, et j'avais pris position à l'angle d'une rue devant une pâtisserie qui répandait une odeur de gaufre. De là je ne pouvais pas rater la belle, et je jetais des coups d'œil de tous les côtés pour voir arriver sa silhouette gracieuse.

Elle arriva les cheveux blonds ensoleillés, son long cou rentré légèrement dans les épaules comme une petite fille timide, m'offrant son sourire lumineux, me saluant en m'embrassant, car nous nous retrouvions pour la quatrième fois depuis cette première à la Foire du livre de Bruxelles où elle s'était avancée vers moi, serrant ses livres entre ses bras, et là s'étonnant de découvrir mon sac à mes pieds, vous avez déjà quitté votre hôtel ? ce que je pris pour une formule de politesse, comme si elle s'excusait de m'avoir tiré si tôt du lit, quand c'est moi qui avais proposé cette heure matinale, mais comme je l'appris avec stupeur quelques mois plus tard, sa remarque manifestait sa déception, et nous marchâmes vers la Grand-Place qui avait été son aire de jeux quand elle était enfant, racontant que sa grand-mère tenait une boutique de vêtements dans une rue adjacente, d'ailleurs elle me la montrerait une autre fois, et une autre fois nous y entrâmes, anonymement, car elle n'appartenait plus depuis longtemps à la famille, mais le petit escalier en hélice était toujours là, au fond de la boutique, et ces étagères-ci où étaient rangés les pulls, et vous y étiez souvent ? Ses parents étant pris par leur travail, elle y passait une grande partie de son temps libre, jouant à la marchande pour de vrai et écoutant les sévères conseils de l'austère maîtresse des lieux, abandonnée par son mari avec sa fille, et vivant depuis, comme une recluse, dans ce repli de la Grand-Place. Je lui dis que, moi aussi, ma grand-mère avait un magasin de vêtements, et j'adorais l'odeur feutrée des tissus, et avec mes cousins me cacher dans les penderies au milieu des manteaux, et aussi, ça me revient, dans cette petite pièce obscure qui servait à la fois de bureau et de débarras, mais je ne lui apprenais rien, elle savait tout ça pour m'avoir lu. Comme le confiait ma mère à ses clientes : on n'a plus de secrets pour personne. Ce qui n'était pas vrai bien sûr, sinon j'aurais écrit d'autres livres, mais je me sentais heureux de partager avec elle cette ascendance commune, même si je n'avais pas eu un grand-père déporté à Auschwitz, ce qu'elle m'apprit plus tard et que j'ignorais alors. Ce même grand-père, dont la famille avait disparu dans les feux de l'enfer, à son retour des camps avait épousé sa grand-mère, mais trop de vie en souffrance chez cet homme, trop de manquants à l'appel, besoin de combler, de rattraper le temps sacrifié, le sien, celui de tous les siens, et il avait bientôt délaissé la Grand-Place pour rejoindre une autre femme, allemande, oui, de l'autre bord en somme, qu'il épousa après qu'elle se fut convertie au judaïsme, s'installant tous deux à Berlin, au cœur de ce qui avait été l'antre monstrueux d'où étaient partis les ordres d'extermination, les pas de quartier, les sans pitié, narguant de son bras numéroté le peuple des oppresseurs.

Nous étions à présent attablés devant un thé dans une brasserie de la Grand-Place, et après avoir épuisé les questions liées à notre travail commun, et cette idée de spectacle que de fait j'organisai dans mon village mais qui ne vint pas jusque-là, parlant de choses et d'autres, de l'édition, de ses projets, des miens, il me semblait que je l'ennuyais, cette femme. Elle faisait consciencieusement son métier, écoutait avec intérêt son auteur, mais sur son beau visage je lisais une expression distante, une réserve polie, qui ne m'encourageait pas à poursuivre, encore moins à me livrer plus intimement. Mes chaussures de marche achetées la veille, que je rodais en prévision d'une traversée du mont Lozère dans quelques jours, m'avaient bien permis un aparté fantaisiste, mais je me sentais surtout un peu stupide, regrettant de n'avoir pas mieux soigné ma tenue pour me présenter sous un meilleur jour devant elle. Stupide, je l'étais en effet, aveugle même, mais comment aurais-je pu deviner que cette femme merveilleuse n'attendait qu'un mot de moi, que son masque d'apparence témoignait de son effort pour ne rien laisser transparaître de son désir, et si parfaitement maîtresse d'elle-même qu'il me sembla qu'il était temps d'abréger la durée de son pensum et d'appeler le serveur pour en finir au plus vite. Et comme elle m'avait dit que mon prochain rendez-vous, une séance de travail sur une adaptation des *Champs d'honneur* en bande dessinée, n'était pas loin de chez elle, comme elle était en recherche de dessinateurs pour sa collection, je lui proposai de m'accompagner.

Quand elle m'ouvrit les portes de son monospace, aussitôt je reconnus les fauteuils en cuir, couleur crème, de mes années de vagabondage. Et avec cette remontée du souvenir, c'était la même distance qui s'instaurait entre elle et moi, comme du temps où une voiture haut de gamme était synonyme d'ennemi de classe, comme si, alors que je n'étais plus du côté des miséreux, j'avais conservé cette même idée d'une partition du monde. Alors que nous roulions dans les rues de la ville, continuant notre conversation que je veillais à être la plus distrayante possible pour maintenir un lien amical et ne pas laisser une trop mauvaise impression, où je m'accusais encore de ne pas savoir conduire — elle s'étonna, c'est vrai ? Oui. Jamais passé votre permis ? Si, tenté deux fois le code, mais échoué, et conclu que ce n'était pas pour moi —, je regardais par intermittence son profil, son cou gracile, la naissance de son décolleté où pendait un petit trèfle à quatre feuilles en diamant. Elle me plaisait terriblement, cette femme, dont je savais qu'elle n'était pas commune. La beauté brouille souvent l'entendement, on trouve plus d'esprit aux propos d'une jolie femme. Peut-être que l'esprit des Mortemart que vante Saint-Simon relayé par Proust tenait surtout à la beauté et au pouvoir de Mme de Montespan — car les soi-disant bons mots de M. de Charlus, son descendant romanesque, sont d'un pédant méprisant, et certainement pas d'un prince, et plutôt affligeants. Mais la rareté de cette femme, je l'avais devinée à l'un des tout premiers messages qu'elle m'avait envoyé, et à ce moment je ne sais pas si je me souvenais de son visage, tant il est vrai que des traits mettent longtemps à s'inscrire en mémoire : Cher Jean, J'ai compris à votre silence tout le bien que vous avez pensé de ma postface. Bon, bon, je vais retravailler… Alors que j'avais pensé beaucoup de bien de sa postface mais que j'avais négligé de le lui écrire. Et au lieu d'être piquée, de prendre la mouche, ce que font les gens ordinaires, elle acceptait de se remettre à l'ouvrage. Mais surtout, il y avait ce bon, bon, qui me ravissait de cette jolie jeune femme, ravalant avec un semblant de désinvolture sa déception, et qui renvoyait directement à l'esprit d'enfance. Et sans cet esprit d'enfance, qui est la marque de la liberté libre, c'est le sérieux qui domine, autrement dit l'ordre, la loi, l'absence de fantaisie. D'où ce premier signal lumineux à la lecture de son mot : cette femme a la poésie avec elle, cette femme est une merveille. Serait-elle cette sorte d'amie ? Tais-toi. Mais dans ce véhicule grand confort, imprégné encore de l'odeur du cuir neuf, tout me prouvait qu'elle était installée dans une autre vie, bourgeoise, bien ordonnée, et même si j'avais interprété quelques signes de sa part comme des marques de son intérêt pour moi, cette façon par exemple de prendre régulièrement de mes nouvelles par messages électroniques, ou de me glisser que Lou avait eu bien de la chance de croiser à Nîmes la route d'un apprenti artilleur nommé Apollinaire, alors que nous prenions un verre à une terrasse de Montparnasse, en plein soleil, au milieu des poussières soulevées par les travaux du trottoir éventré par une tranchée qui évoquait la guerre, il était vain d'imaginer un développement à cette histoire. D'une certaine manière, dans cette vitre transparente qui tombait entre nous tandis qu'elle maniait avec aisance son volant, se réfléchissait ma fidélité aux principes de vie de ma jeunesse. En dépit des apparences, j'étais toujours sur le bord des routes à tendre le pouce, toujours saltimbanque, toujours à la marge quand il me semblait que j'avais laissé loin derrière moi mes années tristes, toujours un peu voyou. Et quand, à l'extérieur de la ville, la belle me montra au passage sa grande maison au milieu d'un jardin arboré, je renonçai la plaie au cœur à ma rêverie, je renonçai à cette femme à ma mesure. Et évidemment, je n'avais rien compris.

Chacun avait beau se prévaloir de sa singularité, se présenter comme un manifeste libertaire, l'expression unique et souveraine de sa fantaisie, sur le bord des routes, nous nous ressemblions tous un peu. Comme si à l'uniformité dominante, coiffée et rasée de près, on ne pouvait opposer qu'une autre uniformité, sauvage et hirsute. Les cheveux longs, bien sûr, sans quoi il valait mieux rester chez soi, mais nous étions nombreux aussi à porter une barbe clairsemée sur le modèle de Clint Eastwood dans les westerns-spaghettis, des histoires de Far West tournées par des Italiens en Espagne. On avait bien remarqué que le parti de l'ordre avait horreur du poil, pour qui un nu était acceptable s'il était correctement épilé, ce qui fait que les mêmes qui applaudissaient les Vénus impudiques de Cabanel s'étranglaient devant les femmes de Modigliani, et puis cette obsession de vouloir discipliner les chevelures : raies au cordeau, tours d'oreilles en virage de piste de stade, chignons et catogans, coiffures permanentées, épis laqués. Il ne faisait pas bon être une mèche rebelle dans la société des bien-pensants. Le Che l'avait bien compris : béret mou (s'opposant à la rigidité du képi), boucles folles, barbe sortant de la jungle — la courbe contre la ligne. La révolution est courbe, sinueuse, enveloppante.

La panoplie aussi variait peu entre nous : chemise de cotonnade indienne, longue et flottante, aux couleurs vives qui pâlissaient au premier lavage, sans col ni poignets (signes de servilité, de soumission à l'autorité, torques et menottes), pantalon de toile ample — le jean n'était pas aussi envahissant —, aux pieds des sandales de cuir ou des sabots artisanaux comme il en fleurissait sur les marchés d'été à côté des étals de picodons et de miel, fabriqués par les nouveaux colons des Cévennes ou de Haute-Provence, parfois des pataugas, ces chaussures montantes en toile, qui identifiaient les marcheurs, autant dire des pessimistes, et l'inévitable sac couleur sable, modèle scout, qui bosselait le dos. Il y avait une répugnance dans le milieu à passer au sac nylon, de couleur criarde, orange ou rouge, comme en utilisaient déjà les montagnards, quoique plus léger et imperméable, mais qui n'allait pas avec l'imagerie de la route, avec les *hobos* de London et le barda de Kerouac, et on ne croisait pas encore ces sacs verticaux qui donnent l'impression de voyager avec un escabeau replié pour suspendre son linge aux branches.

À force, je n'avais pas été sans remarquer que le volume du bagage était inversement proportionnel à la distance parcourue. Ce qui fait que d'une année sur l'autre, même si mes pérégrinations se cantonnaient dans le même périmètre, je m'allégeais de plus en plus pour au moins ne pas avoir le ridicule du débutant qui charge sa roulotte sur son dos. Sur la fin, ce que j'emportais aurait tenu dans une trousse de toilette. Mais j'avais reçu une cruelle et éclairante leçon d'un candidat déclaré à la route des Indes qui n'avait en tout et pour tout, en prévision de ce long voyage, qu'une demi-baguette et une gourde dans une sacoche de toile portée en bandoulière. John Muir, au milieu du XIXe siècle, ne s'encombrait pas davantage quand il s'aventurait seul à travers les montagnes Rocheuses et s'extasiait le ventre vide sur les beautés du Colorado. Et ce n'était pas une question de climat, il procéda de la même façon quand il explora les glaciers d'Alaska avec un petit chien, mais personnellement j'avais du mal à concevoir qu'on puisse s'aventurer aussi loin sans au moins une boîte de café instantané pour commencer la journée et quelques conserves en prévision des dimanches et des jours fériés. Et peut-être que celui-là n'avait jamais dépassé les frontières du Vaucluse, mais il parlait avec l'autorité d'un routard sans peur, au fait des pièges du voyage, habitué à composer avec les circonstances et les imprévus, me délivrant de précieux conseils, comme ceux-ci, pleins de bon sens à la vue de mon sac gonflé : un bagage volumineux attire la convoitise, et à quoi bon s'encombrer de rechanges quand dans ces pays lointains on se fait une garde-robe pour trois fois rien. Ce qui m'impressionnait beaucoup, ce genre de préceptes, moi qui tremblais comme une feuille, le soir, quand je devais chercher un abri où étendre mon duvet.

J'avais encore en mémoire cette nuit sur les pelouses éclairées de la gare de Lyon-Perrache, qui était l'unique gare de la ville alors, et un grand rendez-vous de routards descendus du Nord, attirés comme des phalènes par le soleil du Midi. S'y réunissaient aussi quelques clochards, mais eux n'allaient pas bien loin, qui profitaient simplement de cette bulle de lumière et de la fermeture tardive du buffet. J'avais surpris la conversation de trois d'entre eux, avinés et crasseux, assis sur un chariot à bagages, leur bouteille de rouge passant de main en main, devisant sérieusement sur la manière d'élever les enfants. Peut-être constataient-ils une déliquescence de la jeunesse à travers le spectacle navrant de ces garçons chevelus et traînards qui envahissaient leur territoire. Toujours est-il qu'ils étaient d'accord, mes trois misérables, sur la nécessité d'une bonne éducation.

Plutôt qu'à l'abri des regards derrière un massif de fleurs, j'avais choisi de m'installer bien en vue au milieu d'une pelouse sur laquelle il était interdit de marcher. Il me semblait que je serais davantage en sécurité sous la surveillance de mes gardiens de l'ordre moral. Et je m'étais endormi sans trop de difficultés. On marchait beaucoup dans une journée qui avait débuté aux premières lueurs de l'aube. Le stop obligeait à traverser les villes à pied, à chercher longuement les bons endroits, à stationner debout des heures entières, car celui qui tendait le pouce assis sur son bagage ou une borne n'avait aucune chance, considéré comme un paresseux par les voituriers, le stop, ça se méritait aussi. De sorte que le soir, le sommeil arrivait vite. Mais inconfortable bien sûr, et il était souvent interrompu par un bras ankylosé, un dos en marmelade, le klaxon d'un énervé, ou le chant d'un oiseau. L'herbe a beau être plus tendre qu'un sol en béton, elle ne vaut pas un matelas. Et la vie nocturne est bruyante quand on a l'oreille aux aguets. Même au milieu de nulle part.

C'est ainsi que je m'étais réveillé brusquement en pleine nuit, et que j'avais eu la surprise de voir penché au-dessus de moi un homme noir fouillant dans mon sac à dos. À peine le temps de prendre conscience de la situation que, sans se démonter, il se relevait brusquement en criant : Police, vos papiers. Il ne faisait aucunement illusion, j'aurais pu lui répondre qu'on ne demande pas ses papiers à l'empereur de Chine, pourtant je me suis docilement exécuté, sans doute le poids de toutes ces années où on nous avait appris à obéir sans discuter, et je lui ai tendu ma carte d'identité au risque qu'il s'enfuît avec. Mais sans doute était-il aussi apeuré que moi, je crois que ses mains tremblaient, et après y avoir jeté un œil rapide qui n'essayait même pas d'être professionnel, il me rendit ma carte et retraversa le square en courant comme, oui, un voleur. Mais depuis, je veillais à attacher les cordons de mon sac à mon poignet, ce qui n'aidait pas au confort de mon sommeil.

Une autre fois, traversant le Massif central, ne sachant où me poser alors que la nuit était tombée, j'avais investi une cabane en planches au milieu d'un terrain vague, non loin d'une petite cité de montagne qui sommeillait sous le dôme poudreux de ses lampadaires. Sans doute une ancienne cabane de chantier ou de jardiniers, mais des enfants en avaient fait leur repaire, car à la lumière de ma lampe de poche j'avais découvert sur un banc des magazines pour la jeunesse et des traces de pique-nique. L'impression d'être Blanche-Neige découvrant la maison des sept nains. Je fis un peu de ménage et m'installai. Les rayons d'une lune blanche traversaient les cloisons grossières, et j'en profitai pour sortir mon réchaud, remplir d'eau la petite casserole en émail crème intérieur blanc qui me suivait partout, et y plonger un sachet de thé. J'étais à le siroter doucement, le nez dans ma timbale en plastique bleu pour tenter d'évacuer l'angoisse de la solitude, quand des pas se firent entendre autour de ma cabane. Dans le grand silence de la nuit, le moindre craquement prend des allures de cataclysme. La cavalcade d'une souris dans l'herbe déclenche un raffut de tous les diables. J'en avais fait souvent l'expérience, enroulé dans mon duvet, la tête dans les étoiles. À force, on ne sursaute plus, et quand une feuille tombe on ne s'imagine pas forcément victime d'une lapidation. Mais cette fois il s'agissait bien de pas. Un homme rôdait autour de la cabane. Et d'ailleurs une souris n'essaierait pas de pousser la porte. Alors qu'est-ce qu'on fait dans ces cas-là ? On tire à travers la porte en faisant un grand trou dans les planches ? On crie « occupé » ? Vous prendrez bien une tasse de thé ? À peine le temps de décider de la bonne attitude, que la porte s'ouvrait en couinant et qu'un chien jaune efflanqué filait droit vers mon sac à dos pour y chercher de la nourriture. J'en fus quitte pour piocher dans ma réserve de fromage fondu.

Alors d'imaginer ce jeune homme et son morceau de pain sur la route des Indes me remplissait d'admiration. L'année précédente, à l'en croire, il avait parcouru la Turquie et l'Iran dans le même équipage. J'aurais aimé qu'il m'en dît davantage, je savais que moi, en pareilles circonstances, infichu de changer ma monnaie, de demander ma route, d'entrer dans un café, on m'aurait ramassé inanimé, le ventre vide au milieu de la steppe, assoiffé auprès d'un point d'eau, mais je me retenais de lui poser des questions de peur de paraître novice. Car de mon côté je n'avais pas de grands exploits à lui confier. La traversée du Berri dont quelques kilomètres sur le plateau d'un tracteur ? Une invitation à partager le repas d'une communauté religieuse d'un nouveau style où il fallait chanter les louanges du Seigneur avant de se jeter sur le riz complet ? Je n'osais surtout pas lui avouer que je n'avais jamais franchi les frontières du pays. Cette seule pensée me ramenait à la réalité de mes pauvres moyens, où je me faisais une montagne de tout : de la langue, de la géographie et des hommes. Au lieu que lui, avec ses seules mains dans ses poches, il se fixait le bout du monde et partait droit devant. Mais peut-être avait-il des traveller's cheques dans un sachet suspendu à son cou par un lien de cuir et glissé sous sa chemise. Ce que j'avais cru remarquer chez certains. Auquel cas, plus besoin de trimballer sa maison sur son dos. Ce qui facilitait les choses sans doute, mais n'ôtait rien cependant à sa témérité. J'avais bien noté que les sacs ventrus surmontés d'un tapis de sol enroulé sous le rabat et auxquels pendaient une poêle et une casserole, qui s'entrechoquaient comme des clarines quand ces nouveaux pèlerins marchaient, pouce baissé, le long de la nationale en tournant le dos à la circulation, dénonçaient surtout un comportement frileux et grégaire. Ceux-là allaient bien souvent camper dans un champ familial en Auvergne.

Parvenu sur les aires d'auto-stop, à la sortie des villes, il était d'usage de se saluer par deux doigts dressés en V. Un geste qui m'était peu naturel mais auquel je me contraignais pour être dans l'air du temps, levant un petit V qui n'avait rien de triomphant mais qui tendait à démontrer que j'étais bien des leurs. Ce que je faisais là, prenant ma place dans la file et espérant qu'on ne remarquerait pas l'intrus ? Je m'entraînais comme je le pouvais à sortir de ma coquille. Le peu dégourdi essayait d'apprendre de ces semblables une façon d'être et un art de vivre, envieux de leur allure désinvolte, de leur absence de timidité, de leur mépris du confort, de leur sens de la débrouillardise. Le très réservé se faisait violence pour affronter le monde, s'imposer ce quotidien d'épreuves : le pouce tendu, l'attente, les déposes en rase campagne, les chauffeurs bavards, les soirées cafardeuses où, lui aurait-on proposé de le transporter, il eût demandé qu'on le reconduisît aussitôt à la maison. Mais il fallait compter aussi avec un système de compensation, ce sentiment de liberté qui gonfle la poitrine, cet apprentissage de la force qui fait reculer les peurs, les aubes triomphantes qui rachetaient tout, où je jaillissais comme un ressort de mon fossé pour tendre un pouce vainqueur. Heureusement qu'ils étaient là, mes délurés, pour me donner l'exemple, m'entraîner dans leur sillage, me sortir de ce moule étriqué de mon enfance. Qu'est-ce que je serais devenu sans eux ? Grandi sans mode d'emploi à l'ombre d'une mère en pleurs, qui repassait même les chaussettes et déposait nos affaires sur nos chaises selon l'ordre d'enfilage, le lundi matin à l'heure de prendre le car pour le pensionnat, j'avais bien senti qu'ils étaient ma chance d'échapper à cette prison intérieure dans laquelle je dépérissais, qu'il me revenait de faire le pas, de me lancer au milieu de ces militants aguerris, au risque de m'y sentir comme une anomalie vivante.

Il y avait un point cependant sur lequel je me sentais en plein accord avec eux. N'ayant jamais envisagé de faire quoi que ce soit de ma vie, et personne ne s'en étant inquiété, c'était le seul endroit où l'on n'exigeait pas de moi d'avoir un programme, une ambition professionnelle pour laquelle je n'avais ni disposition ni désir. L'époque était sur ce plan d'une légèreté et d'un optimisme absolus. L'objectif graffité sur les murs de ne travailler jamais, relayé par un cinéma marginal où l'on invitait à tout arrêter et à se mettre à réfléchir, tout ça m'allait très bien. Enfin j'étais de plain-pied avec mon temps. Je ne disposais d'aucun talent monnayable, d'aucun savoir-faire, à part accueillir les clients qui poussaient la porte de notre magasin, leur demander ce qu'ils voulaient, argumenter selon la méthode de notre mère qui n'encourageait jamais à la dépense, soucieuse de satisfaire l'acheteur au meilleur prix, encaisser, rendre la monnaie et saluer. Ah si, un bon point à mon actif peut-être : nous emballions les cadeaux avec dextérité et célérité, ce qui relevait d'un tour de magie pour les clients admiratifs et est encore aujourd'hui pour moi un motif de fierté. Après on s'étonne moins de se retrouver marchand de journaux au 101 rue de Flandre, à Paris. Mais dans un milieu où le petit commerçant était considéré comme un affameur du peuple et le suppôt du grand capital, ce n'était pas pour le moment un talent à mettre en avant. En conséquence je restais évasif sur mes origines. Je n'avais qu'à dire que mon père était mort, et on me laissait tranquille sans pousser l'investigation plus loin. Je devenais une sorte d'orphelin lâché sur les routes comme le petit Rémi dans *Sans famille*.

Cette incapacité à tirer des plans sur ma vie future se révélait un atout. Il était même plutôt bien vu parmi les marginaux de refuser un devenir de maître, de tourner le dos ostensiblement à toute perspective de carrière, voire d'interrompre ses études juste au moment de passer ses examens après six ans de médecine, ou de renoncer la veille au soir à se présenter au concours de conservatoire de musique alors qu'on avait prédit au candidat une carrière de soliste international. L'idéal était de s'afficher bon à rien. Ce qui était considéré comme la vertu la plus haute. Preuve qu'on ne se rangerait pas du côté des oppresseurs qui avaient besoin de gens capables et décidés pour asservir les masses et les maintenir dans leur état d'arriération idéologique. Un bon à rien, c'était l'assurance qu'il ne ferait de mal à personne. En quoi j'avais des incompétences à faire valoir : étudiant en lettres modernes (la filière des cas désespérés), ne sachant ni nager ni conduire, ne voyant pas plus loin qu'à deux mètres, et n'entendant rien au débat politique, sinon sur l'essentiel : on est pour les opprimés, c'est ça ? Du moins ici faisait-on grand cas de la lecture. Nul n'aurait aimé passer pour ignare, et il n'était pas rare qu'un jeune homme, las d'attendre, sorte de son sac à dos, sur lequel il s'asseyait, un livre de poèmes. Chinois, par exemple, dédaignant soudain les voitures qui filaient sous son nez.

Comment le signe en V de la victoire, c'est-à-dire, de la guerre, avait-il réussi à se métamorphoser en symbole d'amour et de paix, il y a certainement une explication à ce glissement d'un extrême à l'autre, mais pour l'heure, c'était le mode de reconnaissance entre jeunes gens du voyage. Et c'est vrai qu'on ne se voulait pas de mal, à condition de respecter certaines règles, comme de prendre sa place dans la file et ne pas se précipiter sur la première voiture à s'arrêter quand ce n'était pas son tour. Il y avait une exception cependant, les filles, très rares à s'aventurer seules sur les routes, mais manifestement téméraires, et qui avaient la préférence des conducteurs esseulés, lesquels les embarquaient séance tenante, au mépris de leur numéro d'attente. Ce qui provoquait des réactions indignées contre le chauffeur, traité de phallocrate au minimum. Mais on n'osait pas qualifier la fille. Les mouvements féministes nous avaient mis en garde contre certaines dérives sémantiques.

Parvenu sur les lieux de stop à la sortie des villes, un endroit dégagé en bordure d'une route nationale où les voitures étaient visibles de loin mais où elles n'avaient pas eu encore le loisir de prendre de la vitesse, on s'informait d'abord sur le temps d'attente. On pouvait déjà l'estimer à l'état de calme, de rage ou d'abattement du stoppeur, à la hauteur de son bras tendu qui avait tendance à baisser au fil des minutes, au pouce se refermant soudain sur les doigts pour lancer un poing vengeur en direction d'une voiture dont on avait espéré, à son allure, à ses occupants, qu'elle s'arrêterait. D'autant que certains conducteurs s'amusaient à ralentir et à se ranger une centaine de mètres plus loin sur le bas-côté. Nous courions alors avec nos sacs à dos vers notre planche de salut, quand à peine étions-nous parvenus devant la portière que la voiture redémarrait précipitamment. Ce qui faisait rire beaucoup ses passagers qui nous dévisageaient par la dunette arrière. Elle pouvait stopper de nouveau quelques mètres plus loin, et recommencer le même manège, ou accepter de prendre à son bord l'essoufflé déconfit, oscillant entre gratitude et colère, et s'efforçant de partager cette bonne blague avec ses nouveaux amis. Il y avait aussi cette variante où le chauffeur descendait de sa voiture pour se soulager dans le fossé, et nous n'avions qu'à nous en retourner penauds sous le regard goguenard du pisseur.

Parfois l'attente pouvait s'éterniser des heures. Certains choisissaient alors de traverser la route et de tenter leur chance en sens inverse. Non pas avec l'idée de retourner à leur point de départ. Ils pouvaient modifier leur itinéraire selon les circonstances et leurs humeurs. Ce n'était pas tant la destination qui comptait que l'aventure du voyage. Et peut-être moins l'aventure que cette pose. Le tutoiement entre auto-stoppeurs était obligatoire. En quoi j'avais besoin encore de me faire violence. D'emblée s'adresser à un inconnu, comme si on avait partagé les mêmes bancs des écoles chrétiennes, n'était pas dans les habitudes de la maison. Hormis sa famille directe, notre mère donnait du vous à tout le monde, beaux-frères et belle-sœur compris. Mais le vous sur la route était fatal, qui vous rangeait du côté infamant de la bourgeoisie et de la classe dominante. Au moment des grèves estudiantines, les leaders apostrophaient sans ménagement les professeurs qui s'aventuraient dans les AG et s'avisaient de contester un mot d'ordre : tu parleras quand ce sera ton tour, camarade. Et le camarade professeur avait beau protester, rien n'y faisait. Et surtout pas de réclamer du respect pour sa personne. Ce qui provoquait une vague d'indignation dans l'amphi. Qu'est-ce que tu sais du respect, camarade, qui humilie à longueur d'année les enfants des classes laborieuses. L'habitude révolutionnaire du tutoiement étant prise, entre déguenillés on n'allait pas faire des manières.

La conversation s'engageait sur la destination, la provenance, les itinéraires, les conducteurs, le trafic, les lieux d'hébergement, et puis de temps en temps, tu n'aurais pas un peu de shit (non, je n'avais pas, ne fumais pas, et considérais que mon esprit n'avait pas besoin de ces altérations de la conscience pour aider à la création, on se débrouille avec ce qu'on a, sans leurre, sans artifice, seul moyen d'avoir la réponse nette à la question : moi, tout seul, ça donne quoi ?), mais il convenait de ne pas pousser l'échange trop longtemps, en donnant l'impression fausse que deux amis voyageaient ensemble. Ce qui était le plus sûr moyen de rester en carafe sur la chaussée. Les automobilistes ne se risquaient que rarement à prendre plus d'une personne à la fois, invoquant des raisons de sécurité. Car des rumeurs circulaient de part et d'autre. D'un côté tel chauffeur avait été attaqué et dépouillé par deux auto-stoppeurs, celui placé à l'arrière le ceinturant tandis que le second lui faisait les poches. De l'autre des histoires de somnifères jetés comme des sucrettes dans un café généreusement offert, et le routard se réveillant dans un lit ou dans un fossé selon les versions, sans trop savoir ce qui s'était réellement passé. Autant de rumeurs bien entendu invérifiables, colportées par des inconnus emportés sous nos yeux, nous laissant avec ce soupçon sur le bas-côté, qui disaient surtout ces préventions de part et d'autre, cette intimidation réciproque entre les deux mondes, cette convoitise de la vie de l'autre qu'aucune des deux parties n'aurait pourtant accepté d'échanger, cette vieille fable revisitée du loup et du chien, où le volant figurait le collier. Mais du coup on se tenait sur ses gardes.

Il y avait un slogan qui faisait fureur alors et que colportaient les camions sur un disque autocollant affiché sur la carrosserie : Les routiers sont sympas. Le routier ayant perdu son sens médiéval de « soldat de fortune » pour désigner un chauffeur de poids lourds. Pour un routard — personne qui prend la route, vagabonde librement, selon la définition du dictionnaire —, la réalité était plus mitigée. Pas du tout sympas, au vrai, si l'on considère qu'ils étaient très peu à s'arrêter pour nous prendre. L'un d'eux qui s'était montré compatissant et nous avait chargés, moi et mon lourd sac à dos, m'avait expliqué qu'en agissant ainsi, par quoi il s'efforçait aussi de dédouaner ses collègues, il se mettait hors la loi, les employeurs s'y opposant pour des raisons d'assurances. En cas de pépin, il revenait au chauffeur de régler les frais d'hôpital de son clandestin accidenté. Ce qui refroidissait les élans. Sans doute, mais on n'avait pas été sans remarquer que les filles seules et jolies étaient prestement invitées à monter à bord des puissants semi-remorques. Et à moins d'un amendement au contrat concernant les mini-jupes, il était évident que la loi n'était pas la même pour tout le monde.

Ce qui faisait que certains l'outrepassaient ? La solitude, les longues heures passées au volant — j'ai chargé à Boulogne à sept heures du matin et je dois être demain à midi à Algésiras —, la peur de l'endormissement — parle-moi, p'tit gars, sinon je vais piquer du nez —, la curiosité scientifique — dans vos cheveux, vous n'avez pas des poux ? Il y avait aussi les pères compréhensifs — j'ai un fils de ton âge —, et les mécontents de leur vie — si je pouvais, je ferais pareil. Quoi, la route ? Mais, ils la faisaient. Ils n'avaient qu'à se raconter qu'ils s'étaient pris eux-mêmes en stop. Et puis parmi les raisons qui poussaient les routiers à se montrer généreux, certains avouaient tout simplement aimer la jeunesse. Mais là encore, il fallait s'entendre. Aimer comment ?

Comme cette fois sur la route de Moulins ? Je sentais très bien que la conversation commençait à glisser dangereusement, à prendre un tour de plus en plus insidieux. Après des considérations générales sur ce que je faisais (des études), sur la route (pas les moyens de voyager autrement), sur les jobs d'été (j'avais passé un mois à vendre des beignets sur une plage des Sables-d'Olonne), le camionneur s'inquiétait à présent de mes fréquentations (j'allais rejoindre une amie à Montluçon), mais à ce stade j'étais déjà sur la défensive. Je gardai pour moi que mon amie était extrêmement jolie et qu'elle accompagnait ses parents à ce même camping du bord de mer où j'avais installé mon campement d'été, partageant la vie de ce village de tentes où on se montrait au petit soin avec moi. Quand je rentrais de la plage, après avoir rapporté la recette et les beignets invendus que le pâtissier remixait dans la pâte du lendemain, m'attendaient certains soirs, déposées comme une offrande sous l'auvent de ma canadienne, une assiette de sardines grillées, une salade composée ou des crêpes. J'étais jeune et seul, et le cœur des mamans s'apitoyait, que j'avais souvent aidées à transporter une bassine de linge jusqu'au lavoir.

Le mois de juillet fini, j'avais dit adieu à mes beignets. Ma poignée de sous en poche, j'avais localisé sur une carte la désirée, et tracé une diagonale passant par Poitiers, Le Blanc, La Châtre. Une fois sur place, je dormais dans un parc public dont j'escaladais à la nuit tombée la grille et allais rejoindre clandestinement mon amie dans la journée. Au milieu du séjour, comme je trouvais mes soirées longues sous les étoiles, j'avais choisi de descendre dans le Sud retrouver des cousins qui vivaient en communauté près d'Aix-en-Provence. Le temps de grimper sur le plateau du Larzac avec eux et quelques milliers de personnes pour expulser l'armée, dont je ne garde aucun souvenir pour cause de coma éthylique, je reprenais la route vers le nord par la nationale 7 où m'avait chargé ce routier questionneur. Ce qui peut donner, cette agitation, l'image d'une jeunesse frénétique, mais j'étais bien placé pour savoir qu'il n'en était rien et que je me faisais plutôt peine à voir.

Pour changer de sujet, je lui fis remarquer qu'un de ses collègues m'avait affirmé qu'un routier n'avait pas le droit de prendre des auto-stoppeurs. Pour des problèmes d'assurances. C'était vrai ? Sur quoi mon chauffeur se tourna vers moi, et accompagnant sa remarque d'un grand clin d'œil : quand on n'a pas le droit, on prend le gauche. Je fis ah ah, et renonçai à provoquer un autre mot d'esprit intraduisible. L'après-midi touchant à sa fin, il avisait un restaurant éclairé et une concentration élevée de semi-remorques rangés sur le parking, et décidait, en lâchant une main du volant pour se taper sur le ventre, qu'il était l'heure pour lui de dîner. J'avais espéré un moment qu'il m'invite mais son amour de la jeunesse devait se doubler d'un modèle d'éducation spartiate. Et il se dirigea seul vers son restaurant. Comme j'étais de nouveau installé sur le bas-côté de la chaussée, il revint sur ses pas et m'assura que si jamais dans une heure je n'avais toujours pas bougé, on reprendrait la route ensemble. J'acquiesçai avec un empressement reconnaissant — je n'osais pas exprimer le fond de ma pensée alors — mais j'espérais bien avoir disparu d'ici là. Je le trouvais déplaisant, étriqué dans sa salopette bleue et sa chemisette terne à carreaux, et surtout pas franc du collier avec sa façon de tourner autour du pot. Un routier de troisième catégorie. Il n'avait pas cette superbe affichée des seigneurs de la route qui traversaient l'Europe de long en large, haut perchés au-dessus du macadam, au volant de puissants mastodontes, roulant aussi vite que les automobiles et se payant parfois le luxe de les dépasser, ce qui pouvait prendre plusieurs minutes tant il y avait long de remorques derrière leur cabine. Ceux-là étaient de la race des éléphants. Ils culminaient au sommet de la chaîne routière et, hors la police qui se montrait conciliante et fermait les yeux sur leurs excès, il n'existait pas de prédateurs pour eux. Quel que soit leur comportement, comme d'accélérer quand une voiture s'avisait de les doubler, personne ne se risquait à protester. Pas envie d'avoir un monstre de plusieurs centaines de tonnes collé à son pare-chocs arrière comme dans *Duel*, le premier film de Steven Spielberg, où un énorme *truck* poursuit de sa vindicte un pauvre automobiliste terrorisé, joué par Dennis Weaver, qui ne comprend rien à la raison de cet acharnement contre lui, et que m'avait amené voir un camarade de faculté dont le père était minotier et livrait lui-même ses sacs de farine par camion, dont son fils aimait parfois prendre le volant. Il fallait d'autant plus se méfier d'un geste d'humeur à leur endroit que nos amis routiers échangeaient entre eux par CB, un système de communication interne, hérité des radioamateurs, et il leur était facile de signaler à un collègue un chauffeur irascible. Ils s'entendaient alors comme larrons en foire pour lui mener la vie dure. Mieux valait dès lors s'éviter la satisfaction éphémère d'un bras d'honneur.

Apanage de leur vie de nomades, les seigneurs de la route avaient des foules d'histoires à raconter, glanées aux quatre coins de l'Europe. Même si elles se ressemblaient toutes un peu : les interminables heures d'attente pour le chargement dans les ports, les parties de cartes en plusieurs langues, les filles, corsage ouvert, frappant à la portière sur les parkings de nuit, les voitures embouties lors d'un freinage trop brusque, le camion lourdement chargé incapable de s'arrêter broyant la tôle et ses occupants, les femmes à la maison qui ne se faisaient aucune illusion sur la fidélité de leurs époux, l'étude comparée des autoroutes européennes, des lois réglementant la vitesse, la consommation d'alcool, les heures de conduite, les infractions. Le camion de mon routier était plutôt du genre à transporter sur son petit plateau arrière un pêle-mêle de sacs de ciment et de motoculteurs flambant neufs, destinés à une grande surface de Moulins. Il était d'ailleurs immatriculé dans l'Allier, ce qui ne faisait pas de lui un dévoreur de routes. On comprenait qu'il n'eût pas grand-chose à raconter. Et quand il s'était glissé sur le parking entre deux semi-remorques, je m'étais presque senti humilié de descendre d'un camion d'aussi petit format.

J'avais donc repris ma place sur le bas-côté de la chaussée, et pendant que mon chauffeur hésitait entre une côte de porc forestière et un sauté de veau, je sortis d'une des poches de mon sac et avalai sans précipitation une portion de Vache qui rit (un triangle isocèle, à la base en arc de cercle, d'une pâte à tartiner blanchâtre enveloppée d'un mince papier d'aluminium qu'on ouvrait au dos à l'aide d'une petite languette rouge, orné sur le dessus d'une étiquette représentant une tête de vache hilare, rubiconde sur fond bleu, et portant en pendant d'oreille son propre portrait, ce qui, cette composition de Benjamin Rabier, donnait un effet de mise en abyme qui assurait à lui seul le succès du fromage — d'ailleurs le chien jaune avait apprécié). Et comme dans mon restaurant à ciel ouvert on avait aussi droit au dessert, je terminai mon repas par un biscuit chocolaté, écrasé et à demi fondu dans son emballage de papier cartonné. Une heure plus tard je n'avais toujours pas bougé. On était entre chien et loup, et ce clair-obscur qui rendait plus incertaine la silhouette des auto-stoppeurs n'incitait pas les voitures à s'arrêter. Ignorant à qui elles avaient affaire, ne pouvant pas juger sur la mise, elles se montraient prudentes et filaient.

Le temps passant, je redoutais d'avoir à réembarquer dans le camion infâme et c'est avec effroi que je vis son chauffeur venir vers moi et me proposer avec sa générosité coutumière de reprendre la route. Comme j'avais également alors beaucoup de mal à dire non (c'est encore un de mes chantiers de réforme, les progrès sont millimétriques), je grimpai résigné dans la cabine et calai mon sac à dos entre mes genoux. Visiblement le repas avait agi sur lui comme un remontant. Il avait dû prendre une série de bonnes dispositions et s'appliquait à suivre son programme à la lettre. Aussitôt il relançait la conversation sur mes fréquentations. Il me prêtait une jeunesse délurée en accord avec la rumeur selon laquelle les marginaux avaient des mœurs très libres. Depuis Woodstock et ses images de filles dévêtues juchées sur des garçons chevelus et agitant leurs bras en cadence, les esprits s'étaient échauffés. L'amour universel était en train de gagner les cœurs. Du coup le doux Jésus avait même été enrôlé dans cette gigantesque Love Parade. Une chanson écrite par un haut dignitaire de la presse prétendait même qu'il fumait de la marijuana et aimait les filles aux seins nus (Matthieu XV, 22). En poussant l'enquête plus avant on aurait sans doute découvert qu'il tenait la guitare basse dans le groupe des apôtres, tout en chantant aimez-vous les uns les autres et incitant la foule à reprendre en chœur *all you need is love.*

Je portais un tricot blanc flottant à manches longues, qui était en fait un ancien maillot de football dont j'avais décousu le col et les poignets pour effacer toute ressemblance avec une quelconque activité sportive, le football dans le milieu étant rangé aux côtés de la religion et de l'opium du peuple, encore un stratagème du grand capital pour abrutir les masses et les détourner de leur objectif d'émancipation. Tu n'as pas l'air d'être bien gros, faisait remarquer le chauffeur en me jetant des regards de travers. Je parie que sous ta chemise on compte tes côtes. Cette fois ça sentait vraiment le roussi et je tremblais des pieds à la tête. J'aurais pu citer la phrase de Rimbaud : « Oh l'horrible quantité de force et de science que le sort a toujours éloignée de moi. » En la circonstance surtout la force. Tout un passé de gringalet (pour mémoire, 1,22 mètre et 22 kilos à dix ans) qui ne prédispose pas au combat rapproché — même si, depuis, j'avais pris cinquante centimètres et quelques kilos. Mais je manquais d'entraînement. Jamais je n'avais eu à en venir aux mains, ayant toujours compté sur ma science de l'esquive pour me sortir d'une situation délicate. Ce qui, je l'éprouvais chaque fois, ne remplaçait pas la satisfaction fantasmatique de mon poing s'écrasant sur le nez de mon contradicteur. Je trouvais admirable la retenue de ceux qui avaient les moyens d'exécuter d'une gifle de plomb tous ceux qui leur cherchaient noise. Or, à ma grande surprise, quand j'en aurais profité davantage, ils en usaient peu.

Peut-être regardait-on à deux fois avant de les contrarier.

Mais là, enfermé dans cette cabine bruyante et trépidante, filant à cent à l'heure dans la nuit de la province française sur une nationale déserte, hormis une biche traversant inopportunément la route qui eût obligé le camion à piler brutalement et moi à passer tête la première à travers le pare-brise, cette gifle de plomb n'étant pas dans mes cordes, je ne voyais pas de solution à mon évasion. Quelle idée d'avoir voulu jouer à la jeunesse rebelle au lieu de rester à la maison entre les quatre murs qui avaient enfermé mon enfance. Je commençais à échafauder des plans pour sauter du camion en marche, quitte à me fracasser sur le bitume. Mais avec une jambe brisée je n'irais pas bien loin. Le pervers n'aurait qu'à me ramasser. Et pas de secours à attendre. À cette heure tardive la circulation s'était tarie. Et maintenant, toujours aussi prévenant, il s'inquiétait de ma fatigue. Avec toutes ces nuits à dormir dehors, tu dois avoir sommeil. Allonge-toi sur la couchette, si tu veux. Et il me montrait derrière lui une planche coincée entre son siège et la paroi de la cabine sur laquelle était jeté un duvet bleu. Sans doute s'était-il senti humilié de n'avoir pas l'équipement sophistiqué des seigneurs de la route qui dans leurs paquebots géants bénéficiaient du plus grand confort. Et il avait bricolé cette studette pour ses longs trajets entre Moulins et Roanne. Je commençais à comprendre pourquoi. Moi, sommeil ? Pas du tout. D'ailleurs je dors très peu. Et je me collais contre la portière, la main sur la poignée, prêt à sauter sans parachute.

La seule interrogation concernait mon sac à dos. J'étais au début de mes voyages alors, et mon paquetage s'était efforcé de ne rien oublier : sac de couchage, drap intérieur, rechange pour plusieurs jours, réchaud butagaz, casserole crème, timbale bleue, couverts, boîte de café lyophilisé, lampe de poche, ouvre-boîte, livres. Ne manquait que le rond de serviette. De sorte qu'il ressemblait à ceux qui campaient dans le champ familial en Auvergne. Son encombrement et son poids constituaient un lourd handicap en cas de fuite précipitée. Je pouvais bien sûr l'abandonner au pervers, mais étaient cachés dans une petite poche intérieure quelques centaines de francs ramenés des plages de l'Atlantique, et je ne me voyais pas errant démuni sur le bord de la route, avec pour seule fortune un ancien maillot de football effiloché aux manches et un pantalon de toile. J'ai toujours eu ce sentiment, et l'ai encore, n'ayant pas cette assurance du routard à la baguette de pain, que dans une situation semblable, abandonné sans ressources sur le bas-côté de la route ou sur le bord d'un trottoir, on ne retrouverait quelques années plus tard, à la même place, que le tas de mes os.

Mon chauffeur était maintenant pris de bâillements irrépressibles, se décrochait ostensiblement la mâchoire. Quelle heure était-il ? N'ayant pas de montre, j'avais emporté mon réveil de communion, qui se repliait dans un boîtier tapissé de cuir noir, lequel était dans mon sac. Ni le temps ni le cœur à vérifier, mais l'heure n'était pas si tardive. Autour de minuit peut-être, pas de quoi se livrer à ces manifestations bruyantes d'endormissement. Il prétendait avoir des éclairs dans les yeux, se les frottait du bout des doigts, raidissait ses bras sur son volant, et quelques kilomètres plus loin, c'était son dos qui le tourmentait, qu'il cambrait en s'écartant du dossier, et pour que je comprisse bien que cet homme jouait avec sa santé, et conséquemment avec la mienne, il accompagnait son mouvement d'un rictus de douleur sur son visage. Tous les signes étaient au rouge, continuer présentait un trop grand risque, il allait devoir s'arrêter. Ça va me faire du bien de dormir une heure ou deux, insistait-il.

Personnellement je pensais que c'était sans doute ainsi qu'on voyait sa dernière heure arriver. Mon Dieu, sauvez-moi, déchaînez la foudre, envoyez vos légions d'anges, que saint Michel terrasse de sa lance de feu le dragon lubrique de Moulins. Jésus Marie Joseph, ayez pitié de votre fils démuni que vous avez lancé sans poing de plomb dans la vie. Il reconnaît avoir péché par vanité, ce voyage était trop grand pour lui, mais comment lui en vouloir d'avoir rêvé d'une vie qui ressemble à la vie. Rappelez-vous la sienne, si peu drôle jusque-là.

Le camion ralentissait et découvrait dans le faisceau de ses phares une aire dégagée en bordure de la nationale. J'entendis le roulement des pneus écrasant le gravier. Il ne s'était pas encore immobilisé, que le satyre commençait à s'étirer d'aise à l'idée de ce bon somme qui l'attendait. Il n'était plus temps de tergiverser. Comme il tirait énergiquement sur son frein à main, je sortis triomphalement d'une poche latérale de mon sac un rouleau de papier hygiénique rose que j'agitai à hauteur du pare-soleil intérieur comme si je prétextais une urgence. Dans le même temps, je soulevais la poignée de la portière que je n'avais pas lâchée depuis des kilomètres, et qui par chance n'était pas verrouillée (il n'existait pas alors de commande électrique centrale et pour baisser ou remonter la vitre il fallait tourner une manivelle), m'élançai hors de la cabine comme un parachutiste, et avant même de toucher terre tirais à moi mon sac volumineux que je ne comptais pas laisser à l'ennemi.

Dès lors, mon rouleau de papier à la main et mon barda bringuebalant en bandoulière, j'étais un fugitif. Je filai vers l'arrière du camion le cœur battant, doutant que mon pauvre stratagème n'abusât longtemps le cocher somnolent, persuadé qu'il me surveillait dans le rétroviseur extérieur. Par malchance la nuit était claire, les nuages phosphorescents sous la lune. Je n'avais d'autre solution que de quitter la route. Je descendis dans le fossé et me glissai sous une haie, forçant l'entrelacs des branches, insensible aux griffures qu'elles m'imposaient, tractant mon sac qui s'accrochait à ce fouillis épineux, et débouchant de l'autre côté dans un pré. Mais je n'y voyais rien alors. Aujourd'hui non plus, mais l'amincissement des verres pour les grands myopes rend les lunettes plus élégantes, ce qui n'était pas le cas en ce temps, et je préférais les oublier plutôt que d'avoir à chausser ces sortes de prothèses oculaires taillées dans d'épais pare-brise dont je trouvais qu'ils me desservaient esthétiquement, ce dont je n'avais pas besoin dans ma difficulté d'être, de sorte que je traversais la vie à tâtons.

Je me lançai à travers le champ sans bien savoir ce que je piétinais, de l'herbe ou une moisson, ignorant si le pré était habité par un taureau furieux, ou des vaches paisibles, plissant les yeux pour tenter d'apercevoir une lueur dans ce diaporama ombrageux. À l'autre extrémité, après avoir ouvert et refermé une barrière, je débouchai sur un chemin de terre où je m'autorisai, essoufflé et toujours sur le qui-vive, une pause. Je pouvais au moins voir à ses phares allumés que le camion n'avait pas bougé. Le chauffeur en était-il descendu, parti à ma recherche ? S'était-il assoupi ? Il se passa encore quelques minutes puis le faisceau des phares se remit en mouvement. Mais au lieu de poursuivre en ligne droite, il entama un demi-tour et rebroussa chemin à petite allure. Ce qui m'intriguait, ce déroutage. Preuve selon moi que le pervers fouillait de ses phares le bord de la route, s'attendant peut-être à m'y retrouver le pouce tendu comme il en avait pris l'habitude. Je patientai encore une heure peut-être derrière un rempart épineux avant de sortir de ma cachette, puis je regagnai la nationale par une petite route. À cette heure, il n'y avait presque plus personne, mais quand je distinguai les phares haut perchés d'un camion, je plongeai dans le fossé. Lequel, un semi-remorque, n'avait rien à voir avec le lubrique de Moulins. Et je venais peut-être de rater une occasion de quitter ce coin perdu en rase campagne.

Le chauffeur de la première voiture à s'arrêter m'indiqua que je n'étais pas dans la bonne direction. Il me fallait rebrousser chemin, le pervers avait sciemment dépassé le carrefour de Montluçon où j'avais prévu de descendre. Dans l'impossibilité de lire les panneaux indicateurs sinon le nez sur les lettres, je ne m'étais aperçu de rien. Encore un des méfaits de ma myopie à outrance. Je retraversai la route et, assez rapidement, quand je me voyais tenir la chandelle toute la nuit, une autre voiture me déposa au croisement souhaité. Mais il était vraiment tard cette fois, et comme une petite pluie commençait de tomber qui menaçait de dégénérer, j'avisai une aubette susceptible de m'abriter jusqu'au lever du jour. Malheureusement le sol était jonché de tessons de bouteilles de bière. Ce qui semblait une activité normale dans une région désolée. J'arrachai l'épaisse couche d'affiches apposée contre le mur, qui annonçait le passage pour l'été précédent d'un cirque et dont le coin supérieur était décollé, l'étendis à terre, vérifiai que mon matelas était bien isolant, puis je dépliai mon duvet, m'y glissai, attachai les cordons du sac à dos à mon poignet, et m'endormis sur une tête de clown et un trapèze volant.

Les démographes chargés de surveiller les mouvements de la population l'avaient noté dès 1967, soit un an avant que ne soit donné le coup d'envoi officiel d'un changement d'ère, mais sans y accorder d'importance. Un décrochage dans les courbes de croissance, qu'ils avaient alors attribué à un accident statistique, tellement résignés à la poursuite d'une hémorragie inéluctable qu'ils ne pouvaient en fournir une autre lecture. Mais d'année en année, à la grande stupéfaction des mêmes, il fallut bien se rendre à l'évidence : les chiffres confirmaient cette tendance. Pour la première fois depuis plus d'un siècle, le flux migratoire s'inversait. L'exode qui avait vidé les campagnes non seulement était stoppé, mais il semblait que pour certains les lumières de la ville, qui avaient attiré comme des phalènes la masse des miséreux, ne trouvaient plus grâce à leurs yeux. Comme si une nostalgie quasi néolithique s'était peu à peu instillée, un composé de soleils couchants et de chants d'oiseaux, de primevères dans les fossés et de sources d'eau vive, d'air à pleins poumons et de soirées sur le seuil. L'entassement des banlieues, les casemates de béton, la perte des repères anciens, l'éclatement des liens tribaux, le soupçon que l'espérance universelle d'un salut collectif serait toujours remise au lendemain, avaient fini par avoir raison de l'idée qu'on se faisait de l'avenir. La ville n'avait au fond pas grand-chose à proposer à part les trajets épuisants et la solitude. Le voyage d'Ulysse en utopie s'incurvait à mesure qu'on apercevait les brasiers sur les rivages promis. En dépit des slogans rageurs récités comme des mantras, on commençait à douter secrètement d'avoir envie d'y aborder. Parler fort était une manière de se convaincre, l'emballement du discours des militants révolutionnaires trahissait une perte de foi.

Changer la vie, le programme était généreux, surtout pour l'immense foule implorante de ceux qui n'avaient pas de quoi se féliciter des conditions de leur existence (pour les autres, les conservateurs éclairés et nantis, aucune raison de changer, ça va très bien, on ne touche à rien). Mais trop ambitieux, sans doute. Le peuple des insatisfaits est une internationale variée. Chacun ayant son idée du bonheur qui n'est pas forcément celle du voisin, et les deux incompatibles parfois, alors pas commode de mettre tout le monde d'accord, les compagnons des oiseaux et les amis de la chasse, les amoureux de la campagne et les éleveurs de porcs, les goûteurs de silence et les fous de musique. D'où des chamailleries à n'en plus finir. Au bout d'un moment les bras vous en tombent. Ce grand chantier de rénovation, peut-être pourrait-on, humblement, égoïstement, le commencer par soi ? En intervenant par exemple sur son propre capital de vie. Une désertion idéologique, bien sûr, cet abandon du sort des masses et ce choix d'un salut personnel, mais qui avait sa parade. De militant on devenait exemplaire : les gouttes d'eau d'aujourd'hui feraient les grandes rivières de demain. Et comment fait-on ? Longtemps on était parti droit devant soi, les yeux fixés sur le lointain. Mais à présent que l'horizon était obstrué par un rideau de flammes, il était temps peut-être de se retourner. De s'en retourner. Après le sac de l'avenir radieux, le retour au pays natal. Et que l'île d'Ithaque n'eût pas vu naître le revenant n'avait aucune espèce d'importance. Sentiment diffus que tout avait commencé là, au milieu de ce foisonnement sauvage, dans la friction continue avec les éléments. Ces retrouvailles avec un monde ancien risquant de se voir affublé du dossard infamant de réactionnaire, le retour à la campagne serait communautaire, agrémenté d'un massif de marijuana, ce qui de fait rompait avec les mœurs rurales qui étaient plutôt monogames et cigarettes maïs, et ne manqua pas de provoquer quelques incompréhensions entre autochtones et nouveaux colons, mais il était temps de revoir la copie, de repartir de zéro.

Quoique, de zéro pas tout à fait. Le paradis perdu s'identifiait moins au jardin d'Éden, pour lequel on manquait de doigts verts, qu'au foyer. Comme si les regrets anciens de Du Bellay — quand reverrai-je, hélas, de mon petit village fumer la cheminée — avaient alimenté souterrainement, tout au long de cette saignée des campagnes, la mélancolie de l'âtre, d'un âge d'or modeste se contentant des bonheurs du jour. Apollinaire nous avait livré sa formule : une maison, une femme ayant sa raison, un chat passant parmi les livres, des amis en toute saison. À quoi les candidats au retour ajoutaient de la musique, des cigarettes artisanales, et pour les plus chanceux une rente familiale. De sorte que Mai 68, dont on a cru qu'il rejouait les grandes insurrections parisiennes, a été en réalité un adieu à la ville. La ville, qui avait été le lieu des grands bouleversements, était devenue une impasse idéologique. Elle n'avait plus de solution pour nous. Sur le moment, les choses n'étaient pas aussi claires, mais c'est ainsi que cet exode inversé commença par le franchissement des banlieues qui l'entouraient. La priorité fut de se porter au secours de la classe ouvrière, ces fugitifs campagnards, d'en faire la nouvelle classe élue, de la courtiser au point de singer ses mœurs prétendues avec cigarettes brunes sans filtre et gros rouge à la tirette, de partager son quotidien d'exploité pour mieux en éprouver l'indignation et accroître son mépris de la classe possédante.

Même si je ne l'avoue pas alors, prétextant que je n'ai rien trouvé de mieux pour m'y être pris trop tard dans la recherche d'un emploi saisonnier, ce sera ma contribution au mouvement général qui commande de se frotter à la réalité rugueuse des prolétaires. Comme l'écrivait autrefois La Bruyère : « Faut-il opter ? Je ne balance pas, je veux être peuple. » Saint-Simon qui le regretta — ce qui n'est pas la pente naturelle du hargneux petit duc — note que c'était « un fort honnête homme, de très bonne compagnie, simple, sans rien de pédant, et fort désintéressé ». Mais La Bruyère, qui vivait malheureux et humilié dans la maison du grand Condé en tant que précepteur de son petit-fils, ne mit jamais les pieds dans les manufactures royales. Non seulement nous, la jeunesse aux cheveux longs, avions clairement choisi notre camp, mais il nous fallait aussi manger le pain des ouvriers. Certains parmi les plus brillants, suivant la voie ouverte par la frêle Simone Weil, qui au milieu des années 1930 laissait l'enseignement de la philosophie pour se faire ouvrière sur presse chez Alstom, abandonnaient ainsi leurs études pour aller pousser la lime dans les ateliers. Ils espéraient de cette manière convaincre leurs camarades d'établis de se lancer dans la lutte révolutionnaire en leur faisant prendre conscience de leur condition d'opprimés. Mais les opprimés visaient surtout à l'acquisition d'un pavillon dans un lotissement de campagne, avec un jardin et une balançoire pour les enfants. Ils regardaient de travers ces fils de bourgeois qui venaient leur faire la leçon et les dépouiller de leur savoir-faire. Ceux-là voudraient-ils tout ? Le savoir et le tour de main ? Alors à nous, qu'est-ce qu'il nous reste ? De sorte qu'assez vite l'échange tournait au dialogue de sourds entre mains à plume et mains à lime, pas question que les enfants attendent le grand soir pour se balancer. On se battait pour une augmentation de salaire, qui permettrait d'ajouter une piscine gonflable près de la balançoire, sur la durée du temps de pause pour avaler sa gamelle, mais le reste, tous ces mots à rallonge qui ne cassaient pas les briques, c'était juste du bla-bla d'écoliers boutonneux, maintenant pousse-toi, gamin, j'ai un travail à finir, et les camarades étudiants, remballant leur bible de frères prêcheurs, s'en retournaient pour les uns à leurs études, pour les autres, chassés du temple par les fidèles mêmes, à des expérimentations religieuses ou libertaires.

Bien que sans aucune intention prédicante, je m'étais ainsi présenté dans une boîte de travail intérimaire de la grand-rue de Saint-Nazaire. Ce qui n'était pas innocent, ce choix de la ville, plutôt que Nantes, la rivale bourgeoise en col blanc, dont je fréquentais depuis deux ans la faculté des lettres. Saint-Nazaire était depuis sa création, dans la seconde moitié du XIXe, un bastion ouvrier. Elle avait dû son existence à l'ensablement progressif de l'estuaire de la Loire qui empêchait les bateaux au tonnage de plus en plus important de remonter jusqu'à la cité négrière. Le petit port grenouille à l'embouchure, sur la rive nord du fleuve, avait alors gonflé comme un bœuf pour accueillir d'abord les chantiers navals, d'où étaient sortis les plus beaux paquebots, du *Normandie* au *France*, et plus tard l'industrie aéronautique par le biais, dans les années 1930 — la crise mondiale obligeant à diversifier les activités —, de la fabrication d'hydravions dont on avait pour moitié le savoir-faire, les coques de navire. Ce qui, hors quelques coups d'éclat, ne fut pas un succès, mais par la suite, libéré des pistes marines, l'avion prit son envol dans les gigantesques hangars de Gron, voisins des chantiers. Toute une population ouvrière avait ainsi déferlé depuis plus d'un siècle sur la ville portuaire et en avait fait un baromètre des luttes sociales.

À lire les affichettes dans la vitrine du loueur de bras on savait à quoi s'en tenir. Elles réclamaient des tourneurs-fraiseurs, des soudeurs, des coffreurs, câbleurs, ajusteurs-monteurs, chaudronniers, et autres métiers connus des seuls intéressés. N'ayant aucun talent de ce genre, je savais bien quelles fiches on sortirait à mon intention : OS, autrement dit ouvrier spécialisé, ce qui contrairement à sa dénomination signifiait un homme sans qualification. Sans cette pression du temps, je ne suis pas certain qu'il me serait venu tout seul à l'esprit d'envisager un travail à la chaîne, lequel, dans l'échelle de l'exploitation ouvrière, passait pour l'asservissement ultime. Mais c'est ce qu'on me proposa et que bien sûr j'acceptai, comme un adoubement me donnant accès à la caste élue. Ce qui signifie que je prenais sciemment un ticket pour l'enfer.

De fait ça y ressemblait un peu : une usine d'engrais chimiques implantée au bord de l'estuaire de la Loire au milieu d'un gigantesque complexe pétrolier, empestant le chlore et l'ammoniaque, crachant des langues de feu, vomissant des fumées vertes et jaunes dont les retombées toxiques roussissaient les maigres pelouses semées au pied des bâtiments administratifs, seul indice qui les démarquait des ateliers. Depuis l'abandon de l'imagerie médiévale et des pécheurs rôtissant dans les flammes sous la fourche des diables, on avait chargé le monde des forges et ses gueuses incandescentes d'incarner la damnation terrestre. Et dans ce même genre d'esprit, pour la chaîne, on n'avait pas pris de gants. Il n'était pas besoin de traduction. Elle nous renseignait au plus juste sur la condition des forçats de l'industrie.

Le monde ouvrier, je le connaissais un peu. J'avais voyagé avec lui tous les lundis matin dans le car qui le déposait aux portes des chantiers navals de Méan-Penhoët au milieu d'une marée de cyclistes en bleu de chauffe, casquette vissée sur la tête et musette en bandoulière, de sorte que nous n'étions plus que deux ou trois collégiens à poursuivre notre voyage jusqu'à Saint-Nazaire où le car s'arrêtait au milieu d'une immense place ventée, héritée de la reconstruction en carré de la ville que les bombardements alliés avaient ruinée à quatre-vingts pour cent, me laissant terminer à pied jusqu'au collège en longeant le front de mer, traînant mon sac et mon cartable bourré de livres et de cahiers pour ne pas risquer un oubli synonyme de sanctions, progressant tête baissée pour me protéger des bourrasques glacées de l'hiver, le cœur gros à la perspective de ces six jours de casernement.

C'étaient des hommes placides, peu bavards, engoncés dans d'épaisses canadiennes ou des vestes de cuir, et qui, larges d'épaules, s'entassaient difficilement à deux sur les banquettes en moleskine du car. Une fois que toutes les places assises étaient occupées, les derniers arrivés n'avaient d'autre choix que de s'installer sur les strapontins — qui se dépliaient dans l'allée centrale — en rabattant les deux accoudoirs des sièges de la même rangée. Il y avait toujours un retardataire, toujours le même, surnommé je ne sais pourquoi Sirène mais qu'avec ma sœur et notre cousin Joseph nous appelions Clignotant parce qu'il clignait sans cesse des paupières, et qui arrivait à petits pas pressés dans la nuit des lampadaires, débouchant de la rue du Pilori, tête dans les épaules, son petit sac cylindrique à l'épaule, fermé par une corde coulissant dans des œillets, et grimpant d'un bond dans le car sous les rires bienveillants et rituels de ses collègues. Le chauffeur qui était lui-même ouvrier et trouvait ainsi le moyen d'améliorer son salaire n'aurait jamais démarré sans lui. Qu'est-ce qu'on attend ? On attend Sirène. Sirène était là, nous pouvions partir.

De ce moment le voyage se faisait en silence. Non que les hommes somnolaient, ils étaient tous des lève-tôt, été comme hiver, et s'en flattaient, les vacances ne souffrant pas d'exception, et pour rien au monde ils ne se seraient prévalus d'une grasse matinée, synonyme pour eux de paresse, il n'était donc pas question de profiter du voyage pour prolonger en douce sa nuit. La plupart étaient plongés dans la lecture d'un quotidien local pris au passage chez les sœurs Calvaire, *Ouest-France* ou *La Résistance de l'Ouest*. Ils tenaient les pages petitement déployées pour ne pas gêner le voisin et se livraient à des contorsions pour les tourner sur elles-mêmes. La lueur blafarde des plafonniers qui maintenait le car dans une demi-pénombre jusqu'aux beaux jours les obligeait à rapprocher les pages des yeux, la tête disparaissant parfois dans le journal. Ils veillaient à ne pas tout lire, à garder de quoi s'occuper pour le retour, quelques-uns se réservant les mots croisés. À l'approche des chantiers, ils le repliaient méticuleusement, jusqu'à le réduire à la taille d'un livre, insistant bien sur les pliures, qu'ils écrasaient de leurs mains rugueuses et épaisses de travailleurs, de manière à le glisser dans une poche de leur veste. Jamais ils n'auraient jeté leur quotidien qui, rapporté à la maison, servirait à allumer un feu ou à emballer des épluchures. Le retour était plus bavard, et exceptionnellement certains se livraient à des parties de cartes. Le dernier jour de la semaine, il flottait un petit air de vacances dans le car.

Du moins pour ce que j'en connaissais — et j'étais plutôt mieux placé que la plupart des jeunes idéologues issus de milieux urbains et favorisés — le monde ouvrier ressemblait en fait assez peu à l'image qu'ils en donnaient. Même si je ne suis pas sûr d'avoir fait à l'époque le lien entre leurs discours et ces hommes — pas une seule femme — avec lesquels j'avais pris le car, chaque lundi matin, pendant six ou sept années. Comme si le discours s'était imposé à la place de la réalité même. Autrement dit, ceci, qui se lève tôt le matin pour prendre un car le conduisant aux chantiers navals où il effectuera une tâche manuelle réclamant un certain savoir-faire, ceci n'est pas un ouvrier.

Je connaissais d'eux pourtant un autre côté qui échappait complètement à nos théoriciens. Car tous étaient clients de notre magasin. À chaque fête des Mères, chaque Noël, ils se torturaient les méninges pour trouver le cadeau à offrir à leur épouse qui, à les entendre, avaient tout, tout ce qui pouvait tenir dans une cuisine, s'entend, demandant conseil, s'en remettant aux suggestions de notre mère. Ces hommes qu'aucun travail ne rebutait redevenaient devant notre belle vaisselle des enfants timides, maladroits, n'osant s'emparer des objets en céramique de peur de les briser, alors que certains parmi eux alésaient des pièces au micron près. Ils se montraient parfois d'une rare délicatesse quand ils restaient en arrêt soudain devant un vase ou une coupe à fruits lourdement ornée, demandant cependant que l'on confirmât la justesse de leur choix. On comprenait que, hors de leur élément pour lequel ils n'avaient de conseils à recevoir de personne, ils faisaient preuve d'une grande humilité, s'en remettant à la compétence de l'autre. Ce qui rejoignait leur conception du travail.

Les hâbleurs étaient peu nombreux, quelques ivrognes qui avaient besoin d'avaler plusieurs verres de vin pour se donner le courage d'entrer dans ce domaine des femmes. Leur principal souci était de ne pas paraître intéressés par toute cette bimbeloterie. Ils affectaient de ne pas avoir la moindre idée du cadeau à offrir, considérant leur démarche comme une corvée, et quand notre mère, connaissant le goût de l'épouse, leur suggérait un article, ils ne discutaient pas, y'a qu'à mettre ça, ça ira bien, c'est bien bon pour elle, ce qui avait cette autre conséquence d'indisposer notre mère qui, outre le fait de se sentir elle-même déconsidérée quand elle se flattait de bien percer le goût des autres, ne supportait pas qu'on maltraitât les femmes. Elle rangeait automatiquement de tels mufles dans la rubrique des sots.

Quelquefois certains livraient des bribes de confidences sur leur vie de travailleurs. Mais ce n'était jamais pour se lamenter. Notre mère, ayant appris que l'un d'eux passait ses semaines à récurer les cales obscures et infestées des bateaux, le plaignant sincèrement de la dureté de son emploi, celui-là se récriait, minimisait toujours : il en avait vu d'autres.

D'autres quoi ? On pouvait tout imaginer du moment que ce travail-ci nous parût anodin en comparaison. Dernièrement encore, Bébert, que j'avais connu sur les bancs de la petite école des frères, et qui logeait dans la maison de la tante Marie parce qu'il était, à plus de cinquante ans, comme un enfant, venant de perdre sa mère et chassé de chez lui, ne sachant plus où aller, à qui j'avais proposé le petit ermitage du jardin dont il se faisait un devoir de régler le loyer chaque premier du mois, qui se serait senti comme un voleur de rater ce premier jour, Bébert, les poumons en lambeaux, atteint d'une maladie dégénérative plus grave que celle que l'on attrape au contact de l'amiante pour avoir inhalé des années durant, sans aucune protection, les vernis qu'il étalait sur des meubles, Bébert, n'ayant jamais quitté sa veste et son pantalon bleus de menuisier, avec cette poche latérale sur la jambe pour y glisser le long crayon rouge à section ovale, Bébert, ayant fondu de plusieurs kilos en quelques semaines et dont on voyait au travers approcher à grandes enjambées la fin de sa vie terrestre, Bébert, au seuil de la mort, n'avait pas une plainte, pas la moindre marque d'amertume ou de rage pour ses jours sacrifiés sur l'autel du travail, se contentant de répéter avec un petit sourire malicieux : ça le fera bien. Ça quoi et ferait quoi, on ne savait trop, c'était une de ses formules rituelles, dont il avait l'habitude de ponctuer une discussion quand on lui avait commandé un travail et qu'on s'inquiétait sur sa faisabilité, ça le fera bien assurait Bébert, et ça le faisait, bien sûr, et bien, et jusqu'au bout, alors qu'on lui présentait le grand chantier de la mort, et qu'on ne pouvait qu'admirer son courage impeccable et sa dignité. Ça l'a fait un mois d'été, après une hospitalisation de quelques jours, pendant laquelle on se contenta de lui administrer de la morphine.

Ceux qui venaient de la terre et pour qui le travail était la mesure étalon d'une vie se désolidarisaient volontiers des revendications syndicales, se montrant plutôt sévères avec les meneurs qui passaient plus de temps dans les réunions avec le patronat que devant leur établi, les accusant même parfois, par leurs demandes exorbitantes — mais en réalité trois fois rien, et des choses qu'ils n'auraient même pas dû avoir besoin de réclamer —, de mettre en péril leur emploi. Ils n'étaient pas impatients de contester les règles hiérarchiques, plutôt enclins à prendre le monde tel qu'il est, ayant gardé de leur atavisme paysan le sens du devoir et de la fatalité, le respect des maîtres et la conscience d'un ordre supérieur des choses contre lequel il était vain de se rebeller. Avec des accès brusques et violents parfois, comme des souvenirs transplantés dans notre monde contemporain des anciennes jacqueries, quand le pain venait à manquer. Mais ils n'en démordaient pas : remettre en cause le travail était fondamentalement un réflexe de paresseux. Ce qui était le qualificatif le plus infamant dans leur système de valeurs. S'en excusant presque, ils trouvaient que leur condition présente d'ouvrier, avec ce nombre d'heures limité à quarante par semaine et cette paie tombant mécaniquement chaque fin de mois, était une sinécure comparée à la dureté du travail agricole et à ses revenus aléatoires dépendant des caprices du ciel et des marchés. D'ailleurs, ils profitaient souvent de tout ce temps libre dont ils disposaient depuis qu'ils avaient quitté la ferme pour entretenir encore un potager qui nourrissait à l'année la famille, via les conserves massives et les bocaux achetés dans notre magasin, et se livrer à l'agrandissement et à l'embellissement de leur maison. Aucune tâche ne les rebutait. Ils savaient tous monter des rangs de parpaings, retourner la terre, plier sur leur genou un tuyau de cuivre, démonter un moteur, réparer une machine à laver le linge. Il n'y avait que le poste de télévision qu'ils n'osaient pas ouvrir quand il neigeait sur l'écran. Bientôt, avec l'arrivée de l'électronique, on allait les déposséder de tout ce précieux savoir-faire. Mais pour l'heure, forts de cette formidable capacité à tout résoudre de leurs mains, ils se montraient souvent sceptiques sur la nécessité de poursuivre des études. Je me rappelle l'un d'eux me disant : quand tout le monde aura son bac, comment on fera pour construire les bateaux ? La réponse est tombée depuis longtemps. Les bateaux sortent toujours plus grands, toujours plus sophistiqués, et ils sont dix fois moins nombreux qu'alors à s'agiter comme des fourmis dans les formes autour des monumentales carcasses d'acier.

Si les jeunes militants avaient décidé d'aller à sa rencontre en partageant son quotidien d'usine, c'est bien qu'un mur séparait le monde des ouvriers de celui des étudiants. Le mur ne tomba pas bien sûr, les aspirations individuelles à un mieux-vivre des travailleurs se moquant pas mal du salut collectif des masses dont les jeunes lettrés se voulaient les ardents propagandistes. Après la mort de Dieu, on avait pensé que le salut et l'au-delà chrétiens pourraient reprendre du service dans l'idéologie révolutionnaire, la classe ouvrière assumant le rôle du peuple élu, la foi des militants s'inspirant du prosélytisme des apôtres courant le monde pour apporter la bonne nouvelle, et le grand soir réactualisant la Jérusalem céleste, mais on ne s'avisa pas qu'en même temps qu'on recyclait le fonds chrétien, on importait aussi le cadavre divin, autrement dit la mort de l'espérance. Il ne fallut pas longtemps pour s'en apercevoir. Cinq ou six ans, tout au plus, le temps de lancer une génération sur des chemins de traverse, et d'abandonner à leur sort les patrouilles perdues.

Chaplin avait déjà dénoncé l'inhumanité de la tâche (et Simone Weil, qui dans le même temps l'expérimentait aux établissements Carnaud et Forges, de Basse-Indre, la consignait pour elle-même dans son journal d'usine), mais depuis *Les Temps modernes* et cette course folle du petit homme moustachu entre le serrage des boulons et la cadence de la chaîne, rien n'avait vraiment changé. Il s'agissait ici, au lieu-dit la Grande Paroisse, en bord de Loire, pas très loin de Basse-Indre, de remplir des sacs d'engrais, qui défilaient sur un tapis de caoutchouc noir et aboutissaient, chargés à dos d'homme, sur des palettes que récupérait un chariot élévateur, que le chauffeur conduisait prestement en virevoltant sur place comme un danseur, ou directement dans un camion se garant à cul en bout de quai.

Initialement le système avait été conçu de façon à se passer de toute intervention humaine, ce qui constitue une économie certaine pour l'entreprise, avec cet autre avantage, décisif en temps de fronde, qu'on n'a jamais vu une machine prendre sa carte à la Confédération générale du travail, mais rien n'avait marché comme prévu. La trémie, ce gigantesque entonnoir qui déversait, parfois dans un nuage de poussière qui embrumait l'atelier et nous obligeait à porter des masques sur le nez comme des mufles de dogue, les diverses sortes d'engrais, dosait mal ses quantités (chaque sac devait peser cinquante kilos, et à mesure qu'elle se vidait la pression se modifiait à l'intérieur de la trémie), au point que l'inégalité régnait dans les chargements. Souvent les sacs en plastique épais, saisis par des pinces d'acier, s'enfilaient mal dans l'embout verseur, et les petites billes blanches d'amonitrate se déversaient alors à flots sur le tapis. Ou bien les bras mécaniques écartant l'ouverture des sacs avant de les présenter à la soudeuse les pliaient parfois de biais, parfois les oubliaient quand le plastique pas assez rigide s'effondrait sur lui-même, de sorte qu'à juger du résultat, cette débandade d'engrais chimiques sur le tapis, on aurait dit que la chaîne était ivre. Alors, pour compenser les défaillances de cette merveille technologique, la direction s'était résolue à faire appel à la bonne vieille main-d'œuvre bonne à rien et propre à tout.

Assis haut perché sur un siège de tracteur, ayant ainsi une vue d'ensemble sur le dispositif, était placé un ensacheur qui marquait le tempo de la chaîne. Il enfilait les sacs dans l'embout verseur et du pied commandait l'ouverture de la trémie, ayant acquis une dextérité prodigieuse qui lui donnait l'impression de jouer avec les éléments, accélérant le mouvement sur une recommandation d'un chef d'atelier, ou le stoppant quand le système s'enrayait. Je me tenais debout à ses côtés, légèrement en contrebas, les deux pieds posés sur une margelle d'acier, condamné à suivre la cadence, pensant à tout moment à laisser tomber ma tâche, incapable de lancer ma rêverie sur autre chose que cette répétition obsessionnelle des mêmes gestes, m'inventant un compte à rebours de sacs qui ne correspondait à rien puisqu'on ne voyait pas le niveau diminuer à l'intérieur du gigantesque cône métallique, supputant que bientôt, cinq, quatre, trois, deux, un, zéro, la machine infernale allait s'arrêter, qu'enfin j'allais pouvoir détendre mes bras, les laisser tomber le long de mon corps, au lieu qu'ils étaient toujours à l'horizontale, à répéter la même partition, jurant que le prochain sac irait tout seul s'encastrer dans la soudeuse, que j'allais les planter là tous, sans demander mon reste ni mon salaire, remontant bien vite sur mon vieux Solex pour parcourir à rebours les vingt kilomètres de trajet jusque chez ma mère, que j'avais effectués à l'aller dans la fraîcheur nocturne de l'Atlantique, trois quarts d'heure de route au milieu des nappes de brume, le petit phare à l'avant perçant la nuit des crapauds qui s'aventuraient à leurs risques et périls sur le bitume, du moins lorsque j'étais du matin et que j'embauchais à 5 heures, ce qui m'obligeait à me lever vers 3 h 30, ce qui faisait que rentré à la maison, quel que soit le quart, matin, après-midi ou nuit — mais quart est un mot impropre puisque la journée se découpait en trois-huit —, je m'affalais dans la chaise longue dépliée dans la cour, les jours sans pluie, ou sur mon lit, et m'endormais aussitôt, ne faisant plus la différence entre le jour et la nuit, ma mère obligée de me réveiller pour un repas dont je ne savais plus s'il s'agissait d'un petit déjeuner ou d'un dîner, retournant m'allonger aussitôt que j'avais avalé ce qu'elle m'avait servi et qu'elle me voyait dévorer avec une voracité dont elle n'avait pas l'habitude, moi le si difficile, s'excusant quand, après avoir dévoré quatre tomates farcies, que connaissant mes goûts elle avait préparées tout exprès à mon intention pour apporter une consolation à la dureté de ma tâche, je sauçais devant elle le plat vide, je ne t'ai pas fait assez à manger, se lamentait-elle, et si j'avais encore du temps avant de reprendre, retournant m'allonger, sombrant aussitôt dans ce lourd sommeil qui me ramenait inlassablement à l'usine, mes rêves répétant inlassablement les mêmes gestes, car à peine nous étions-nous réglés sur les sept jours du matin, enfin calés à la bonne heure de réveil, qu'on passait au quart de l'après-midi, et sept jours plus tard au quart de nuit, avec dans l'entre-deux trois jours à tenter de s'adapter au rythme normal de la vie ordinaire, à prendre ses repas aux heures des repas, à calquer son sommeil sur le cours de la nuit, mais trop vite passés, ces trois jours de repos, n'ayant que contribué à brouiller encore nos rythmes et nos repères, de sorte que les deux mois dans ce décalage horaire permanent s'étaient résumés à cette quête de sommeil et à la répétition mécanique, abrutissante des mêmes gestes, tandis que mon cerveau maudissait l'inventeur et les profiteurs de cette torture mécanisée, ayant clairement le sentiment d'avoir rejoint les damnés de la terre, plaignant mes camarades qui eux ne se plaignaient pas, puisque le salaire dans ces conditions de travail était plus élevé, que le jardin aurait sa balançoire, et qu'ils avaient la possibilité de faire deux journées en une, ayant tout cet après-midi de libre devant eux quand ils quittaient l'usine à 13 heures, qu'ils occuperaient à construire une cabane pour les lapins, retourner un champ, repeindre les volets de leur maison, m'étonnant à la fois de leur courage et de leur résignation, quand ils savaient que les attendait toute une vie de chaîne, la répétition aliénante et obsédante d'un savoir-faire minimal, semblant avoir pesé sur les plateaux de leur balance personnelle les pertes et les profits, c'est-à-dire le prix de leur personne d'un côté, et de l'autre le gain d'un geste de semeur au bras plus généreux, s'estimant gagnant dans l'opération, sinon pour eux du moins pour les leurs, du coup ne protestant pas de leurs conditions de travail, s'en félicitant, se battant pour faire embaucher un ami, un frère, lui offrir par ce formidable piston le décalque enviable de leur existence, une dynastie d'exploités, en somme, au lieu que moi, comme un détenu bientôt libérable je comptais les jours, rêvant cependant toujours de m'évader, de tout arrêter là, subitement, parce que le corps n'en peut plus d'en être réduit à cette gestuelle d'automate, quand il peut courir, aimer, caresser, lire, chanter, réaliser des tours de magie, abattre une carte décisive sur un tapis vert, contempler un lac tranquille, applaudir à un passement de jambes, s'enthousiasmer pour l'ombelle d'un feu d'artifice, pousser la balançoire où l'enfant en redemande encore, parce que le cerveau crie grâce, qu'il n'en peut plus d'être privé de sa déambulation rêveuse, de ses pensées nonchalantes, de ses associations à l'emporte-pièce, de ses images désirantes de femmes, incapable de se projeter au-delà du geste requis dans l'instant, et celui-ci, aussitôt effectué, à nouveau sollicité de la même façon, rigoureusement semblable à lui-même, et encore, et encore, et alors qu'il semble que la raison vacille, on se promet que le prochain sac, on le laissera passer, bras croisés, prêt à s'enchaîner pour ne pas intervenir, qu'il se débrouille, me réjouissant de voir accourir un contremaître effaré, mais qu'est-ce qu'il te prend, et à l'ensacheur, arrête vite la machine, tandis qu'une avalanche de billes blanches déferlerait sur le tapis, mais en fait non, comme si la machine humaine était à ce point programmée qu'aucune intention consciente ne pouvait la dérégler, les sacs remplis, qui continuaient de défiler devant moi la gueule ouverte, en quelques gestes rapides et précis je les glissais immanquablement dans la soudeuse afin d'en assurer la fermeture, tout en veillant à ne pas y laisser les doigts, les systèmes de sécurité ayant été débranchés parce qu'ils ralentissaient la cadence, et la responsabilité en venait moins à la maîtrise, qui fermait les yeux, qu'aux ouvriers eux-mêmes qui aimaient jouer aux durs, pas besoin de ces parades pour enfants, et cultivaient un côté trompe-la-mort, comme lorsqu'ils allaient en cachette fumer une cigarette derrière les pyramides d'engrais inflammables.

Et la seule variation qui apportait une note de fantaisie dans cette vie répétitive, c'était un changement d'engrais dans la trémie, quand les microbilles blanches étaient remplacées par la matière pulvérulente des dérivés du phosphate, qui déclenchait un vent de sable dans l'atelier, et aussitôt nous plaquions sur notre nez le masque de dogue vert ou blanc que nous portions en pendentif autour du cou. Mais une fois passé cet effet de surprise, comme si on avait changé les fleurs d'un vase ou la tapisserie du salon, tout reprenait à l'identique, la méthode demeurait la même qui consistait : 1) à mettre la main dans le sac, 2) à bien en écarter les bords en faisant une sorte de signe de croix rapide à l'intérieur, 3) à en plier le sommet de façon à correctement l'engager entre les mâchoires chauffantes. Comme le sac ensuite basculait sur le tapis, que récupérait un chargeur en bout de course, si la soudure était mal réalisée, ce qui arrivait et n'était pas de mon fait — car en dépit de mes rêves de sabotage, j'étais le fruit d'une éducation scrupuleuse —, l'engrais se répandait par sa plaie et il convenait de le retirer prestement avant l'hémorragie complète. Ce qui n'était pas une manœuvre de tout repos. Soulever une masse de cinquante kilos et l'extraire précipitamment du tapis demande une musculature et des reins solides. Comme il nous arrivait de tourner, excepté l'ensacheur qui gardait ses prérogatives juché sur son siège de tracteur, son casque blanc sur la tête, j'ai pu expérimenter, à mesure que je devenais de plus en plus endurant, la différence entre un sac de quarante-neuf kilos qui s'enlève comme une plume et de cinquante et un qui pèse un âne mort. J'avais beau me raconter que l'écart avec la norme n'était que le poids d'un paquet de farine, ce paquet de farine en plus ou en moins pouvait m'arracher une grimace ou me faire passer pour un catcheur soulevant son adversaire avant de le balancer par-dessus les cordes du ring.

S'il m'arrivait de jouer occasionnellement les portefaix, cependant pour l'équipe j'étais plieur-soudeur. On nous avait expliqué, à moi et mes codétenus, lors d'une réunion de chantier tenue dans la grande salle donnant sur les pelouses calcinées, et destinée à faire le point et nous féliciter d'une augmentation de la production, et d'ailleurs on va essayer de faire encore mieux, hein les gars, que, si si, c'était un vrai métier qui réclamait des compétences particulières, et dont nous pouvions nous montrer légitimement fiers. Fiers de la main dans le sac, du signe de croix et de la pliure ? Le contremaître avait l'air sincère dans ses propos, il cherchait sans cynisme à nous valoriser, mais je ne voyais vraiment pas comme on pouvait se rengorger à l'idée d'inscrire plieur-soudeur à la suite de profession sur un questionnaire, ou arrêter les conversations à table pour l'annoncer solennellement aux autres convives. D'autant que l'un d'eux risquerait de confondre avec la fine fleur des chantiers qui, chalumeau en main, heaume noir sur la tête, fixant par la meurtrière de verre noircie la longue plume bleue qui entaille la tôle dans un panache de fumée, réalise sur la tôle des prouesses chirurgicales. Ce qui d'ailleurs n'était pas mon ambition, non plus.

Chateaubriand avoue avoir eu du mal à se débarrasser de cette hauteur qui était le défaut de sa famille. Il écrit qu'elle était odieuse chez son père et que son frère Jean-Baptiste, qui fut guillotiné en 1794, la poussait jusqu'au ridicule. « Je ne suis pas bien sûr, malgré mes inclinations républicaines, de m'en être complètement affranchi, bien que je l'aie soigneusement cachée. » Mais pas suffisamment, semble-t-il, ses contemporains s'en étaient aperçu et ne se sont pas fait prier pour dénoncer les grands airs du vicomte, même si nous savons, et nous croyons avec Joubert, que c'était un « bon garçon ». Tout nous le dit. Et aussi Mme de Boigne qui passait en voisine dans sa maison de la Vallée-aux-Loups : « Nous le trouvions souvent écrivant sur le coin d'une table du salon avec une plume à moitié écrasée, entrant difficilement dans le goulot d'une mauvaise fiole qui contenait son encre. Il nous faisait un cri de joie en nous voyant passer devant sa fenêtre, fourrait ses papiers sous le coussin d'une vieille bergère qui lui servait de portefeuille et de secrétaire, et d'un bond arrivait au-devant de nous avec la gaieté d'un écolier émancipé de classe. »

J'étais étudiant, et quand un camarade de chaîne plus âgé (mais qu'est-ce qu'il avait ? moi qui de mes vingt ans le prenait pour un presque retraité, quarante ans peut-être) me demanda avec cet accent local que je connaissais bien, qui venait tout droit du fond des campagnes et que je fuyais comme si je risquais une contamination, si j'étais « encore à l'école », je me souviens d'avoir pris sur moi de ne pas le corriger en remplaçant école par université. Mais comme vraisemblablement il n'en soupçonnait même pas l'existence, et que je n'avais pas envie de le peiner, pas envie non plus de me surprendre en flagrant délit de vanité, j'avais confirmé : oui, j'étais encore à l'école. Ce qui, cette forme d'humilité, n'était peut-être pas très loin d'un sentiment de hauteur, même si elle ne culminait pas bien haut. Mais une chose est sûre — et de mes pensées du moment, sans doute un composé d'orgueil et de moins que rien, c'est ce qu'il me reste avec certitude —, je n'avais pas envie d'être pris pour l'un d'eux. Et je veillais à m'en démarquer.

Comme nous étions tous vêtus d'une combinaison bleue, et coiffés du même casque blanc haut perché sur le crâne qui, ajusté à l'aide d'une sangle translucide percée de trous, nous laissait une marque sur le front quand nous l'ôtions (et chaussés de chaussures de sécurité coquées qui permettaient de faire des amortis avec des ballons d'une tonne), je m'attachais à marquer ma différence, laquelle n'apparaissait peut-être qu'à moi — du moins pour la partie visible étais-je le seul à porter les cheveux longs —, lors des pauses casse-croûte. Quand les autres apportaient du vin, de la bière ou des sodas, pour accompagner les préparations de leurs épouses, servies dans des boîtes en plastique aux couvercles colorés étanches — il n'y avait déjà plus de gamelle en aluminium ou en émail comme nous en vendions quelques années plus tôt dans notre magasin —, je sortais de ma besace, pour m'aider à avaler mon sandwich, car je me refusais aux petits plats maternels, une thermos de thé que je versais dans le couvercle qui, dévissé, faisait office de gobelet. Le geste était précieux et le thé n'était pas une boisson des campagnes alors, et encore moins dans une usine, derrière l'empilement des sacs d'engrais où nous prenions notre pause assis sur deux bancs. Mais comme pour mes cheveux longs, nul ne me fit de remarques désagréables, ni ne me força d'un air goguenard à avaler une boisson plus forte.

L'un d'eux pourtant se faisait fort de boire à deux goulots en même temps, ce qui, en dehors d'un numéro de cirque sans intérêt, au moment de la démonstration lui valut d'inonder de vin le col de sa combinaison bleue. Mais c'était un moment amical, cette coupure, presque chaleureux, après les longues séances répétitives où nous ne pouvions pas échanger tant le vacarme des machines emplissait le hangar. Bien que dans l'incapacité de m'intégrer à un groupe, je prenais beaucoup de plaisir à me tenir en bout de banc et les écouter parler, mon gobelet de thé à la main. Il y avait dans l'équipe un conteur magnifique, qui avec des histoires de trois fois rien détendait joyeusement l'atmosphère. Peut-être était-ce notre condition de forçats qui nous faisait trouver irrésistible ce qui nous aurait accablé en dehors de l'usine, mais quand un autre s'y essayait, après avoir annoncé qu'il en connaissait une bien bonne, généralement ses effets tombaient à plat. Comme celui-là, le plus âgé, qui, las d'entendre les prouesses érotiques des plus jeunes, d'un air un peu emprunté, glissa dans la conversation qu'hier soir il avait fait l'amour. À sa femme certainement. Il ne précisa pas, mais c'était facile à deviner. Si les uns et les autres avaient des histoires extraconjugales, le sujet n'était jamais évoqué. Et vraisemblablement parce qu'il n'y avait pas matière.

Le premier jour, alors qu'on ne savait trop quoi faire de moi, et que je n'étais pas encore inscrit dans le système des trois-huit, on m'avait commandé de déblayer à la pelle une montagne d'engrais, conséquence sans doute de l'écroulement d'une palette, et que le danseur au chariot avait accumulé dans un coin du hangar en raclant le sol, ce qui donnait cet aspect grisâtre à la blancheur de l'amonitrate. Comme à mon habitude, je m'étais lancé dans l'aventure avec une énergie frénétique, remplissant ces mêmes sacs qui nous servaient à la chaîne, et que je déposais contre le mur, où ils attendraient que le danseur vienne les récupérer. Le maniement de la pelle est un exercice pénible, qui commande de bien doser ses appuis, ses efforts, d'avoir un geste mesuré, régulier, ce qui n'était pas dans ma pratique courante, bien sûr, et vingt minutes plus tard je m'appuyais sur le manche de ma pelle pour ne pas m'écrouler, les jambes et les bras tremblants, cherchant mon souffle et beaucoup moins sûr de ma solidarité de classe. Je me souviens d'avoir pensé que si ma vie désormais devait se passer là, dans ce décor-là, jusqu'à l'horizon de mes jours, ç'aurait été l'équivalent pour moi d'une condamnation à perpétuité, ce qui était mon pire cauchemar alors. Cette prison à vie qui revenait assez régulièrement dans mes rêves, c'était ma peur que rien d'autre ne s'offrît à moi que ces quatre murs que je transportais et que j'élevais partout autour de moi. Cet enfermement dans lequel me tenaient ma myopie et mes rêves informulés d'autre chose — mes rêves d'amour aussi —, je craignais que rien jamais ne m'en délivrât, condamné à une vie où rien ne se passerait, que l'écoulement d'un temps répétitif semblable à lui-même, d'un temps à la chaîne, en somme.

Un contremaître me fit remarquer que je n'étais pas là pour tenir ma pelle. Le ton n'avait rien de réprobateur. C'était la remarque en passant de quelqu'un qui se sent tenu par sa fonction de surveiller la bonne marche de l'usine et qui, ne trouvant rien de particulier, lance négligemment à un ouvrier aperçu à ne rien faire que le tas ne va pas descendre tout seul. Peut-être même un bon mot. Et celui-là fut surpris, quand il s'approcha de moi pour me demander si j'étais nouveau, de voir des larmes silencieuses couler sous mon casque, que j'essayais de dissimuler en baissant la tête tandis qu'il me parlait.

2

On pouvait être mieux disposé à l'accueillir, mais cette bouffée de jeunesse, cette ivresse revendiquée de tous les instants, cet appel à la liberté, à l'amour, à la douceur de vivre, rigoureuse inversion des slogans de la vieille société avec lesquels nous avions été élevés, où sur la promesse d'une vallée de larmes on gagnait sa vie en la perdant, comment ne pas être tenté, comment ne pas chercher à embarquer dans ce train pavoisé où des jeunes gens souriants agitaient les drapeaux de la rébellion. Garçons et filles pensaient à boire, fumer, s'embrasser, et pour les plus progressistes à faire l'amour, et si entre deux étreintes ils n'oubliaient pas de lancer un slogan révolutionnaire — jamais on n'aura autant parlé de révolution, le mot revenait à toutes les sauces dans les conversations —, c'était, outre une caution à la cause, un sésame pour ne pas être seul, un bon de participation à l'air du temps. Et cet air était infiniment grisant. Intimidant aussi. Car ce tout est permis soudain, pour qui n'y est pas préparé — et quand vous sortiez d'un collège religieux où rien ne l'était, permis, vous l'étiez encore moins, préparé —, on ne sait trop comment en user, tellement habitué à lever la main pour la moindre chose, pour sortir un cahier de son pupitre, aller aux toilettes dans la cour, prendre la parole, attendant toujours la permission de, et craignant en permanence d'être surpris à mal faire.

Du moins, je parle pour moi, de l'impression que j'en avais gardée et que j'ai consignée dans un livre, et j'ai bien fait, car me relisant pour me remémorer ce que j'en avais dit il y a des années, j'avais complètement oublié certains détails, comme cette façon de communiquer dans les dortoirs, alors que le silence était de mise, en mettant la tête dans nos placards transpercés par les tuyaux du chauffage central qui couraient au bas du mur, « ce qui, dans ces confessionnaux improvisés, permettait d'échanger à voix basse quelques informations capitales liées à notre survie : Fraslin est un malade, ou : tu crois que l'œil baladeur de Juju est aveugle ? ou : la somme des angles d'un triangle est égale à quoi déjà ? Mais évidemment mon tout manquait de discrétion : deux pensionnaires, la tête dans leurs placards respectifs et contigus pendant cinq minutes, ça faisait forcément louche. On invitait donc l'un à s'agenouiller dans le coin de l'alcôve près des toilettes, et l'autre à passer une partie de la nuit à la porte du dortoir, sur le palier glacial en hiver ».

Au hasard des parutions, j'ai ainsi retrouvé d'anciens élèves passés me voir dans une librairie et qui avaient gardé de bons souvenirs de leur passage à Saint-Louis, Saint-Nazaire, s'étonnant que j'en eusse parlé sous le nom de Saint-Cosme comme d'une institution quasi pénitentiaire, contretype des sombres collèges du XIXe siècle. Enfin quoi, tu ne te rappelles pas ? Le bon temps ? Mais ceux-là goûtaient sans doute la camaraderie, n'avaient pas tous perdu leur père à onze ans, ni ne retrouvaient le samedi une mère endeuillée qui n'imaginait pas lui survivre. Alors disons qu'un orphelin timide et triste, qui plus est susceptible, pour un rien prenant la mouche, qui à la moindre remarque, désagréable ou bienveillante, ne pouvait retenir ses larmes, n'était pas préparé à ce renversement à vue du monde ancien. Jusque-là, avant que les rues du mois de mai ne donnent le signal du changement, le programme à notre réveil était peu engageant, qui martelait qu'à chaque jour suffit sa peine, slogan qu'aucun révolutionnaire n'a jamais graffité sur un mur, et qui avait été pourtant le leitmotiv des vies qui nous avaient précédés et que mes parents et les millions de leurs modestes semblables avaient respecté à la lettre. Les embellies arrivaient au compte-gouttes entre les créances (mon ébahissement quand je fis l'inventaire des papiers du coffre monumental en fonte lourde qui trônait dans le bureau et qui ne contenait que des reconnaissances de dettes), l'épuisement des journées de travail (mon père fatigué de courir les routes de Bretagne, le dos en marmelade, ce qui l'obligeait à s'arrêter en grimaçant tous les trois pas, et qui peu de temps avant sa mort postulait la place de directeur du petit hôpital de la commune, ma mère s'endormant en fin de soirée au bout de la table où elle faisait ses comptes), les échéances, la noria des factures, le vieillissement, les deuils. Et comme on imposait dans le même temps de respecter la hiérarchie, l'autorité, les principes religieux, et cette morale publique qui commandait de ne pas se laisser aller et de mourir droit, il n'y avait guère d'espoir d'une amélioration.

Ainsi notre mère, en vaillante soldate du credo ancien, murmurant sur son lit de mort, après soixante-quatorze ans de labeur sur terre : J'ai fait mon devoir. Pauvre maman, comme cela fait peu de joie. Veuve à quarante et un ans, et de ce moment plus d'autres caresses, plus d'autres corps contre le sien. Plus jamais d'étreintes. Des bras juste bons à déballer les cartons et à ranger la vaisselle. N'y aurait-il rien d'autre vraiment ? Comment alors ne pas prêter une oreille attentive à cette virevolte des priorités sur quoi reposait le programme nouveau. Avant l'apologie du travail, l'éloge de la paresse, avant la vertu, la recherche du plaisir, avant les économies, le geste de la semeuse, avant les plans de carrière, la cueillette du jour. Même les vieux dictons étaient remis au goût du temps. Il n'y a pas de sots métiers, il n'y a que de sottes gens, disait la version traditionnelle, privilégiant le travail à l'individu. Il n'y a pas de sottes gens il n'y a que de sots métiers, rectifiaient les nouveaux fabulistes, qui s'en prenaient aux exploiteurs du capital et ne voulaient pas qu'on mît au pilori la horde des démunis et des hommes sans qualité. Sans qualité, autrement dit sans savoir, sans culture, sans argent, sans relations.

Le seul péché était de ne pas profiter du meilleur de la vie. Pour quoi il ne fallait pas attendre. Car après il serait trop tard. Voyez nos « vieux » (vocable en vogue désignant nos parents dans la quarantaine), qui perdent leur vie en se tuant à la gagner. Voulons-nous leur ressembler ? Non, non, bien sûr (et d'autant moins pour moi que ça revenait à m'identifier à un mort). Mais tout de même, pour tout ce plaisir qui nous guette, pas de sanctions en vue ? Ah, camarade chouan, il faut que tu te débarrasses de ces restes d'obscurantisme, de cette peur névrotique du jugement dernier destinée à étouffer l'ardeur émancipatrice des masses. Plus rien à craindre de ce côté désormais, profite, Dieu a été rangé au rayon des narcotiques, avec l'opium du peuple. Sans doute, et en espérant que nul n'ait l'idée de l'expédier en cure de désintoxication, mais pour ce profit immédiat, comment fait-on ? C'est simple, ami du clergé, tu arrêtes de t'interdire. Je m'autorise, c'est ça ? C'était ça, autant dire la chose la plus difficile au monde, mais enfin, au vu des réjouissances, de ces jeunes gens délurés et un peu niais avec leurs fleurs dans les cheveux — Ronsard et sa cueillette des roses de la vie ayant été pris au mot, sans doute —, il valait la peine d'essayer de nous débarrasser de nos camisoles familiales et religieuses, de secouer la poussière des générations sur nos épaules. Pour entrer dans ce Neverland joyeux, il était recommandé — ce n'était pas une obligation, plutôt une suggestion, comme une aumône dans un tronc — d'acquitter une sorte d'impôt révolutionnaire, mais une imposition à peu de frais puisque ce visa indispensable se résumait à réciter comme un mantra le sésame de la jeunesse rebelle.

Dans les histoires racontées aux enfants, pour leur apprendre la politesse, il est question d'un petit mot magique qui leur ouvrira tout grand les portes du monde des adultes. Et quand l'enfant comprend qu'il doit dire merci avant d'engloutir sa barre de chocolat, on lui donne une petite caresse sur la tête et on se félicite de ce nouveau sujet de Sa Majesté des convenances. Ici, vous lâchiez le mot « révolution », qui revenait à tout bout de champ dans les conversations, et vous étiez aussitôt adoubés. Ce qu'il recouvrait ? Pour la plupart d'entre nous, rien. Certainement pas le rétablissement de la guillotine et des purges bolcheviques dont on ignorait tout. Juste un propos grisant, légèrement grivois. De temps en temps une citation de Saint-Just, toujours la même, parce qu'il était jeune et beau comme Rimbaud et que pas de libertés pour les ennemis de la liberté c'était plus facile à comprendre que je m'entête affreusement à adorer la liberté libre, et… un tas de choses que « ça fait pitié », n'est-ce pas ? Moi qui m'efforçais de ne pas rater le coche, qui me sentais comme un mendiant traînant aux portes des cuisines, humant sur les routes et dans les couloirs de la faculté les senteurs du changement en cours sans bien savoir de quoi il retournait, j'étais bien conscient que je devrais me lancer, comme on se jette à l'eau, pour verser mon écot à la cause virtuelle. Quand pour la première fois je me suis entendu parler de révolution, la chose me parut si peu naturelle qu'il me sembla qu'un ectoplasme avait parlé à ma place. Dans le même temps je redoutais qu'on ne me demandât des comptes, qu'on ne relevât mon ignorance ou mon peu d'enthousiasme, qu'on ne me soumît à une batterie de questions. Au nom de quoi t'autorises-tu, camarade réactionnaire, à te prévaloir de ce beau mot gagné de haute lutte par le peuple ? Que sais-tu de la révolution, petit chouan, à part massacrer les valeureux soldats de l'an II ? Et j'aurais baissé la tête, contrit : je reconnais, mes frères, avoir fauté, j'allais à la messe dans mon enfance, j'ai effectué toute ma scolarité primaire et secondaire dans des institutions religieuses, mes parents sont commerçants et ont exploité honteusement la classe ouvrière en la conseillant pour l'achat d'un cadeau de Noël, et il m'arrive parfois de prendre le car plutôt que de rentrer en auto-stop. Mais mon audace ne déclencha aucun soulèvement des masses, pas même un haussement de sourcils de la part des mes interlocuteurs.

Or j'étais d'autant moins assuré que je m'avançais en terrain totalement inconnu. Ne m'étaient familiers ni le vocabulaire, ni la philosophie, ni les modalités de cette lutte des classes à laquelle j'étais censé adhérer si je ne voulais pas rester sur la touche. Je ne risquais pas d'en avoir entendu parler dans mon enfance. Ma commune était un des hauts lieux de la réaction. En 1905, après la séparation de l'Église et de l'État, lorsque les percepteurs s'étaient présentés devant l'église pour procéder aux inventaires, ils en avaient été empêchés par toute la population massée furieusement devant les portes, fourches et faux en main, entonnant à pleins poumons les cantiques de 1793, toujours disposée à découper en morceaux ces ennemis de Dieu s'ils s'avisaient de pénétrer dans l'enceinte sacrée, et de profaner les objets du culte en les retournant pour découvrir, gravé sous le pied, le nom de l'orfèvre. Comprenant que la cause était perdue à moins de faire intervenir l'armée et de tirer dans la foule, les agents de l'État n'avaient pas insisté et s'en étaient retournés bredouilles. Officiellement, jusqu'à ce jour il n'a toujours pas été procédé à l'inventaire. J'imagine qu'on s'est inspiré des plans de l'architecte (l'église venait d'être construite, monumentale, sur les ruines calcinées de la précédente) et d'une estimation correspondant au nombre de fidèles, savoir l'ensemble des habitants moins les grabataires, deux républicains et trois possédés du démon, et qu'on nous a fait un prix de gros.

Mais une tradition tenace, ce soutien sans faille à l'Église. La plus grande heure de gloire de la commune remontait à l'époque des zouaves pontificaux, lorsque la France de Napoléon III ayant lâché l'Italie, les États du pape eurent à se défendre seuls des visées nationalistes et annexionnistes de Garibaldi. Allait-on laisser sans rien faire notre souverain et néanmoins pontife tomber aux mains du diable rouge, véritable incarnation de l'Antéchrist ? La réponse est non, bien sûr, mais prétendre que les catholiques d'Europe se mobilisèrent en masse pour se porter à son secours serait très exagéré. Les zouaves pontificaux, qui furent une anticipation des Brigades internationales, ne comptaient lors de leur plus grand fait d'armes, à la bataille de Mentana où ils mirent en déroute l'armée des Chemises rouges, que trois mille volontaires venus principalement de France, de Belgique et des Pays-Bas, et un peu de Suisse et d'Irlande. Ce qui rend d'autant plus remarquable l'engagement d'une trentaine de jeunes gens de notre commune, qui abandonnèrent fourches et faux pour le fusil chassepot (le dernier cri des machines à tuer qui tirait douze coups à la minute). La solde offerte aux engagés était assez importante, bien plus que l'espérance de gain à la ferme, et la perspective de voir la Ville éternelle quand on vit sous la pluie, au milieu du bocage, peut sembler une belle opportunité, mais est-ce qu'on vivait si bien ailleurs et si au sec qu'on pût dédaigner ses avantages ? Ces trente, rapportés au nombre d'habitants, c'est le plus fort pourcentage de toute l'Europe. Ce dont nous étions invités, nous les modestes à qui l'on enseignait de raser les murs, à nous enorgueillir.

Mais à dire vrai, moins de quoi pavoiser que de s'inquiéter pour nous. Je peux entendre à distance la voix tonnante des hommes en noir à col blanc, du haut de la chaire ou dans le secret du confessionnal, menaçant de l'enfer les pauvres garçons qui prétextaient une fiancée ou la moisson prochaine pour échapper à la guerre sainte. Cette parole de plomb fondu coulait toujours sur nos têtes d'enfants, le même vocabulaire, la même partition effrayante où mordions-nous l'hostie virginale qu'on déposait sur nos langues tendues qu'il en coulait le sang du Christ. Pourquoi cet impact plus important ici qu'ailleurs ? D'autant que l'ensemble des régions de l'Ouest n'était pas non plus épargné par la sainte propagande. Est-ce le souvenir du massacre de l'armée vendéenne, à deux pas de là, sur la butte de Sem, toute la Virée de Galerne passée à l'arme blanche, avec femmes et enfants, par nos preux républicains ? Mais le fait est, l'épisode des zouaves pontificaux nous en fournit la preuve, nous sommes les damnés de la Providence. Car après les zouaves, sans compter les bataillons de frères, de sœurs et de prêtres, enrôlés quasiment de force, ce furent des missionnaires que les mêmes

Savonarole recrutèrent parmi les petits paysans doués, formèrent dans les séminaires, et envoyèrent aux quatre coins du monde dispenser l'amour du prochain. J'ai ainsi de l'un d'eux, rapportée de Madagascar et achetée par ma mère pour aider au développement de la grande île, une statuette en bois, aux lignes élancées très pures, d'une jeune paysanne élégante, tête baissée, cheveux tirés rassemblés en un petit chignon sur la nuque, portant son enfant dans le dos enveloppé dans un châle, et que sur mon bureau j'ai « mariée » avec mon fier Don Quichotte ramené de Tolède, produit lui à des milliers d'unités, regard fier et barbiche dressée, serrant dans sa main droite, en fou de lecture qu'il est, un livre. Ils sont mes dieux lares. Les regardant, lui le matamore et elle l'épouse délicate, je pense à ces femmes d'Afrique qui, dans l'espoir d'une vie meilleure, répondent à l'annonce d'agriculteurs esseulés du Limousin ou du Berry, mettant un peu de couleurs à nos tristes campagnes.

On trouverait certainement mille raisons à cette élection de notre commune par la Providence : l'influence janséniste qui à la fin du XVIIe siècle comptait notre châtelain parmi ses dévots et avait gangrené son fief, les prêches incandescents de Grignon de Montfort qui, quelques dizaines d'années plus tard, faisait sortir de notre église les corps des prélats indûment inhumés dans l'enceinte du Christ, la garde noire des frères et des sœurs des écoles chrétiennes préparant les jeunes esprits à l'austérité chrétienne et à la terreur du châtiment, les aumôniers de l'hôpital et de l'orphelinat pour coincer les blessés de la vie, la cure centrale avec ses cinq prêtres, l'oreille toujours collée sur le cœur des morts et des vivants, instruisant à travers le moucharabieh des confessionnaux, se comportant comme des commissaires politiques : avouez que vous avez péché. Avouons surtout que ce n'est pas de veine. À l'épicentre de l'orthodoxie la plus rude, la plus sévère, la plus menaçante, nous. Et la main de fer de l'Église ne s'était pas relâchée près d'un siècle plus tard, où nous défilions dans les rues pavoisées de drapeaux jaune et blanc, les couleurs pontificales, déguisés en zouave (non, pas moi, heureusement) pour commémorer le souvenir de nos braves. Une délégation de ces jeunes gens, menée par le frère Honorat, notre pieux encyclopédiste, se rendit même à Rome, la ville sainte sauvée grâce à nous, où elle fut reçue avec les honneurs par le pape Jean XXIII, et ceci en même temps que le jeune Dylan, s'accompagnant de sa guitare et de son harmonica fixé à un collier métallique autour du cou, chantait sur les estrades des bars de Greenwich Village : *The Times They are a-Changin'*. Pour nous, pas de changement en vue : toujours culotte de zouave et Salve Regina.

Nous sommes le 9 octobre 1967 à Vallegrande, une petite ville bâtie sur le contrefort des Andes. La veille, l'armée bolivienne, entraînée par des instructeurs américains, guidée par des agents de la CIA, a mené un assaut victorieux contre une troupe d'une vingtaine de guérilleros, affamés, sales, déguenillés, errant depuis des mois dans la jungle, rejetés par la population dont ils espéraient le soutien, des paysans misérables pourtant, qu'on eût imaginé les premiers à se soulever contre la caste des militaires et des nantis qui les oppriment, figures mêmes de l'exploité, c'est pour eux qu'on fait tout ça, la révolution, la guérilla, mais ceux-là ont refusé obstinément de rejoindre le jeune chef barbu coiffé de son légendaire béret à l'étoile rouge, de s'enrôler dans son bataillon de gueux, sans doute par peur des représailles, les bataillons de la mort n'ont pas pour habitude de finasser, mais aussi parce qu'ils savent qu'il n'y a jamais rien de bon à attendre de ces proclamations juteuses, de ces poignées de bonheur dispensées par ces semeurs de trouble, que pour eux ce sera du pareil au même, on troquera une misère pour une autre misère, avec en sus l'obligation de se réjouir, de paraître satisfait de cette misère d'un nouveau type, peut-être aussi, remontant du vieux cœur des Andes, l'antique méfiance pour tout ce qui vient de l'est, alors passe ton chemin, camarade, nouveau Cortés, garde tes belles paroles pour toi, et le Che avait tourné en rond dans l'épaisse forêt bolivienne, de plus en plus seul, de plus en plus affamé, déguenillé, se confectionnant des chaussures avec des morceaux de cuir et de tissus, jusqu'à ce que de dénonciation en dénonciation on finisse par le surprendre au fond d'un ravin près du village enclavé de La Higuera dans le département de Santa Cruz, où, après s'être rendu, il fut exécuté de sang-froid sur ordre de la CIA, puis attaché au patin d'un hélicoptère et transporté jusqu'à la ville voisine de Vallegrande. Maintenant, sous un abri de bambou dont tout un côté est ouvert aux intempéries, un ancien lavoir dans l'enceinte de l'hôpital, reposant sur une table de fortune, son corps est exposé pour les premières photos officielles de sa déchéance, voyez, c'est bien lui, le Che est mort, à bas le Che, et près du corps étendu comme le Christ de Mantegna, parmi les militaires et quelques curieux, on peut voir une petite sœur fureteuse venue voir la bonne nouvelle et peu disposée à s'en laisser conter, ça, un Christ ? Doux Jésus, pardonnez-leur car ils ne savent pas ce qu'ils font, ou plutôt non, tiens, pour une fois, ne leur pardonnez pas, et elle ne peut s'empêcher de sourire en contemplant la dépouille du vieil ennemi rouge dont les membres n'ont pas encore la rigidité du cadavre, car derrière ses yeux mi-clos, on pourrait presque croire qu'il dort, épuisé par les longues marches, les privations et les nuits de veille, mais grâce au Ciel, pas de résurrection en vue pour ce fils du démon, on peut mettre le doigt dans les deux impacts de balles visibles à la base de son cou, il n'en reviendra pas, ne souillera pas notre église, ne martyrisera pas notre bon padre, ne trinquera pas en levant bien haut le calice tout en piochant dans le ciboire les hosties comme des biscuits apéritifs, n'outragera pas la Madone peinte par un doux fils du soleil, en lui collant croix et faucille sur le rouge de son cœur, on lit le soulagement sur son petit visage brun d'Indienne des hauts plateaux, merci Seigneur de nous avoir délivrés du mal, et elle ne peut s'empêcher de rire maintenant, oui, elle rit, de bon cœur, le jeune journaliste anglais présent le rapporte dans le *Guardian*, et s'il semble s'en indigner, c'est qu'il n'a pas grandi dans le carcan sacré sous la menace de l'enfer, cette petite sœur, je la connais, Loire-Inférieure, Veracruz, c'est tout comme, même si elles n'eussent pas ri, nos tristes sœurs de Saint-Gildas au masque revêche sous la cornette blanche encadrant leurs visages de craie, rire, elles ne savaient pas, aucune joie jamais dans leurs vies, elles auraient eu cette grimace mauvaise par laquelle elles exprimaient la somme de frustrations depuis qu'on les avait enlevées, gamines, à leurs familles, de leurs lèvres pincées, dont les angles retombent en une moue perpétuelle, montrant leur dédain de tout ce qui aspire à un mieux-être terrestre, se seraient méfiées, même mort, de ce corps d'homme désirable, qu'on enterre vite ce soudard mécréant, et elles auraient tourné le dos en faisant virevolter leurs longues robes de deuil, repartant vers leurs fourneaux, leurs pupitres, leurs dévotions, leurs cilices, s'étonnant de ne pas éprouver ce sentiment d'apaisement qu'elles étaient venues chercher dans la contemplation du diable.

Aux élections législatives, alors que la commune était rattachée à la circonscription rouge de Saint-Nazaire, immanquablement nous nous faisions remarquer en portant massivement nos voix sur le candidat de la droite, qui, sur l'ensemble de son territoire, était impitoyablement laminé. D'ailleurs, préposé à faire de la figuration, il ne se donnait même pas la peine de faire campagne, sinon chez nous où il était accueilli par le verre de l'amitié. Là où ce continuum d'esprit hérité de 1793, passant par l'échappée belle des zouaves et la comédie des inventaires, prit une tournure plus embarrassante, ce fut pendant la traversée des années d'Occupation. Je ne le découvris que bien plus tard par le biais d'une revue historique communale, mais l'acte d'accusation est accablant. On y lit la lettre qu'envoyèrent au maréchal Pétain le maire et son conseil municipal, l'encourageant dans son combat pour l'éradication de la vermine internationaliste et cosmopolite. Traduisons, car l'époque avait d'une certaine façon ses pudeurs : les communistes et les Juifs, autrement dit les déicides. Ni les uns ni les autres n'ayant d'ailleurs jamais croisé sur nos terres. Mais nos paroissiens, qui se sentaient depuis un siècle et demi en état de siège, semblaient avoir enfin trouvé la nature des assiégeants.

Il y avait un fort contingent d'Allemands dans le pays, logés chez l'habitant, et certains manifestement peu amènes. Je me souviens de ma tante Claire évoquant cet officier qui logeait à l'étage, n'ouvrait jamais la bouche et dînait avec eux, son pistolet posé à côté de son assiette. On pourrait donc imaginer une certaine pression sur la mairie, un tribut versé pour épargner ses concitoyens, une ignorance des faits, même si le procédé est douteux, mais difficile d'invoquer les circonstances quand on apprend comment les mêmes, libres de leur choix, réagirent à la fin de la guerre, qui arriva seulement pour nous le 11 mai 1945.

Incluse dans la « poche » de Saint-Nazaire, où s'était retranchée l'armée allemande après le débarquement, laquelle, dans le bunker de la base sous-marine, résistait jusqu'à la fin des hostilités, la commune avait dû patienter trois jours encore après la déposition officielle des armes avant de se risquer à hisser le drapeau français à ses fenêtres. Mais pas de liesse comme au mois d'août 1944, lorsque les armées alliées et une poignée de résistants faisaient tomber les villes les unes après les autres. Les chars de Patton s'étaient arrêtés à quelques kilomètres d'ici, et alors qu'on s'apprêtait à les fêter, en une nuit ils avaient fait demi-tour, direction l'est, renonçant à affronter le monstre de béton qui les attendait dans le port de Saint-Nazaire, laissant la population dans l'incompréhension continuer son sinistre compagnonnage avec les troupes allemandes. Ce qui veut dire pour notre mémoire commune, pas de chars décorés de grappes de filles en robes légères, pas de jeunes gens grimpés sur le marchepied des tractions avant, un brassard de FFI serré sur le biceps, pas de bras agités sur le bord des routes pour saluer les libérateurs, pas de verres tendus à ces Américains à l'estomac sensible ingurgitant les tord-boyaux de nos alambics. La population n'avait pu s'empêcher d'éprouver un sentiment d'abandon, au point parfois de prendre le parti de ses compagnons de cellule.

Mais sortie enfin du cauchemar, elle était appelée à élire librement une nouvelle équipe. Sans états d'âme apparents, l'ancienne municipalité, qui applaudissait le maréchal pour ses initiatives, se représenta au grand complet contre une liste dirigée par le docteur Verliac, alias le commandant Paulus, grand chef de la Résistance dans la région pendant les années sombres, et dont je possède une lettre où il dit la bravoure de mon père qui avait appartenu à son réseau. Tous les membres de cette liste avaient été l'honneur du pays. Je sais par exemple que mon père est intervenu pour empêcher qu'une femme soit tondue, et ce n'est bien sûr pas par lui que je l'ai appris, il aurait fallu qu'il vécût plus longtemps, quand bien même il se serait confié, mais elle, je l'ai connue, quand j'étais enfant, avec son casque de cheveux gris, demeurée sans mari, silencieuse, distante. Pourquoi était-elle restée ? Pour narguer ses tortionnaires qui se recrutaient parmi les combattants de la première heure, celle qui suit la fin des hostilités ?

Vu d'ici, avec ce que l'on sait, on pourrait penser que le résultat des élections municipales ne fut qu'une formalité. Pour tout le monde l'affaire semblerait entendue : les sauveurs à la mairie. Ne serait-ce que pour tourner la page et effacer l'affront des années d'Occupation. Mais non, pas pour tout le monde. C'est sans compter sur notre complexion particulière qui nous amène à défendre les États du Vatican chaque fois qu'ils sont menacés, et même quand ils ne le sont pas. On continua avec les mêmes, comme si de rien n'était, et on renvoya le bon docteur dans son cabinet. Le commandant Paulus était-il associé dans les esprits à Garibaldi et ses diables ? De quoi pour celui-là et ses vaillants en concevoir une certaine amertume. Et le bon docteur s'installa ailleurs.

On peut même se demander, enfin moi, si ce choix de la commune qui continuait de faire de lui un renégat ne fut pas pour rien dans la décision de mon père de partir sur les routes quand l'occasion se présenta. Un vital besoin d'air frais. Dans ce vase clos de la vie rurale, comment oublier que celui-là que l'on salue a eu un comportement déplorable ? Comment faire affaire avec cet autre qui trafiquait avec l'occupant ? Comment trinquer avec cet autre encore qui levait son verre à la santé du vieux maréchal ? Et après avoir travaillé ici et là dans les villes alentour, notre magasin ne suffisant plus à nourrir sa famille, il s'en alla sur les routes de France vendre des tableaux pédagogiques pour le compte de la Maison des instituteurs, établissement, je viens de le vérifier, qui existe toujours, et qui selon sa charte « est restée fidèle à sa vocation première : créer des outils clés en main dans toutes les disciplines adaptées à la pratique quotidienne des enseignants ». Ce qui correspond bien à l'idée que notre père se faisait du savoir.

Mais tout ceci tient de la reconstitution historique, et non de souvenirs de propos tenus. De politique à la maison il n'était jamais question, sauf lorsque mon oncle et sa famille remontaient du Midi pour passer le mois d'août dans notre région, apportant avec eux des cageots de pêches et d'abricots dont la saveur fruitée n'a jamais été depuis égalée. C'était l'occasion pour ma tante, la sœur de ma mère, qui avait suivi son mari dans le Sud, de revoir les siens et son pays natal. L'oncle Georges avait fait montre également d'une grande bravoure pendant la guerre. Mais pas dans la Résistance. Vivant en Tunisie où sa famille s'était repliée, il s'était engagé très jeune dans l'armée d'Afrique du Nord. Intégrant les colonnes de chars du général de Lattre de Tassigny, il avait fait le débarquement de Provence, remonté toute la vallée du Rhône, franchi les Vosges, s'était battu à Colmar et avait envahi l'Allemagne où ses camarades de combat et lui, après avoir traversé en file indienne, à la demande des habitants, les vignes de Meursault, au mépris de la stratégie militaire, pour épargner la récolte de beaujolais, ne s'étaient pas montrés aussi précautionneux avec les champs de tulipes de Bavière, prenant un vif plaisir à tout écraser sous les chenilles de leurs chars. Il disait qu'au départ d'Afrique du Nord, la main quand il la posait sur l'acier des blindages y restait collée par la chaleur et qu'en Autriche, quelques mois plus tard, après leur remontée victorieuse, c'était par le froid. Son père, militaire de carrière, avait été élevé au grade d'amiral à titre posthume pour avoir coulé avec son bateau lors de la dramatique évacuation de Dunkerque, et refusé, dans la grande tradition de la Royale, de quitter le navire avant le dernier de ses matelots. La famille comptait dans ses ancêtres directs un ancien aide de camp de Marie-Antoinette, originaire de l'Ouest, qui s'était engagé dans les rangs de l'armée catholique, et dont elle possédait les Mémoires autographes. Ce qui semblait, cette ascendance, avoir présidé à la rencontre amoureuse entre ce jeune homme du Sud et une native de Loire-Inférieure.

Est-ce parce que son père n'avait pu poser le pied en Angleterre, son bateau ayant coulé dans la Tamise ? Ou de Gaulle, selon des principes militaires rigides, incarnait-il la figure du traître pour avoir déserté ? Toujours est-il que Georges vouait une haine farouche à l'homme du 18 juin. À tel point qu'à la fin de la guerre, il s'était joint à un commando chargé d'assassiner le général. Parti de Rennes, l'avion avait fait demi-tour après que le complot avait été éventé ou sur le point de l'être. L'affaire en resta là. Mais lui ne varia pas, trinquant en apprenant la mort du héros. C'était un petit homme maigre et osseux, au regard perçant de rapace, au corps noueux. Il mesurait à peine un mètre soixante mais n'avait peur de rien, ce qui fut une leçon pour moi qui tremblais à l'idée d'affronter de plus grands. Il me raconta comment, avec un ami, il avait sorti d'une pizzeria de Toulon deux jeunes loubards qui exigeaient du chef une douzaine d'escalopes chacun. Comme la tension montait, Georges, qui avait fait de la lutte étant jeune, avait empoigné par la ceinture le plus costaud, l'avait soulevé de sa chaise et l'avait jeté sur le trottoir. En y réfléchissant aujourd'hui je me dis que mon père devait avoir deux têtes de plus que lui, et pourtant à l'époque je les voyais à la même hauteur, surplombant comme deux braves la mêlée des mortels. Une estime réciproque les liait l'un à l'autre. Peut-être se reconnaissaient-ils entre combattants, entre justes. La mort brutale de son beau-frère affecta si profondément Georges qu'il douta de pouvoir jamais revenir l'été en Bretagne sans y retrouver son ami. Georges, il y a les autres, lui avait dit ma tante.

Par son catholicisme fervent qui prenait le texte évangélique à la lettre et n'oubliait jamais de porter secours aux démunis, il avait opéré ce glissement de l'engagement maurrassien de sa jeunesse vers un militantisme rouge. Leur grande maison dans les Maures était ouverte à la misère du monde. Et ma tante faisait des miracles pour nourrir de grandes tablées et quelques parasites. Notamment Pablo, ce peintre catalan édenté, chauve et barbu, qui avait échoué dans le domaine que Georges administrait, et y avait annexé un cabanon. Il peignait, sur des planches récupérées, des vierges et des saints aux longs visages dans des couleurs douces, et vivait moins de ses œuvres que de la charité de l'oncle et de la tante. Non content de vivre à leurs crochets, il avait un mauvais caractère et ne proposait pas souvent son aide. Ce qui aux yeux de la famille du Nord traçait le portrait du parfait feignant. Du coup ces manifestations d'altruisme et de générosité n'impressionnaient pas le clan des fous de travail. Le schisme entre le Nord et le Sud se résumant principalement en ceci quand il était question de la grande maison accueillante : Comment pouvait-on vivre dans un tel désordre ?

Georges était le seul, dans cette tribu de chouans qui s'ignoraient, à s'afficher communiste et révolutionnaire. Capable de diatribes cinglantes, il ne laissait d'autres choix à nos religieux du Nord, peu au fait de la dialectique matérialiste, que de ronchonner dans son dos. Mais il ne se contentait pas de ce verbe enflammé. Bien plus tard, il me glissait, le regard malicieux, comment armé d'une tronçonneuse il avait scié, en une nuit, tous les poteaux d'une propriété privée qui interdisaient l'accès à la plage aux gens de sa commune. Manœuvre d'autant plus subversive qu'il était alors premier adjoint. Mais il avait hérité de la guerre des méthodes radicales. Une autre fois il m'expliquait qu'avec deux comparses bien décidés et trois mitraillettes il prenait n'importe quelle ville de dix mille habitants.

Quand il débarquait avec sa famille, l'été, les uns et les autres veillaient à ne pas aborder les questions fâcheuses. L'affection entre eux l'emportait, mais lorsque la politique malencontreusement s'invitait dans un propos de table, alors on voyait le merveilleux petit homme se dresser et argumenter avec la foi du converti. Et nous comprenions au moins une chose, c'est que nous étions de l'autre bord. Non que Georges nous vît en affidés du capital, tous étaient d'une grande probité et gens de parole, et ils n'avaient fait de tort à personne, et l'oncle le savait, mais il ne comprenait pas notre entêtement à défendre la bande d'exploiteurs qui gouvernait le monde. Et d'autant plus que c'était sa foi — autrement dit, et vous, que faites-vous de la parole du Christ, que faites-vous des pauvres en esprit — qui l'avait conduit à mener ce combat en faveur des démunis. La brouille ne durait pas, mais il était entendu qu'avec Georges, on ne pouvait pas discuter. D'ici, je pense qu'on devait le traiter de sectaire si on connaissait le mot. Et encore, lui, on l'excusait, mais sa femme, qui venait de chez nous, comment avait-elle pu se transformer en pasionaria ? Par amour, sans doute, car c'était un vrai couple qui se rejoignait sur l'essentiel. J'ai le souvenir d'une remarque de Bernadette lors d'une soirée couscous comme elle en organisait chaque été, nous initiant à la cuisine méditerranéenne, étant bien la seule au milieu de ces générations de cuisine au beurre à avoir adopté les mœurs huileuses du sud de la Loire, glissant que c'était long pour Georges d'attendre chaque mois qu'elle en eût fini avec ses règles. Je ne sais pas quel était le sujet abordé, mais certainement pas l'activité sexuelle des couples d'un certain âge, et elle, crûment, avec ce goût de la provocation qu'elle partageait avec son mari et qui irritait et fascinait le clan des chouans, nous obligeant dans un moment de silence suivant la révélation à imaginer un Georges impatient qu'elle repoussait jusqu'au lendemain.

Elle réglait ainsi ses comptes avec l'Ouest pudibond. Autrement dit, la révolution c'est le sexe, et la réaction, c'est, eh bien, pas drôle. Sans doute fallait-il voir aussi dans cette confidence l'influence du Sud, plus en phase avec les temps que nos mœurs rétrogrades, et du rosé qui accompagnait ses plats et auquel elle faisait bon accueil. J'imagine que ma mère fit comme si elle n'avait rien entendu, elle dont la vie amoureuse s'était arrêtée à quarante et un ans. Mais quand ils repartaient dans les Maures, c'en était fini de l'extravagance, de la fantaisie, et on n'entendait plus parler de politique jusqu'à l'été suivant. Même pas pour soutenir notre candidat gaulliste malheureux et immanquablement laminé. Après avoir entrevu le soleil flamboyant du Midi, la fenêtre se refermait sur nos brumes de l'Ouest.

Avec le temps, d'un été à l'autre, j'aurais pu grâce à Georges me faire une idée de ce qui se passait et disait sur l'autre rive, me familiariser avec une pensée politique, avec son vocabulaire, mais après la mort de notre père tout s'est écroulé. La joie ayant déserté la maison, les uns et les autres n'osaient plus pousser la porte de peur de déranger notre pleureuse. On y parlait à voix basse, comme dans une chambre mortuaire. Fini les discussions. On se contentait de venir aux nouvelles et d'apporter un peu de réconfort à la pauvre Annick, notre mère, laquelle n'avait qu'un souhait, que ça se termine au plus vite, ce rituel de la visite annuelle, pour pouvoir réintégrer son monde de tristesse. Et dans cet isolement carcéral du deuil aucune information ne passait. Ce qui obligeait à développer un imaginaire de résistance, éthéré, nourri par la seule rêverie, qui était pour moi un rêve d'amour.

Lequel ne m'a pas quitté, enfantin, précieux, inadapté, tenace, auquel je n'ai pas renoncé en dépit de son peu de réalité, et qui m'a conduit jusqu'à ce « Mmm, enfin » que m'adressa la fiancée par courrier électronique, à qui j'avais confié, après des mois d'attente pour elle qui, suite au malentendu de la Grand-Place, désespérait que je la remarque, mon désir de la revoir. Mais si vous avez envie de me revoir, j'aimerais que vous me le disiez plus. Et j'avais longtemps retourné ses mots, est-ce que je lisais bien ? Et comprenant enfin ma stupidité : J'ai très envie de vous revoir, j'ai très envie de vous revoir, et pour tout dire, j'ai très envie de vous revoir. Mmm enfin, avait-elle simplement répondu, juste ce soupir lumineux, ce cri de soulagement quand on a été au bord de tout lâcher, qu'on s'est cramponné contre les apparences trompeuses, qu'on a tenu encore et encore jusqu'à penser n'en plus pouvoir. Mmm enfin, vous êtes là. Mmm enfin, votre voix à mon oreille. Mmm enfin, je ne me suis pas trompée, sur moi, sur vous. Mmm enfin, peut-être ai-je une chance d'aborder ma vraie vie, de trouver une place à mes aspirations cachées, à mes désirs de poésie, d'envol. Mmm enfin, vous m'avez vue et voulez me revoir. Mais un étrange écho, ce mmm enfin. Pas seulement l'aveu solaire de la femme aimée. J'aurais pu le formuler moi aussi s'il n'avait été aussi profondément enseveli sous mes décombres. Longue attente, remontant à bien plus loin, à se demander comment elle avait survécu, comment je pouvais encore y croire, interminable attente commencée dans les nocturnes de Saint-Louis, au milieu des hululements plaintifs des cornes de brume et des gifles de pluie sur les vitres. Mmm enfin. Mystère de mon amour. Mais depuis, je sais : les rêves sont des programmes.

Ce n'est pas non plus du collège, un terme qui valait alors pour les institutions privées, que j'aurais pu attendre des nouvelles de ce qui se passait ailleurs. Rien ne filtrait des rumeurs du monde, rien ne devait nous déranger dans nos mornes études. Nous n'avions bien sûr ni télévision, ni radio, ni presse, que la tête dans nos mains au-dessus de nos manuels. Même nos lectures libres, essentiellement au dortoir, quelques minutes avant l'extinction des globes lumineux, étaient visées par le directeur qui s'en tenait à l'orthodoxie vaticane et à l'index. Zola ne passait toujours pas. Ce qui m'a valu de lire la vie d'aviatrices célèbres, par exemple Maryse quelque chose, dont on voit que l'itinéraire volant m'a marqué. Il n'était pas question non plus de prêter une oreille à ces mouvements de foule qui scandaient des slogans hostiles au bon ordre de la société, et qui régulièrement agitaient les rues de Saint-Nazaire, ce qui se soldait par des concours de lancers, boulons contre grenades lacrymogènes, entre ouvriers des chantiers navals et CRS, au milieu de nuages de fumée. Mais moins qu'une volonté de changement, on considérait ces bouffées d'explosions un peu comme la spécialité de la ville portuaire : Saint-Nazaire et ses manifestations ouvrières, c'était Grasse et ses parfums.

À l'intérieur du collège l'ordre ancien, hérité du XIXe siècle, dont j'avais eu à souffrir les premières années (mais d'autres, on l'a vu, haussaient les épaules à l'évocation des mêmes souvenirs), commençait à battre de l'aile. L'endoctrinement religieux se relâchait. Une année, on supprima la prière du matin, laquelle avait lieu à la chapelle à sept heures moins le quart. Descendant du dortoir à moitié endormis nous marmonnions quelques répons avant de gagner la salle d'étude, où nous avions une heure pour réviser nos leçons, et exclusivement, car il nous était interdit d'y faire nos devoirs, tant pis si nous ne les avions pas terminés la veille au soir. C'était ce genre de règlement qui rendait fou. Ensuite seulement venait le petit déjeuner. On supprima aussi la récitation du Pater avec lequel nous commencions la première heure de cours. Et puis celle du bénédicité au réfectoire avant de nous jeter, sitôt le claquement de mains du préfet de discipline, sur les plats. Dans la foulée de Vatican II et de son enthousiasme réformateur, la possibilité offerte aux prêtres de tomber la soutane faisait des ravages. Ils ne se le firent pas dire deux fois. On les vit adopter un sombre costume de clergyman où le col en celluloïd indiquait encore la fonction, mais qui fut bien vite remplacé par un polo gris passe-muraille préludant à une évasion définitive vers la liberté, et le mariage pour certains.

Ce qui se passait dans l'air s'apparentait à un réchauffement climatique. La fonte des glaces entraînant celle des vocations, au moment des événements de Mai 68, il ne restait plus un seul prêtre dans l'établissement. L'Église, ne pouvant plus se permettre ce luxe des prêtres enseignants, les dirigeait vers les paroisses pour boucher les trous. En remplacement on fit appel pour l'encadrement — car presque tous les enseignants étaient des laïcs — aux frères de je ne sais quelle congrégation (mais pas de Ploërmel comme dans mon enfance, et pas envie de me renseigner), qui, dans la pagaille de mai, constatant que l'avitaillement n'arrivait plus à nous nourrir nous renvoyèrent sans un mot dans nos familles. De 68 je n'ai rien su. Que la pénurie d'essence et les stations-service fermées.

Il devait rester quelques litres quand même, puisque c'est pendant ces jours de congé additionnels que par mon cousin Joseph je m'essayai à la moto. Pour quoi je doutais d'être doué. Le même m'avait fait grimper deux ou trois ans plus tôt sur un vélomoteur rouge, et j'avais traîné ma jambe sur le gravier pendant cinq mètres à la suite d'une glissade, en y laissant quelques lambeaux de peau. Bien sûr j'étais un peu plus vieux, quinze ans et six mois, mais je n'avais pas le sentiment que ces années de collège où j'avais passé les mois d'hiver collé clandestinement contre les radiateurs m'eussent aguerri. Ce genre d'activité me semblait très loin de moi. Au grand air j'ai toujours préféré une salle surchauffée, et à l'agitation la rêverie. Et la perspective de mettre les mains dans le cambouis ne m'enthousiasmait pas non plus, à la maison, il était entendu qu'on ne rognait pas sa cuisse de poulet avec les doigts. Je n'avais pas grand-chose à faire au cours de ces journées qui n'étaient pas des vacances puisque à tout moment nous pouvions être rappelés au collège. Me voyant désœuvré mon cousin gentiment m'avait proposé de l'accompagner. Il m'expliqua qu'il faisait du motocross avec un ami. Avec ce sens de la fatalité qui parfois nous surprend quand on ne se fait aucune illusion sur ce qui nous attend, considérant aussi que j'étais déjà bien assez seul, j'acceptai de le suivre. J'ai le souvenir que les journées étaient ensoleillées. Nous étions installés au milieu d'un champ en dehors du village, qui devait appartenir à la famille de cet ami, où nous pouvions nous exercer librement. J'étais comme un oiseau sans ailes à qui on allait apprendre à voler.

Me confier sa moto était de la part de Joseph un acte généreux, avec tous les risques qu'il encourait, car lui savait très bien que son cousin et la mécanique, ça faisait deux. Une vieille Peugeot 125, qu'avec son ami il démontait et remontait patiemment, nettoyant chaque pièce dans des bains d'huile noirâtre, ajustant les réglages avec une science de mécano, enlevant ou rajoutant un maillon pour une meilleure tension de la chaîne, changeant les roues dentées, plongeant la chambre à air dans une bassine d'eau pour repérer les fuites. À quoi tous deux semblaient trouver de l'intérêt. Comme si le plaisir qu'ils prenaient ensuite à faire un tour sur la moto était décuplé par tout ce temps passé à la remettre en état. Une fois remonté, le moteur ne tournait jamais bien longtemps sans faire entendre de nouveaux ratés, de sorte que l'essentiel du temps était occupé à cette auscultation méticuleuse des organes de la machine. J'avais fini par trouver ma place. C'est moi qui passais les clés et les tournevis, du bout des doigts.

J'aimerais penser que c'est avec cette relique que mon oncle Jean et mon père, pistolets au poing, avaient forcé un barrage allemand au début de la Poche, pensant que le territoire était libéré, mais rien n'est moins sûr. Il y avait dans le jardin de mon oncle une carcasse de moto rouillée dont on voyait les ressorts spiralés du siège, qui devait correspondre plutôt à la moto fameuse, et sur laquelle nous avions peut-être joué enfants, mais de toute façon, après huit jours d'essais j'étais renseigné définitivement sur mes talents de motard et ma capacité à forcer d'éventuels barrages. J'avais manqué de traverser une haie et curé un fossé, faute d'avoir su débrayer dans un virage à angle droit, et comme l'expérience n'avait pas suffi, j'avais également arraché une clôture électrique pour les mêmes raisons, lors d'une initiation au motocross sur un chemin de terre pentu et caillouteux, sans doute parce que mon cousin avait conclu que la route était trop dangereuse pour moi. Mais grâce à cette expérience, je sais ce que c'est que d'arriver à pleine vitesse sur un obstacle et de ne pas être en mesure de l'éviter. Je n'avais sans doute pas assez vécu pour voir mes jours défiler en une fraction de seconde, mais j'avais le clair sentiment, alors que je ne parvenais pas à manipuler le levier de vitesse tout en actionnant du pied la pédale de débrayage, d'aller au casse-pipe. Je n'ai pas non plus le souvenir d'avoir été assailli par de grandes questions existentielles. Il faut être confortablement installé pour ça. J'étais essentiellement préoccupé par ce débrayage qui m'aurait permis de ralentir, mais je n'arrivais à rien d'autre qu'à faire vrombir le moteur, dont je savais qu'il pouvait exploser à tout moment. De sorte que c'est à pleine vitesse que je m'engageai dans le virage à angle droit, un croisement en T, le corps penché et les cheveux au vent — car bien sûr nous ne portions pas de casque. J'aurais pu craindre de me trouver nez à nez avec un camion de ramassage de lait, ou un tracteur, et le choc aurait été inévitable. Par chance la citerne de gasoil devait être également à sec, et la route était déserte. Mais restait cette haie prête à se jeter sur moi.

Vous êtes au mois de Mai 68, certains érigent des barricades, respirent les gaz lacrymogènes, défient les forces de l'ordre, et vous, vous affrontez les ronciers et les aubépines. J'avais beau avoir pris mon virage très à l'extérieur, alors que j'amorçais ma courbe je calculai qu'il manquerait à cette route de campagne deux bons mètres en largeur pour mener à bien mon quart de rond. Je n'avais aucune visibilité au moment de m'engager dans le croisement, et je fus soulagé de constater que la voie était libre mais, à peine le temps de m'en réjouir, la haie se rapprochait à pleine vitesse, et déjà la roue avant mordait sur la bande herbeuse. Mon corps faisait alors un angle de 45 degrés avec le bitume, et je n'étais toujours pas parvenu au bout de ma trajectoire en arc de cercle. J'avais beau me cramponner de toutes mes forces au guidon, tenter de remonter encore une fois la pédale d'embrayage de la pointe du pied, la suite ne dépendait plus de moi. Mais du fossé en fait, car tout est prévu ici pour l'écoulement des eaux. De sorte que je plongeai de cinquante centimètres et roulai quelques mètres dans l'ornière en fauchant l'herbe de ma jambe droite. Ce qui m'évitait malgré tout l'humiliante et douloureuse traversée du roncier. Mais c'en était trop pour la moto qui cala.

Après avoir essayé en vain de la tirer du fossé, je l'abandonnai sur place et m'en retournai jusqu'à notre garage de plein air, ayant deux kilomètres pour préparer ma défense et ravaler ma honte. Car ce n'est pas facile de partir sur une moto et de revenir à pied. Ce sont des images que l'on connaît, mais d'ordinaire elles valent pour les champions des grands prix des sports mécaniques qui s'extraient nonchalamment d'une carcasse en bouillie et rentrent à leur stand, leur casque à la main. Là, c'était plutôt comme de revenir au ranch sans son cheval. D'autant plus gênant que mon cousin et son ami attendaient la moto pour faire leur tour de circuit. Mais ils ne m'adressèrent aucun reproche. Je me revois tentant de sauver la face, n'ayant pas le courage de leur avouer mon incompétence à conduire ce genre d'engin. J'expliquai que la pédale d'embrayage s'était enrayée ou quelque chose de ce genre. Comme la moto n'était pas sans défauts, la panne était recevable. Et ils eurent la bonté de faire semblant de me croire. Et tous trois nous partîmes rechercher l'épave. Elle redémarra sans effort, la pédale d'embrayage ayant profité de ce choc pour se remettre d'aplomb. Je ne voyais pas d'autre explication.

On veilla quand même à me confier désormais le débroussaillage des chemins de terre. Ils les descendaient, moi je les remontais, exercice moins périlleux. C'est en haut de l'un d'eux, alors que je m'apprêtais à faire demi-tour dans un champ, que ma myopie me joua encore un de ces tours dont j'ai souvent été la victime, comme de heurter de l'œil un fil à linge tendu entre deux arbres qui me scia la cornée, alors que j'avais encore raté un virage, mais à skis cette fois — et sur des skis aussi à mon aise que sur une moto — et que je continuais doucement de glisser jusqu'à ce que l'amas de neige poudreuse m'arrêtât. Mais en fait ce fut le fil tendu qui me jeta à bas, que je n'avais pas vu bien sûr. Et j'en eus des douleurs à l'œil terrifiantes pendant plusieurs jours, qu'aucun cachet, aucun collyre ne pouvaient calmer, avec cette impression d'héberger un bac à sable sous ma paupière. Cette fois encore, je croyais le champ ouvert quand son accès était en réalité barré par un invisible fil de fer qui se trouvait être une clôture électrique. Ce qui valait mieux que des fils barbelés qui m'auraient crucifié comme Steve McQueen dans *La Grande Évasion*. Je suppose avoir dans le même temps que j'arrachais les piquets fait disjoncter la batterie posée au pied de l'un d'eux, car je n'ai pas noté de gerbes d'étincelles quand la fourche avant entra en contact avec le fil, ni ressenti la moindre décharge électrique.

Mais où l'on voit qu'il était temps pour ma vie que les étudiants parisiens regagnent les bancs de leurs universités, les ouvriers leurs établis, et moi mon collège nazairien. J'eus encore cependant à affronter une dernière épreuve, quand je vis avec désespoir mon cousin et son ami poser au milieu du champ une longue planche dont l'extrémité reposait sur des parpaings qu'ils se proposaient d'élever à chaque saut. Car ils entendaient l'utiliser comme un tremplin. Les premiers essais donnaient un peu le sentiment d'assister aux débuts de l'aviation. Les envols étaient modestes, plutôt des retombées, mais du moins le cousin et son ami se réceptionnaient-ils sans dommage sur la roue arrière. Puis, les parpaings s'empilant, ils allongeaient leurs sauts et la durée de suspension de la moto dans l'air. Gênés peut-être de me cantonner dans le seul rôle du spectateur applaudissant à leurs exploits, ils me proposèrent d'essayer. Je jure que jamais je n'aurais sollicité de prendre leur place. J'avais au moins appris une chose au cours de ces vacances forcées, mon chemin de Damas ne serait pas mécanique. Mais sans doute voulaient-ils m'offrir une dernière chance d'échapper à ce destin médiocre de piéton. Ils me rassurèrent, pas de clôture électrique, me conseillèrent, au moment de quitter la planche et de sauter dans le vide, tu tires vigoureusement sur le guidon, et c'est un malgré lui qui s'élança vers le tremplin dont ils avaient retiré plusieurs parpaings pour n'en garder qu'un seul. À la première tentative, je calai à mi-pente. J'avais tiré trop vite et trop fort sur le guidon. Mon cousin et son ami, sans se décourager, m'expliquèrent à nouveau que c'était simple, tu arrives au bout de la planche et hop. Oui, oui, ce geste d'enlever la moto. Mais un poil trop tard lors de la seconde tentative. Au moment où je produisais mon effort ascensionnel, la roue avant avait déjà piqué vers le sol et s'y plantait. Le moteur s'arrêta, de sorte que de profil la moto faisait avec le tremplin un accent circonflexe. Avec la haie de ronces et la clôture électrique, c'est l'image que je garde de Mai 68.

Il y avait à l'intérieur de l'université un bureau qui se chargeait de récolter des annonces pour divers travaux d'étudiants. L'éventail des propositions n'était pas varié. C'était toujours quelques heures par-ci par-là, pour lesquelles, hormis les cours particuliers, il n'était pas besoin d'une grande qualification. Comme personne ne courait après ce genre de travaux à bon marché, le chômage étant anecdotique encore, ce sont les étudiants qui s'y collaient. J'avais ainsi été amené à distribuer des papiers publicitaires pour le compte d'une petite société qui avait pour tout capital une Renault Estafette, semblable à celle qu'utilisait la gendarmerie nationale, dans laquelle nous embarquions à l'arrière par la porte latérale coulissante, et nous entassions à quatre ou cinq, assis sur les cartons remplis de prospectus. Le chauffeur président-directeur général nous parachutait dans plusieurs endroits de la ville avec un quartier bien précis à quadriller et des musettes remplies de tracts à distribuer dans les boîtes aux lettres, en nous fixant un rendez-vous pour l'heure et le lieu du retour. De ce moment nous étions seuls à arpenter les rues et les entrées d'immeubles. Le travail n'était ni harassant ni passionnant, mais à aucun moment, bien qu'il n'y eût personne pour me surveiller, la pensée ne m'aurait effleuré de ne pas m'en acquitter correctement. Cette notion du travail bien fait avait été un des leitmotivs de mon enfance, avec cet étonnant corollaire, quand au moment de la vaisselle ma mère s'énervait de nous voir laisser des traces sur les verres que nous essuyions : plutôt ne rien faire que faire mal. Et du coup, nous jetions nos torchons. Faire, c'était s'appliquer, ne pas prendre la chose à la légère. Faire, c'était bien faire. Et je glissais scrupuleusement mes prospectus dans les boîtes aux lettres : autant que de noms sur la boîte, un seul pour un nom unique.

Il y avait un avantage à se voir confier les barres d'immeubles, qui permettaient un plus grand débit, plutôt que les petites rues des quartiers pavillonnaires de l'ouest de la ville où nous parcourions des kilomètres sans voir nos paquets diminuer, mais je m'acquittais soigneusement de ma tâche, quelle que fût la conformation urbaine, ramenant les restes non distribués. C'est à cette occasion, pour me protéger de la pluie, que je portai ma première casquette. Je crois me souvenir qu'elle était de toile verte, semblable à celle de Fidel Castro, et que je l'avais achetée dans un surplus américain, qui était alors le dernier chic de la marginalité avec l'entrepôt des compagnons d'Emmaüs. Comme je l'enfonçais pour qu'elle ne s'envole pas, mes cheveux longs enserrés me faisaient des oreilles de cocker. C'est une photo qui m'a révélé que l'effet produit n'était pas aussi heureux que celui escompté.

Après plusieurs jours, comme je retrouvais un camarade dans un café où il m'attendait depuis deux bonnes heures, grillant des cigarettes et lisant derrière ses lunettes cerclées de métal, ramenant sans cesse de sa main ses cheveux gras en arrière, je compris que tous n'étaient pas animés des mêmes scrupules. Celui-ci m'expliqua qu'il déposait les prospectus en pile dans les cages d'immeubles puis quand il en avait assez il jetait les excédents dans un soupirail du trottoir, avant de s'installer tranquillement devant un demi de bière et un livre dans un bar du coin. Mais, tu ne te fais pas prendre ? Personne ne vérifie ? Il me regarda comme s'il avait affaire à un cas désespéré, m'expliquant simplement qu'il ne savait pas pour moi mais que lui n'était pas là pour enrichir les patrons. Moi, je savais qu'il y a des choses qui ne se font pas, comme ce qu'il faisait par exemple. Je savais aussi ce qu'il en ferait, de ces choses, si je les lui signalais. Alors je dus le gratifier d'un sourire gêné et bredouiller quelques mots embarrassés avant de commander la même chose, moi qui détestais la bière. Je n'avais pas encore lu le journal de Thoreau, du moins sa version abrégée, mais il était évident que la question de gagner sa vie honnêtement ne semblait plus d'actualité.

Ce qui là encore ne m'arrangeait pas. J'avais toute mon enfance entendu vanter la droiture, qui était le plus haut de l'homme. Sur une stèle juive d'Europe centrale que l'on retrouva brisée — pour quoi on n'attendit pas le passage des hordes nazies — on pouvait lire ceci : « Qui est cet homme méritant ? L'homme qui repose ici. » Cette médaille du mérite épinglée sur le drap qui enveloppe le défunt, on sait comment elle s'acquiert : par une vie droite. J'étais bien certain qu'aucun parmi ceux qui m'avaient précédé et qui dormaient au cimetière n'avait gagné sa vie malhonnêtement. D'ailleurs, pour donner raison à Thoreau, ils l'avaient peu gagnée. Comment imaginer par exemple notre vieille tante Marie, que nous accompagnions le dimanche soir dans l'église pour vider les troncs où les fidèles à l'issue de la cérémonie glissaient leur obole avant de se signer et de s'en aller, mettre de côté quelques sous pour elle. Revenue dans sa maison de poupées, elle déversait la petite montagne de pièces sur la toile cirée de sa table de cuisine, les triait par valeurs et se livrait ensuite, avec notre aide parfois, à la délicate mise en rouleau. Tenir entre deux doigts cinquante pièces entassées pour les entourer d'une bande de papier, sans les expédier aux quatre coins de la cuisine, demande un grand savoir-faire. Mais elle nous laissait essayer, quitte à repasser derrière nous. Puis elle portait ses rouleaux et ses comptes, tenus à la décimale près, à la cure. Il est évident que l'éventualité d'un détournement ne lui traversa jamais l'esprit. Pas plus qu'à nous.

Mais cette volte des priorités à laquelle j'assistais faisait une victime dans mon entourage. Ma mère dans son magasin de vaisselles, qu'elle tentait de transformer en magasin spécialisé dans les listes de mariage pour qu'on ne le confondît pas avec une quincaillerie, ma mère qui ne supportait pas qu'on mît en doute sa probité quand elle notait une erreur dans une commande, de même qu'elle signalait scrupuleusement le moindre surplus, ma mère était classée du mauvais côté de la barrière. Témoin de la somme de travail qu'elle fournissait jusque tard le soir pour un si maigre bénéfice, je ne voyais pas en quoi elle se différenciait des damnés de la terre, mais ce qui attestait aux yeux de mes camarades son appartenance au clan des oppresseurs, c'est que ma demande de bourse avait été refusée, qu'on aurait accordée à un fils d'ouvrier. Ce qui l'avait peinée, ma mère qui se saignait, cette forme d'injustice, les petits commerçants n'ont droit à rien, déplorait-elle, que l'on soupçonnait toujours de masquer leurs profits — ma mère masquer ses profits. C'était vraiment inique, car si on s'était honnêtement renseigné auprès de ses manteaux, par exemple, ils auraient confirmé qu'ils attendaient quinze ans avant d'être renouvelés.

L'homme que nous étions censé enrichir nous payait chaque soir et nous donnait rendez-vous pour le lendemain ou pour la semaine suivante. La question de la vérification du travail ne se posait pas. De temps en temps un commanditaire lui signalait que, suite à un sondage express, sur les dix membres de sa famille, neuf n'avaient reçu aucun tract, et le dixième une vingtaine. Il nous le disait en nous recommandant de bien faire attention à ne pas oublier certaines rues, mais la réprobation n'allait pas plus loin. Il n'était qu'un représentant très abâtardi du grand patronat. J'étais si peu au fait des rapports sociaux à l'intérieur du monde du travail, qu'un soir où notre employeur nous avait invités à boire un verre dans un café près de l'entrepôt où il garait son Estafette et stockait ses papiers, je lui demandai, de l'air du militant sortant d'une réunion politique, s'il était syndiqué. Très gentiment il m'expliqua que c'était les employés qui étaient syndiqués, pas les patrons, si petits fussent-ils. Le coup était fatal, mais même à terre, la honte au front et le rouge aux joues, je n'étais pas du genre à me désavouer, et je m'entends lui répondre que, bien sûr, pour les ouvriers je suis au courant, mais est-ce que pour les patrons il n'existait pas l'équivalent d'un syndicat — ce qui n'avait plus grand-chose à voir avec la cause révolutionnaire, j'en étais bien conscient, mais il s'agissait pour moi de retomber sur mes pieds. Il me confirma qu'il y avait bien une sorte de syndicat, le CNPF, le Conseil national du patronat français, mais qu'est-ce que tu veux que j'aille faire là-dedans avec mon Estafette mitée et mes employés payés au black ?

Les temps n'étaient vraiment pas faits pour moi. Et je n'étais qu'au début de mes peines. Je me rappelle encore cette discussion à quatre dans une chambre d'étudiant de la cité universitaire où je m'aventurai à contester un camarade. Dans un de mes romans j'ai raconté qu'il s'agissait de débattre de « révisionnisme et jachère », ce qui me fit rire en l'écrivant, mais la réalité était moins drôle. Ce qui m'avait entraîné à mener cette joute verbale, ce n'était pas la contestation d'une théorie ou d'une pensée sur lesquelles j'aurais eu d'autres vues, mais ce que ma mère, exaspérée par ma manière de faire, appelait mon esprit de contradiction. On contredit d'abord et on voit ensuite le bien-fondé de ses objections. Malheureusement, ce jour-là je vis très vite que je n'aurais jamais dû m'aventurer sur un terrain où je n'avais pas eu le choix des armes. Il devait être question de révolution pour changer, mais comme mes connaissances se limitaient au tableau de Delacroix reproduit sur un timbre-poste, c'est-à-dire une femme, seins à l'air, brandissant un drapeau sur une barricade où s'empilent les cadavres, il fut facile à mon opposant, un étudiant en droit sorti des marais de Brière, à cheveux longs, raides et bien coiffés, tombant sur la poitrine, et bien qu'il n'en sût pas beaucoup plus que moi, de me faire dire le contraire de ce que j'affirmais au début. À la fin d'une démonstration alambiquée destinée à ruiner sa thèse, j'étais en train de lui donner raison. Ce qu'il pointa en prenant cet air satisfait et panoramique que je retrouvai plus tard sur le visage de Descartes, du moins sur le visage du comédien qui jouait Descartes dans un film sur la vie de Molière, goûtant auprès de son auditoire l'éclat de son raisonnement, cartésien sans doute, triomphant, mon interlocuteur, sous ses cheveux à l'indienne qu'il écartait d'un mouvement de tête en arrière, regardant les deux autres pour les prendre à témoin de sa victoire. Et moi, au tapis, m'accrochant, me contredisant encore, ce point de vue contraire n'est contraire qu'en apparence, m'enlisant chaque fois davantage, et le chef indien magnanime me tendant son calumet de la paix, une cigarette à rouler.

Hormis pour moi une nouvelle blessure d'amour-propre qui me renvoyait à mes manques et à ma rêverie, ces duels oratoires étaient sans conséquence. Des examens de passage sans passage dans nulle classe supérieure. Les plus brillants en tiraient de la considération, mais dont ils ne savaient trop quoi faire puisqu'ils n'en faisaient rien. Ils attiraient à eux les filles les plus engagées, c'est-à-dire celles qui pensaient — en s'habillant avec des chiffons et en buvant la bière au goulot — contourner ainsi, par ce rejet des artifices de la féminité, l'obstacle de la beauté. Elles auraient péri plutôt que de se maquiller et se coiffer. Elles avaient trouvé une fenêtre météo favorable où enfin on tordait le cou à la loi des mâles. Ce qui fait que les tribuns n'avaient pas les plus jolies fiancées. Je me rappelle l'un d'eux sur qui une fille ingrate mais véhémente dans les propos avait mis le grappin. Quand il avait fini de haranguer la foule des étudiants avec la fougue et le verbe d'un conventionnel, elle l'attendait au bas de l'estrade. Redescendu sur terre, il devenait un pauvre garçon enchaîné rêvant d'une fille tendre et gracieuse.

Invoquer la révolution n'engageait à rien. Le mot était juste un élément décoratif d'époque, de même que des pattes de lion signent un meuble Empire. En fait, à part les quelques organisés qui avaient ingurgité la vulgate révolutionnaire et semaient leurs propos de noms tirés de romans russes — il m'a fallu du temps pour ne pas mélanger Souvarine, Bakounine et Boukharine qui sortaient de ma bouche selon une logique aléatoire et que je ne prononçais que devant de moins avertis qui n'auraient même pas fait la différence avec Bécassine —, la plupart étaient aussi incultes que moi, n'ayant retenu que la phrase de Proudhon, la propriété c'est le vol, citée aussitôt qu'on convoitait quelque chose qui n'était pas dans nos moyens.

Lors d'une manifestation pour dénoncer une remise en cause du sursis pour les étudiants, qui repoussait à la fin des études le service militaire obligatoire, ou peut-être l'agression sanglante des impérialistes contre nos frères vietnamiens, un camarade, puisqu'il fallait s'interpeller ainsi, s'ouvrit à moi d'un dilemme qui, à l'en croire, lui posait un réel problème de conscience. Si la propriété c'est le vol, disait-il, alors le vol (qui était l'acte révolutionnaire par excellence, et lui permettait par la même occasion de remplir son frigo et le rayonnage en cageot de sa bibliothèque), le vol, c'est la propriété ? Alors les banquiers — les princes des voleurs — sont les plus grands révolutionnaires ? Ce qui le rangeait de facto aux côtés des pires adorateurs du Capital. Ce qui, cette promiscuité, l'indisposait bien sûr. Pas envie de se retrouver dans le même sac que ceux dont on réclamait les têtes.

J'étais limité sur ces questions, mais quand même pas au point d'accorder un crédit à une réflexion aussi mièvre. Jusque-là, la propriété, on la jaugeait à l'aune des grandes fortunes, qui commençaient dès l'acquisition d'une voiture neuve (celle qui ne prenait pas les auto-stoppeurs), voire d'un soutien-gorge en dentelles pour les filles et d'une paire de bottes mexicaines pour les garçons. Elle ne concernait pas nos collections de disques sur lesquels on se montrait plutôt conservateur, évitant de les prêter de peur qu'ils ne nous reviennent rayés. Comme les siens, il les avait tous volés — c'était fou le nombre de soi-disant élèves des Beaux-Arts qui allaient chez le disquaire, un carton à dessins marbré de vert sous le bras —, laissait-il entendre que le seul geste de poser un vinyle sur sa platine le faisait passer à ses yeux pour une crevure de patron ?

La manifestation progressait en traînant les pieds, et à l'exception des premiers rangs qui s'époumonaient dans des porte-voix plus ou moins audibles en forme de corolle, appelant à reprendre en chœur une chanson dont le refrain disait : y'en a marre du capitalisme, y'en a marre du paternalisme, le gros de la troupe se contentait de faire acte de présence, avec plus ou moins de gêne, chantonnant du bout des lèvres, suivant le mouvement en évitant de croiser le regard des passants sur les trottoirs. Et si on avait suspecté certains, et j'aurais pu être de ceux-là, d'avoir été rattrapés par le cortège alors qu'ils déambulaient par hasard dans la même rue, ils n'auraient pas forcément tenté de se disculper. Ce camarade que je connaissais un peu, camarade d'un camarade, ce qui pour moi ne voulait pas dire grand-chose, estimait sans doute que le contexte était propice à un débat d'idées, ou était-ce pour se montrer sous un meilleur jour, mais je me sentis obligé de prendre en considération sa problématique de l'heure. Même si je n'accordais aucun crédit à ses angoisses métaphysiques sur le vol. Il se donnait visiblement un rôle au-dessus de ses moyens. Il fallait qu'il me tînt moi-même en piètre estime pour espérer m'épater avec une réflexion aussi stupide. Il avait repéré un chaînon faible dans la manifestation et s'était précipité sur moi pour me faire ses confidences. Il était camarade de ce camarade qui avait assisté à ma défaite à plate couture contre le chef indien. Celui-ci lui avait peut-être raconté mes talents de débatteur. On pourrait y voir une relation de cause à effet, mais d'ici, difficile de savoir quel événement avait précédé l'autre. J'avais beau évoluer dans un brouillard idéologique, je savais cependant applaudir aux prouesses dialectiques de certains des meneurs, à peine plus âgés que moi, qui maniaient le verbe et les concepts marxistes avec une agilité stupéfiante. Là, on en était très loin.

En dépit d'un bac scientifique, je n'avais pas gardé grand-chose de mes études de mathématiques, et d'autant moins qu'une des conséquences inattendues de Mai 68 et de sa volonté radicale de changement, ce fut l'arrivée en classe de première, dans nos programmes, de la théorie des ensembles. Et passer d'une mathématique euclidienne à la théorie des ensembles, c'était comme changer les règles d'un jeu de cartes au milieu d'une partie. Un brouillage de l'entendement. De sorte que, de ce moment, les mathématiques et la beauté parfois de leur raisonnement ont cessé de m'intéresser. Je ne sais s'il avait eu un parcours semblable au mien, nous étions peu à avoir renoncé aux sciences pour les lettres, mais il avait dû se souvenir d'une proposition élémentaire de cette théorie où les cercles copulant les uns avec les autres comme des cellules souches n'en finissent pas de se diviser et de s'amalgamer. Si $a = b$, donc $b = a$. Ce qui n'est pas compromettant pour a et b, mais ne s'adapte pas à toutes les situations. La moitié des hommes sont des femmes, rappelaient les féministes. Ce qui n'est pas pareil que les femmes sont la moitié des hommes. Dans le cas présent cette forme de commutativité lui aurait valu de graves ennuis auprès des militantes. Qu'il m'eût choisi pour débattre d'une question aussi navrante, j'avais de quoi me vexer. Et m'inquiéter de l'image que je donnais.

Le tourmenté pouvait se permettre d'autant mieux ce genre de réflexion qu'il correspondait en tout point à la projection du temps. Ce qui, on le voyait sur son visage, lui donnait l'assurance du poisson dans l'eau. C'était un beau jeune homme, aux cheveux longs bouclés et à la barbe naissante, évoquant immanquablement — c'était sans doute l'effet recherché — Cat Stevens, un chanteur anglais d'origine grecque qui, après avoir lorgné du côté de Katmandou et des philosophies orientales comme beaucoup de ses semblables (mais Paul McCartney rentra précipitamment d'Inde après que le gourou qui devait le mener, lui et son groupe, sur la voie du détachement avait cherché à violer sa fiancée), se convertit par la suite à l'islam où il tenta même un come-back sous le nom de Youssouf. Mais avec moins de succès, semble-t-il, l'image de l'émancipation de la femme ayant subi dans sa nouvelle incarnation un arrêt sévère, lui qui dans sa jeunesse avait été le chantre d'une égérie d'Andy Warhol. Mais je peux encore fredonner *Morning Has Broken*, et quelques autres chansons de sa première période, aux mélodies raffinées.

Les clones du chanteur anglais étaient nombreux parmi les marginaux, et s'entendre dire qu'on ressemblait à Cat Stevens (les cheveux ondulés et la barbe se chargeant souvent de la ressemblance), c'était, pour des garçons que l'on considérait d'ordinaire comme des éleveurs de poux, flatteur. J'y avais eu droit moi aussi, l'été suivant ma première expérience de vendeur balnéaire aux Sables-d'Olonne, où, rassuré sur mes compétences, je repris mon emploi sur une autre plage de l'Atlantique, entre Batz-sur-Mer et Le Croisic. Je revois la jeune et jolie maman aux cheveux courts et au doux sourire dans son bikini rose indien, qui, adossée au mur du remblai, attendait mon passage pour commander une glace à ses deux jeunes enfants. Nous étions quelques-uns à arpenter le sable, nos paniers d'osier en bandoulière, et la glacière à l'épaule, à prendre consciencieusement des coups de soleil sur le nez, les mollets et les pieds, mais elle ne faisait affaire qu'avec moi. Ce fut, cette sorte de confidence, on ne vous a jamais dit que vous ressembliez à, notre seule incartade au milieu des considérations banales sur le temps qui se montrait particulièrement détestable cette année-là (1974, on pourra vérifier) et me privait de sa compagnie un jour sur deux pour cause de pluie et de vent, que je passais sous la tente à jouer de la guitare, ce qui m'avait valu d'intégrer un petit groupe de vacanciers, dont deux sœurs par qui j'appris l'existence de Pontault-Combault. Seul le nom m'est resté. Mais je reçus sa remarque comme un cadeau précieux.

J'étais conforté aussi dans ma décision de ne pas corriger ma myopie par d'horribles lunettes. Visiblement j'étais mieux à mon avantage. Mais il y avait un revers à cette victoire. Comme je ne distinguais que des taches de couleur, le jour où elle changea de maillot, je ne remontai pas la plage jusqu'à elle comme je le faisais d'ordinaire. Ce qu'elle me reprocha le lendemain. Sous-entendu est-ce que je ne l'aimais plus ? Quelle sotte. Plus tard, quand je pensais que rien de bien ne m'arriverait jamais, j'ai quelquefois imaginé qu'elle m'attendait toujours, ses enfants grandis se chargeant eux-mêmes de leurs glaces, et elle éternellement jeune et bronzée, avec ses cheveux courts et son bikini rose, à l'abri du remblai où elle installait son campement d'été, qu'il me suffirait de patienter jusqu'au mois de juillet prochain, de courir vers elle, et qu'alors c'en serait fini de ma mélancolie.

Il est certain que je n'aurais pas accordé le même crédit au camarade tourmenté s'il n'avait pas autant ressemblé à un idéal de jeunesse. De plus il avait une amie très jolie devant laquelle il m'avait raconté — ce qui n'avait pas manqué de créer une certaine gêne, pour moi, du moins — qu'elle n'avait dû son passage dans l'année supérieure qu'à l'intervention d'un professeur qui, après l'avoir reçue chez lui, avait revu à la hausse sa copie. Cela prouvait, cet aveu public, que, dans le couple, chacun était vraiment libre, débarrassé des hypocrisies et faux-semblants du modèle bourgeois où l'épouse, etc. Pas d'appropriation, chacun vivait selon ses désirs, agissait à sa guise. C'était difficile tout de même, après cette dénonciation, de regarder son amie. Si nous passions les mêmes contrôles, visiblement les critères d'appréciation n'étaient pas les mêmes pour tous. C'était de la triche, comme nous disions enfants. Mais peut-être après tout que cette histoire de mauvaise note n'avait été qu'un prétexte, et qu'elle trouvait le professeur plus passionnant, qu'il ne la réveillait pas au milieu de la nuit pour lui soumettre une question existentielle sur la propriété et le vol.

Je ne sais plus ce que j'ai répondu au camarade tourmenté. Sans doute un argument pseudophilosophique destiné moins à le rassurer qu'à remonter mon piteux coefficient révolutionnaire de quelques dixièmes à ses yeux, même si je ne me faisais aucune illusion sur la valeur de notre échange. J'avais l'humiliant sentiment que nous appartenions tous deux à la catégorie des commis marcheurs, du petit bois de la contestation, ceux sur qui on compte pour faire nombre et à qui on ne demande rien d'autre que de reprendre les slogans sans en discuter les mérites et le bien-fondé. On récitait des phrases comme autrefois à la messe les répons en latin. On s'était habitués à n'y rien comprendre. Ce qui, aujourd'hui, était bien moins grave qu'autrefois où planait sur nos têtes la crainte de l'enfer. Là, on ne craignait pas grand-chose, sinon une touche de ridicule. Il s'agissait encore de sacrifier à un rituel. La manifestation et ses banderoles remplaçant les cortèges et ses bannières, et le leader du syndicat étudiant le curé de la paroisse. Même la thématique sur l'argent n'avait pas changé, où les riches demeuraient obstinément dans le viseur. Bienheureux les pauvres, et vive le peuple.

Nous nous tenions à la périphérie d'un mouvement dont nous sentions l'effet de souffle, lequel nous plaquait comme une bourrasque contre nos vies. Mais les mots d'ordre nous arrivaient appauvris par le bouche-à-oreille, déformés par la bouillie sonore des porte-voix, pervertis par les interprétations successives. Contrairement aux meneurs qui bénéficiaient d'un endoctrinement rigoureux au sein des groupuscules politiques et qui étaient entraînés aux joutes oratoires, nous avancions sur des sables mouvants, peinant à faire le lien entre les slogans et l'emploi de nos journées. De sorte que tous les deux, feignant de débattre de la propriété et du vol — et avec nous des milliers —, nous étions des misérables. J'ai oublié ce que j'ai marmonné à l'ami proudhonien, mais certainement pas ce qui serait venu spontanément à l'esprit des gens honnêtes et consciencieux de mon enfance : tu pourrais arrêter de voler et te mettre au travail, par exemple. Parce que travailler, personne n'y pensait.

En juillet 1750, Rousseau, qui n'était pas encore Rousseau mais un compositeur et copiste monté de Chambéry à Paris espérant bien se faire un nom avec un nouveau système de notation musicale, répondait à une question posée par l'Académie de Dijon : « Si le rétablissement des sciences et des arts a contribué à épurer les mœurs. » Il déplora par la suite les conséquences de sa subite illumination sur le chemin de Vincennes où il allait rendre visite à son ami Diderot dans sa prison, illumination qui lui coûta la fin de sa tranquillité d'esprit et le harcèlement dont il fut la victime, mais c'était trop tard, sa réponse courait les routes d'Europe et préparait les grands changements à venir. On connaît les arrêtés du Genevois, qu'il s'appliquera à mettre en œuvre pour lui-même : les arts et les sciences pervertissent le plus grand nombre à l'exception des grands hommes — Descartes, Newton, et vraisemblablement lui. Il critique la société des spectacles, dénonce les manœuvres des tyrans qui occupent leurs sujets à des futilités pour leur faire oublier leur servitude, et reconnaît à la suite de Pascal que tout le malheur des hommes vient d'une seule chose, qui est de ne pas savoir demeurer en repos dans une chambre. Conclusion du bougon Jean-Jacques : À un savoir inutile et incertain, préférons l'ignorance, la simplicité vertueuse et l'idée de nature.

C'est ainsi que le vieux Rousseau trouvait une oreille complaisante dans la nouvelle génération et reprenait implicitement du service. Le travail dénoncé comme la plus grande source d'aliénation, les études accusées d'alimenter le système d'exploitation des masses, la ville et sa banlieue reconnues comme le lieu des nuisances, des cadences infernales, des loyers chers, de la perte de son temps, se faisait jour la tentation de se retirer à la campagne, de s'en remettre à la terre nourricière et à une vie saine. Des études, on avait retenu que le vent et les abeilles se chargeaient de la pollinisation, les lombrics de l'aération des sols, les poules des œufs et que les légumes poussaient en les regardant de son hamac. Pour les candidats au retour qui ne pouvaient expulser leurs parents de leur chaumière campée au milieu d'un lotissement, la solution consistait à repérer une maison apparemment abandonnée et s'y installer sans s'encombrer de formulaires et de loyers.

Les Cévennes et les Pyrénées ariégeoises qui avaient connu un surpeuplement à la fin du XIXe siècle, où les gens allaient pieds nus par tous les temps avant qu'ils ne se débandent vers les faubourgs pour échapper à la misère, étaient des terres riches en granges et maisons ruinées. Elles attiraient en priorité les candidats migrants sensibles à la beauté du paysage et qui ignoraient alors que si on avait fui tant de beauté c'est que les conditions pour y vivre étaient rudes. Mais en étant attentif on pouvait en dénicher un peu partout. Les cousins du Midi — chez qui autrefois mes grands-parents maternels allaient se reposer, ce que j'ai raconté un peu dans un premier livre — avaient ainsi trouvé la perle rare sur une colline au-dessus d'Aix-en-Provence dont on pouvait admirer le soir, assis sur le siège des W-C dans des toilettes sans porte, les clignotements de lucioles dans la vallée à travers les pins parasols.

Préparés par leur père à l'esprit de révolte, soucieux de réparer les injustices du monde, les fils de Georges avaient naturellement pris le mouvement en marche et s'y trouvaient comme des poissons dans l'eau. Eux et leurs amis étaient étudiants, ou du moins pour certains faisaient semblant de l'être, qui s'inscrivaient chaque année dans une discipline différente, lettres modernes, sociologie, psychologie, histoire, sans avoir l'intention de devenir quoi que ce soit — sinon les princes fainéants de cette cour miraculeuse —, uniquement afin de bénéficier des avantages liés aux études : le restaurant universitaire, la protection sociale et la réduction accordée par la carte d'étudiant pour les places de cinéma. Il est dommage qu'aucun parmi ceux-là n'ait songé à se faire romancier. Ils auraient eu bien plus de choses à raconter que moi, qui au final, en mettant bout à bout les séjours que je passai avec eux, n'aurai partagé leur quotidien que quelques semaines, quand ils expérimentaient à l'année un autre genre de vie, où nombre se sont perdus. D'autant plus dommage qu'il se trouvait parmi eux de formidables conteurs.

D'une aventure minuscule comme des courses au supermarché (c'est-à-dire comment passer à toute vitesse avec son chariot plein devant la caisse en criant au voleur et en poursuivant son camarade, puis de le glisser, le chariot, dans la camionnette à l'aide d'une planche inclinée, avant de démarrer en trombe sur le parking) ils faisaient une odyssée irrésistible de drôlerie. Je me souviens d'une autre séquence où ils tenaient à quatre ou cinq sur un dériveur dont aucun n'avait la maîtrise. Le dériveur avait été ramené par eux de je ne sais où, emprunté d'autorité, bien sûr, et auraient-ils rapporté un deltaplane ils se lançaient dans le vide. La mer se creusant au fil du récit, il nous semblait à les entendre être embarqués sur le radeau de la *Méduse*, avec fusée de détresse et scène de cannibalisme, alors qu'en réalité ils étaient à cinquante mètres de la plage. Il y avait aussi des morceaux de bravoure qui d'une fois sur l'autre se gonflaient d'un chapitre comme l'inusable traversée du Maroc, où les couples se formaient et se reformaient à l'arrière d'une 2 CV camionnette, tandis que le chauffeur évitait les nids-de-poule sur les pistes, tout en gardant un œil dans le rétroviseur intérieur, surveillant la place qu'il occupait dix kilomètres plus tôt.

À mes yeux ils étaient l'esprit de la jeunesse. Ils avaient la liberté de corps et de pensée, l'art de l'amitié, la fantaisie, les tablées sous la tonnelle, l'audace, un sens de la débrouillardise qui ne les voyait jamais démunis, toujours à recomposer avec trois carcasses une voiture presque neuve, levant des murs, fabriquant de faux papiers, cuisinant des mets succulents avec des riens, et pour quelques-uns improvisant au piano. Il me semblait qu'on ne pouvait pas espérer mieux de cet âge, que la jeunesse, ce devait être exactement ça, et certainement pas ce que les bien-pensants en attendaient : des jeunes gens bien coiffés, sages comme des images, et prêts à reprendre les affaires paternelles. Dieu sait si je les enviais, si j'enviais ce degré d'insolente liberté, tellement loin des préceptes rigoureux et sans joie de mon enfance, pourtant à aucun moment je ne me serais inséré dans leur groupe ou un autre. Ce n'était pas tant l'idée qui me gênait, simplement une quasi-impossibilité de m'intégrer. Ma place dans un groupe, je l'ai souvent remarqué, je la trouve à la périphérie. Comme si j'avais besoin d'un foyer à distance dont j'apercevrais les flammes, mais sans chercher à m'approcher plus près, me contentant d'une couverture jetée sur les épaules, de la pénombre et des échos assourdis de la liesse. Heureux de savoir que d'autres en profitent quand je ne me sens pas disposé à cette joie collective. Ce qui me dispense aussi de danser autour du feu. Ensuite, braises éteintes, profitant d'un effet de fronde provoqué par les hasards de la vie ou une nouvelle quête, je me projette vers d'autres planètes, et m'en retourne à ma solitude.

Cette tension entre l'idéal communautaire qui était la figure imposée du temps et l'affirmation d'une singularité qui vous classait aussitôt parmi les ennemis du peuple n'était pas non plus évidente à vivre. Toute prétention à se distinguer était assimilée à une volonté de puissance. Ce qui me ramenait encore à mon éducation où on nous apprenait l'art de raser les murs. Surtout ne pas se faire remarquer. Dieu n'aime que les derniers, les trop petits pour voir le défilé, les publicains honteux qui se cachent au fond de la synagogue. Les temps changeaient mais les fondamentaux restaient. Il était périlleux de prétendre avoir un talent, ou plus grave, un don, qui relevait quasiment de l'élection divine. Il fallait s'en tenir à « un homme comme tous les hommes », à « chaque homme porte la forme entière de l'humaine condition ». Évidemment, quelle question. Comme si l'égale valeur de la vie n'était pas la donnée première, mais pour autant, même au paradis des travailleurs, tout le monde n'était pas Mozart. À se demander même si cet enseignement massif de la musique qui servait à vanter les mérites du système soviétique n'était pas une manière d'assassiner Mozart. Alors, tous des Mozart ? J'avais été peiné d'entendre lors d'un débat à la faculté un intervenant, au nom de ce nivellement emprunté aux gardes rouges en uniforme de cheminot, avancer cette idée que serrer un boulon ou composer une fugue de Bach, c'était la même chose. On pouvait comprendre, au choix, qu'il s'agissait de faire de tout ouvrier un artiste en réévaluant sa fonction, ce qui déjà disait le peu d'estime qu'on en avait, ou bien qu'il était insupportable que certains eussent ce talent que d'autres n'avaient pas, talent qu'aucune fortune, aucun savoir-faire, aucune formule révolutionnaire, aucune transformation du monde, ne pourrait inventer à partir de rien.

Serrer des boulons, j'avais appris à le faire très jeune dans l'atelier de bricolage de mon père, pourtant jamais je n'avais éprouvé cette émotion brutale qui m'inonda de larmes à l'écoute du second mouvement du *Concerto pour deux violons* du maître de

Leipzig, quand les deux violons ressemblent à un couple de patineurs sur glace se livrant à des arabesques chacun de son côté sur le miroir blanc, puis dans une boucle tangentielle se retrouvent, tournent ensemble, s'étreignent, puis l'un laisse filer l'autre, qui profite de cette liberté pour dire son bonheur d'être, puis à nouveau les courbes qui se frôlent, s'emmêlent, s'écartent, jouent à se poursuivre, se rattrapent, s'enlacent, puis s'arrêtent brusquement après une ultime pirouette ascensionnelle de l'un lancé vers le ciel, qui retombe ivre de joie entre les bras de l'autre. Je ne parvenais pas à le dire, manquant de cette force que j'enviais à certains, mais secrètement je pensais que non seulement ce n'était pas du tout pareil, mais que ce déni volontaire, pour lequel on faisait monter les tâcherons au créneau à qui on reconnaissait les mérites liés à la force de travail — cette façon de privilégier la sueur contre l'inspiration —, n'avait d'autre fonction que d'éliminer les poètes.

Or j'avais d'autant plus de mal à revendiquer une singularité poétique qu'elle n'avait pas de visage, et se contentait d'une affirmation sans preuve. Il me semble pourtant que j'affichais déjà ma prétention, qu'il était entendu que ma vie serait poétique ou ne serait pas. Je le vérifiais pour moi seul quand certains soirs, au milieu de mes amis d'été, passaient sous mon nez diverses substances sur lesquelles tous se jetaient goulûment et que je dédaignais, sûr que mon imaginaire était plus puissant que ces expédients. C'était de cet imaginaire, dans sa nudité et par ses seuls moyens, que j'attendais le salut, et non d'artifices qui m'auraient renseigné sur leurs propriétés chimiques mais pas sur mes capacités créatrices. Car c'était aussi au nom de la création que les jeunes gens se livraient à ces altérations délibérées de la conscience. Il s'agissait selon eux d'atteindre à des degrés supérieurs de l'esprit. Mais en l'occurrence il n'était pas besoin d'être grand critique pour constater que les dessins exécutés sous LSD, dans la certitude d'un geste créateur génial, se révélaient, à la sortie de la transe, de simples gribouillis. Ce dont les artistes dépités convenaient sans peine, ce qui les gênait d'autant moins que ces expériences inspirées et peu convaincantes devenaient la matière de nouveaux récits hilarants. Quant aux accords de guitare plaqués au milieu d'un nuage de marijuana et qui faisaient se prendre le musicien pour Jimi Hendrix, je jouais suffisamment bien alors pour savoir à quoi m'en tenir.

Lors d'une de mes descentes dans le Sud et en auto-stop j'avais été recueilli par une communauté de la Haute-Loire au-dessous de Saint-Étienne, après m'être arrêté la veille à Taizé, où l'esprit œcuménique m'avait poussé à repartir dès l'aube sur les routes, décontenancé par ces visages béats, chantant la gloire du Seigneur, une bougie à la main, même si au milieu se mêlaient quelques parasites dans mon genre. J'avais d'ailleurs été très surpris qu'on me fît payer mon repas. Je voyais l'accueil du pèlerin autrement. Nous étions à Pâques et le froid était vif, surtout dans ces régions, et j'avais dormi sous une grande tente où étaient alignés comme dans un dortoir des dizaines de lits de camp. Après une journée de pousse-pousse, c'est-à-dire de sauts de puce d'une voiture à l'autre jusqu'aux paysages rugueux de la Haute-Loire, j'avais été heureux d'être ramassé par l'habituel camping-car de retour d'une décharge publique où ses deux occupants chevelus avaient fait leurs emplettes et au milieu desquelles, une vieille cuisinière, une chaise bancale, des sacs remplis de pommes de terre, j'avais été convié à me chercher une place. Comme la nuit tombait et que je faisais semblant de leur demander, en utilisant le tutoiement de rigueur, s'ils ne connaîtraient pas un lieu où passer la nuit, ils m'avaient gentiment invité. Pour accéder à leur grande maison au milieu de nulle part, il fallait quitter la route départementale et s'engager par un chemin de terre dans la montagne jusqu'à un village abandonné. Les amortisseurs du camping-car avaient cessé depuis longtemps d'amortir, et déjà je m'inquiétais à l'idée de rejoindre à pied la grand-route, mais ils m'assuraient que le lendemain ils me conduiraient jusqu'au marché de je ne sais quelle commune plus huppée où l'un d'eux essaierait de vendre l'argenterie de sa grand-mère. Où je compris que le travail n'était pas la valeur dominante, là non plus.

La haute maison de pierre était entourée de dépendances ruinées qui donnaient un aspect fantomatique à l'endroit, mais je me souviens, après avoir aidé mes hôtes à décharger leur butin dans un cellier, de l'enivrante odeur de bois et de cendres quand je pénétrai dans la pièce à vivre. Elle était meublée d'une longue table de ferme, de bancs, de fauteuils défoncés, de placards récupérés — le même mobilier que l'on retrouvait chez tous les marginaux et chez mes amis d'été — et d'une vaste cheminée ancienne où crépitait un grand feu. Posant mon sac, je ne pus faire autrement que de m'en approcher et me frottai délicieusement les mains comme Jules Berry dans *Les Visiteurs du soir*, mais sans faire de commentaire. Si j'étais fasciné par cette danse des flammes, c'est que le feu de bois avait disparu de nos vies. Il renvoyait à un passé obscur. La grande majorité des foyers s'était dépêchée au nom de la vie moderne de boucher les conduits de cheminée (on voit encore dans la maison natale l'emplacement au sol des plaques de marbre), et se félicitait de n'avoir qu'un bouton à tourner pour chauffer toute la maison. Ce sont ces jeunes romantiques en quête d'une nouvelle vie qui ont réinventé le feu de bois. Avec ce paradoxe : la critique du progrès rejoignait la réaction et sa nostalgie. Il y avait aussi une raison pratique à ce retour au mode ancien de chauffage. Les maisons réquisitionnées pour les besoins de cette révolution néo-néolithique étaient dépourvues de confort. On n'y trouvait ni eau courante ni électricité. Dans la grande bâtisse, l'éclairage était assuré par des bougies, dont un chandelier d'argent, provenant sans doute du pillage d'une église. Mais un état provisoire, cette pénombre. Ses occupants envisageaient devant moi de tirer une ligne à partir d'un pylône planté en contrebas. Il suffirait de deux cosses de batterie connectées sur les plots et on s'éclairerait à volonté et à très bon marché. Risque nul, personne ne montait jusque chez eux. Leur seul problème, c'était de dénicher un chantier où réquisitionner deux ou trois cents mètres de câble. Non, personnellement, je n'avais pas d'idée.

En revanche ils ne prévoyaient rien pour amener l'eau, qui continuerait de se prendre au puits ou à la rivière. Posés au pied de l'évier d'ardoise il y avait deux jerricanes pour la vaisselle et la toilette. Après avoir avalé en commun une grande marmite de riz complet et de champignons séchés, à la place du dessert on fit circuler des herbes du cru que je passai à mon voisin sans prélever ma part, ce qui les étonna car d'ordinaire ce n'était pas le genre de chose qui se refusait, mais je ne pouvais m'imaginer faire sérieusement ce geste grave et vaguement ridicule de cacher la cigarette dans la conque de mes mains et d'inspirer profondément en conservant la fumée le plus longtemps possible dans les poumons. On se serait cru à l'offertoire quand le prêtre après avoir avalé l'hostie digère en silence, toute l'assistance suspendue à son rot peut-être, avant qu'il ne relève la tête et ne lance Ainsi que nous l'avons appris du Sauveur et selon son commandement. Ma participation au mouvement s'arrêtait là. Impossible de jouer. Quand la cérémonie fut achevée, une fille aux cheveux longs, lunettes sur le nez, qui avait mis de l'eau à chauffer dans la cheminée, s'approcha de l'évier d'ardoise, se débarrassa sans gêne apparente de sa longue robe indienne violette, et entreprit de se laver à l'aide d'un gant, ne négligeant aucune partie du corps, et comme elle avait placé une lampe à pétrole sur la crédence, on voyait l'ombre de ses bras se lever alternativement sur le mur. J'en conclus qu'il serait inutile de s'inquiéter de la salle de bains. N'étant pas doté d'un semblable naturel, je me contenterais donc pour cette nuit de me brosser les dents et d'un voile d'eau sur le visage.

La nudité était un test, l'un des rites de passage les plus difficiles à affronter, surtout pour un natif de l'Ouest au col de chemise boutonné jusqu'à la glotte, qui ne se souvenait pas d'un seul décolleté de femme dans son enfance, tout juste, ce qui l'avait choqué, de sa mère sortant de sa chambre en combinaison. Mais apparemment il n'y avait pas que les tribus catholiques du bocage à redouter les tourments de la chair. La télévision d'État — et le mot n'est pas trop fort quand on sait qu'il y avait un ministre de l'Information qui demandait chaque soir à lire le contenu du journal télévisé avant sa diffusion — imposait un petit rectangle blanc au bas de l'écran du téléviseur pour mettre en garde les spectateurs contre une bretelle de soutien-gorge glissant sur un bras, ou le dos vertigineux d'Angie Dickinson dans *Rio Bravo*, nous priant ainsi implicitement de baisser les yeux au moment où nous entrions en communion avec le plus beau secret du monde. Plus encore que l'apologie du vol ou du haschisch, la nudité était un manifeste, le signe de l'émancipation d'un monde corseté, pudibond, inquisiteur, elle était l'étendard sans voile de la révolution.

Mais de là à évoluer dans le plus simple appareil, et m'inquiéter comme si de rien n'était à qui le tour pour la vaisselle, je ne me sentais pas prêt. Même si tous n'étaient pas aussi désinhibés qu'ils le laissaient paraître, les garçons croisant opportunément les jambes, les filles, assises recroquevillées sur le sable, enserrant les genoux de leurs bras, ce que j'avais pu constater sur ces plages isolées auxquelles on avait accès en marchant à travers des kilomètres de pinèdes, rasées depuis pour aménager des parkings et des baraques à pizzas. Quelques-uns prenaient manifestement plaisir à cette exhibition et devaient se féliciter de cette fenêtre météo dans l'esprit du temps. Mais le défi était trop grand pour moi qui acceptais tout juste de retrousser mes manches. Pour les bains de minuit — ce qui arriva au moins une fois et dont j'ai gardé un souvenir cuisant de gêne — j'eus la ressource de prétexter ne pas savoir nager, ce qui n'était pas non plus un aveu commode, mais bien sûr ce n'était pas une raison, tu peux avancer jusqu'à la taille, on ne se rend même pas compte qu'on entre dans l'eau tellement elle est chaude, et c'était vrai puisqu'il s'agissait non de mon arctique Atlantique mais de la Méditerranée en été, et je sentais bien que ce bain sous la lune renvoyait à l'innocence des premiers matins du monde, mais je n'avais d'autres moyens que de m'entêter dans une soi-disant peur phobique de l'eau, tandis que volaient les habits de cotonnade légère autour de moi et qu'une cavalcade de corps nus se précipitait vers la mer. Entre deux hontes je choisissais la confession la moins douloureuse, ne pas savoir nager, comme un petit animal sacrifie une patte pour échapper aux mâchoires d'un piège d'acier.

J'ai traîné longtemps cette infirmité de mon enfance où le corps était nié et la chair dénoncée comme la source de tous les péchés. Nous avions bien appris qu'au commencement le Verbe s'était fait chair, mais uniquement semblait-il pour vivre l'apothéose du martyre, pour que les bourreaux aient de quoi démembrer, dépecer, éventrer, écarteler, et les lions de quoi manger. Sinon, comme le disait le sorti de la tombe, le matin de la Pâque, ne me touche pas. C'est à ma belle fiancée juive que je dois de négocier durement un devis au téléphone pour une chambre à retapisser, en oubliant dans le feu de la discussion que je suis nu devant elle, qui me détaille amoureusement, sous toutes les coutures dira-t-elle, même si de coutures je n'avais à exposer qu'une vieille cicatrice d'appendicite. Et dans le même temps que je m'étonnais de mon ardeur inédite à discuter des prix, moi qui ai toujours payé le prix fort sans jamais marchander, elle constatait qu'elle avait bien travaillé, se félicitait du chemin parcouru depuis cette première fois que nous nous retrouvâmes dans une chambre d'hôtel à Bruxelles, et où je me cachai sous les draps pour enfiler mon caleçon. C'est elle qui me l'a rappelé, je l'avais oublié, bien sûr. De cet après-midi enchanté j'avais surtout retenu l'éblouissement de son corps de reine, l'apparition de ses dessous noirs, de ses seins délicats, de ses longues cuisses, mais je lui fis promettre qu'elle n'en dirait rien dans ses Mémoires. Elle était d'autant plus à l'affût de ces signes de pudeur maladive que, lors de notre seconde entrevue, toujours au milieu des livres, à Paris cette fois, comme j'avais cogné deux petits coups avec la phalange de l'index contre la cloison de bois de son stand pour attirer son attention, et qu'assise l'air absorbé par sa rêverie, elle avait tourné vers moi son beau visage qui s'illumina dans l'instant de son magnifique sourire, je portais sous ma veste noire une chemise blanche au col boutonné, et sa première pensée après s'être levée, radieuse, dans sa tenue noire, pull en V et pantalon, qui faisait ressortir sa beauté, après avoir fait quelques pas vers moi pour me saluer — et sans doute que nous nous tendîmes la main car nous étions encore des inconnus l'un pour l'autre, mais je ne sais plus, il faudrait le lui demander —, sa première pensée, qu'elle me dévoila quand nous devînmes plus intimes, fut qu'une des premières tâches qu'elle se fixait si jamais les choses tournaient comme elle l'espérait secrètement depuis un mois qu'elle rêvait de cet homme serait de le libérer de cette minerve autour du cou, de lui apprendre à, littéralement, se déboutonner.

Je n'en étais pas là, alors, et je tournai pudiquement la tête devant Marthe à sa toilette avant de m'informer de ma chambre, du moins du lieu qu'on me réservait pour la nuit. La grande maison comptait cinq ou six pièces à l'étage mais la colonie était nombreuse et on dénombrait plusieurs lits par chambre. Je ne me sentais pas de partager leur intimité, mais au vrai personne ne m'avait demandé quoi que ce soit. Au nom de la liberté de chacun il était d'usage de ne pas poser de questions, ni d'interférer dans sa vie. De plus l'attention portée à l'invité, ces marques de prévenance, ces petits plats dans les grands, était encore le témoignage d'une pratique bourgeoise. Donc l'acte révolutionnaire, c'était ne pas s'en occuper. Qu'il se débrouille, l'invité. J'avais juste bénéficié d'une solidarité de classe. Je n'allais pas exiger l'argenterie de la grand-mère. Du coup j'avais l'impression d'être transparent. À la fois vexé et soulagé d'être négligeable à leurs yeux. Pour mon lieu de couchage, on me guida jusqu'aux combles, auxquels on accédait par une échelle. La lucarne au ras du plancher poussiéreux était dépourvue de carreaux, et on voyait le ciel à travers les voliges du toit. Au milieu d'un bric-à-brac de brocanteur, il y avait un matelas enroulé et ficelé qu'on m'autorisait à déployer. Je pouvais deviner sa provenance, mais je jurai que je ne pourrais pas être mieux, bien que nul ne sollicitât mon avis. Malheureusement mon duvet n'était pas préparé aux froids polaires, que j'avais choisi le plus léger et le moins volumineux possible. Peut-être aussi le moins cher. C'est pourquoi, au lieu de m'installer pour la nuit, j'étais redescendu dans la grande cuisine enfumée et chauffée, retardant le moment de regagner mon auberge à la Grande Ourse.

Le spectacle avait déjà commencé. Je pris place dans un fauteuil en cuir râpé près de la cheminée, et m'appliquai à paraître intéressé par les performances vocales et instrumentales d'un guitariste, portant autour du cou cette sorte de collier métallique qui permettait à Bob Dylan de glisser un petit harmonica diatonique, et à lui de coincer une cigarette roulée sur laquelle il tirait d'un air inspiré entre deux lamentations. Penché sur son instrument, les yeux clos pour ne rien laisser s'échapper de ses visions intérieures, se balançant doucement en rythme, il était lancé dans une longue mélopée, monocorde et plaintive, dont même mon anglais rudimentaire saisissait les paroles : *Mama, mama, can I have a banana ?* Et rien d'autre. Inlassablement, *mama, mama, can I have a banana.* J'étais d'autant plus impatient et agacé que j'espérais qu'à la cinquantième reprise, devant mon insistance à fixer sa guitare, il me tendrait l'instrument, me proposant de l'essayer à mon tour car tout le monde était censé jouer de la guitare alors, et après quelques accords destinés à me familiariser avec la largeur du manche et la dureté des cordes, je me serais lancé dans deux ou trois morceaux de *picking* un peu véloces qui faisaient illusion et dont je tirais vanité. Je crois même que j'aurais été en mesure de lui jouer le merveilleux *Guinnevere* de David Crosby, ses délicats entrelacs de guitare et ses harmoniques cristallines. Mais il ne m'offrit pas cette joie de briller. Il n'était pas très loin du nirvana et pas question pour lui de redescendre sur terre. Peut-être même ne m'avait-il pas remarqué. Pendant ce temps, la fille propre et une autre aux cheveux bouclés passés au henné que l'éclairage crépusculaire des bougies paraissait incendier s'agitaient à débarrasser la table et faire la vaisselle dont j'essuyai quelques assiettes. Lui continuait d'appeler sa maman et de réclamer son goûter. Dans la répartition des tâches, il avait dû se réserver le rôle du juke-box. Et comme il n'était pas question de lui intimer de se taire, ce qui eût été vécu comme une agression de type fasciste, on le laissait poursuivre sa complainte somnambulique dans son coin, même si tous les présents, bien que n'en laissant rien paraître, rêvaient, j'en étais sûr, de lui réserver le sort du barde d'Astérix, ficelé, bâillonné et interdit de banquet. Mais pas moyen de le débrancher.

Le rejet de tout enseignement, qui impliquait l'autorité d'un maître, et de tout apprentissage, qui obligeait à des heures fastidieuses de travail, poussait à cette expression musicale libre qui butait sur les trois mêmes accords — et pour le bluesman de Haute-Loire, un seul suffisait. L'engouement pour le free-jazz à cette époque n'est sans doute pas étranger à cette impression que tout le monde pouvait s'y mettre, qu'on n'était même pas obligé de s'entendre sur un morceau à jouer, que le cri et le bruit étaient les fondements de l'expression créatrice. Comme Twombly ou Motherwell pouvaient laisser penser qu'il n'était pas besoin de savoir peindre *La Joconde* pour devenir artiste. Et puis, ce n'est pas parce qu'on ne savait pas jouer d'un instrument qu'il fallait laisser ce privilège aux enfants de la bourgeoisie. Au sein de mes amis d'été je voyais ainsi se développer une prédisposition pour le tambour, ou plutôt, comme celui-ci avait un lourd passé militaire, pour tout ce qui ressemblait à un tambour pourvu qu'il portât un autre nom, surtout exotique, et fût tendu d'une peau sur un fût en bois ou en terre, comme la darbouka, les tablas ou le djembé. D'apparence plus accessible que le piano ou la trompette (à laquelle il fallait préférer le saxo, la trompette comme le tambour ayant trop sonné la charge et réveillé les morts), les percussions donnaient assez vite l'illusion de participer à un événement musical.

Mais il se jouait autre chose aussi. « Quand mes sabots retombent sur ce sol de granit j'entends le son sourd, mat et puissant que je cherche en peinture », écrivait Gauguin, du temps qu'il parcourait les chemins de Bretagne autour de Pont-Aven. On sait où le conduisit ce premier contact avec la roche mère. Mais pour les jeunes tambourineurs, dont les plus aventureux empruntèrent aussi la route des îles en construisant un bateau dans leur jardin, c'était aussi une manière de se rapprocher d'une énergie primitive, de se débarrasser des afféteries d'une éducation où les grands-mères de certains, dont la mienne et celle de mes cousins, avaient appris le piano en même temps que la broderie et l'aquarelle. À moins d'un siècle de distance, c'était la même volonté de rupture, avec la société industrielle hier, de consommation aujourd'hui, le même désir de retrouver les gestes primordiaux, nourriciers, décantés des faux-semblants des fausses valeurs marchandes. Et ce d'autant plus que les imaginaires alors se tenaient sur une ligne de crête d'où on apercevait encore à l'ubac la longue saga immobile des paysans éleveurs et laboureurs. Il ne fallait pas remonter loin dans la généalogie des familles pour retrouver, ne serait-ce qu'à la faveur d'un mois d'été, les travaux de la ferme, les coquelicots dans les blés, le lait au pis des vaches, les ornières jumelles, l'odeur lourde du bétail, l'herbe donnée aux lapins, le grain aux poules. Si, à l'adret de cette ligne de partage, les espoirs d'une vie meilleure portés par la ville et sa dénonciation des injustices constituaient le ferment révolutionnaire, on gardait sur l'arrière un œil mélancolique.

Dans une chanson qui date d'un an après 1968, *La Matinée*, que chantaient en duo Jean Ferrat et Christine Sèvres — ils étaient mari et femme —, on retrouve en quatre hexasyllabes cette curieuse tension entre réaction et révolution, entre nostalgie des temps anciens et vision progressiste, entre campagne et ville, on y entend qu'il / faut labourer la terre / et tirer l'eau du puits / changer la vie et puis / abolir la misère. Aujourd'hui les deux termes du quatrain feraient un oxymore. Comme le bourgeois gentilhomme. On se demande même comment pouvaient tenir ensemble ces deux mondes opposés : la révolution nationale du maréchal Pétain et ses valeurs terriennes, et le manifeste de Karl Marx et ses aurores radieuses. Et pourtant ça ne semblait pas poser problème aux oreilles du temps. C'est qu'on a oublié à quel point ce passé paysan était proche et venait comme une vague mourante rafraîchir les ardeurs révolutionnaires. Depuis, le monde agricole s'est industrialisé, coupant avec les vieilles recettes qui avaient traversé dix mille ans en suivant patiemment le cours des saisons et des gestations. La révolution néolithique s'est éteinte sous nos yeux. La reproduction animale et végétale est tombée entre les mains des chimistes et des biologistes, qui en clonant et modifiant génétiquement les organismes sont parvenus à interrompre les cycles immémoriaux qui nous ont portés jusque-là. La terre s'est dématérialisée, élevages intensifs, cultures hors-sol, retour aux friches, elle n'existe plus désormais dans les imaginaires que comme une rêverie d'aristocrate aux mains blanches. Elle est devenue, via l'écologie, notre petit Trianon.

Peut-être qu'à leur manière ces roulements de tambours, au cours d'interminables soirées au milieu des moustiques que tentaient de repousser des serpentins verts se consumant doucement sur les bords des fenêtres, sonnaient le glas de ce monde ancien. Scène de deuil. Dans les placards des survivants, on trouve encore ces pots de terre crue, coiffés d'une peau sèche et gondolée, maintenue par des tendons momifiés, et qui ne rend plus qu'un son creux. Remisés en même temps que les vieilles charrues, n'ayant visiblement pas fait école, faute d'avoir su transmettre une quelconque science du langage comme des griots au fond des forêts d'Afrique, ce ne sont plus que des machines à remonter le temps. Pour la pratique de l'instrument, l'important était de prendre un air inspiré et, paupières closes, balançant la tête en rythme, d'atteindre à un certain niveau sonore où l'on pouvait feindre l'extase. À partir de là, il n'y avait plus qu'à convier le bluesman de Haute-Loire, par exemple, et on appelait ça faire un bœuf.

Mes amis d'été se répartissaient entre deux ou trois communautés. La liberté sexuelle n'y était pas aussi grande que ce que les bien-pensants s'imaginaient avec effroi et convoitise. Il ne suffit pas de se promener nu. On ne s'improvise pas libertin du jour au lendemain. Quand un couple se défaisait et qu'un autre se recomposait dans le même lieu, il y en avait toujours un ou deux qui pleuraient. Comme un peu partout. Avec cette différence cependant que la promiscuité entretenait le chagrin. Au nom du respect de la liberté de chacun, on essayait cependant de ne pas en vouloir à l'autre qui s'engouffrait dans la chambre de jadis avec son nouvel amour, même si intérieurement, et parfois à l'occasion d'une soûlerie, les mêmes noms d'oiseau volaient. Quand la douleur était trop forte, l'abandonné quittait le groupe, et il est arrivé que l'un d'eux, jeune homme élégant et discret, se volatilise tout à fait, ne donnant plus jamais de ses nouvelles, qu'on retrouva des années plus tard, un emploi dans la fonction publique, chevelure soignée, bon époux, bon père de famille, pour qui cet épisode communautaire avait été une sorte d'effroi où l'avait entraîné l'amour d'une jeune fille, quelque chose comme *Une saison en enfer* du jeune Rimbaud.

Sur cette dérive du poète de Charleville, qui est une sorte de contrition interloquée, d'effarement devant ce qui s'est passé (la liaison avec Verlaine, la rage exterminatrice, le dérèglement des sens, l'incandescence poétique), on peut lire le témoignage d'Ernest Delahaye qui fut son camarade de lycée. On le trouve dans un petit livre à la couverture grise où, sous le titre *Mon ami Rimbaud*, ont été recueillis les souvenirs que l'ami d'Arthur avait fait paraître dans plusieurs revues quand il comprit qu'il avait croisé le génie. Delahaye revoit pour la dernière fois son camarade en 1879. Depuis leur dernière rencontre, cinq ans plus tôt, le jeune homme aux semelles de vent a parcouru toutes les routes d'Europe, franchi à pied le Saint-Gothard sous la neige, manqué de mourir d'insolation et d'épuisement en Italie, suivi un cirque jusqu'en Suède, s'est engagé dans l'armée hollandaise pour déserter à Java, a travaillé dans une carrière à Chypre dont il parle comme d'un enfer minéral. Et devant son ami de passage, qu'il reconnaît à peine, tellement son visage autrefois poupin s'est émacié, durci, et sa peau tannée, Ernest Delahaye qui ressemble déjà avec ses rouflaquettes à un bon bourgeois de Charleville est comme intimidé, ne sachant comment renouer avec leur vieille complicité d'adolescents quand ils échafaudaient au milieu des maisons ruinées par les bombardements de la guerre de 1870 leurs projets poétiques pour conquérir Paris. Et prudemment il évoque l'engouement de leurs jeunes années. Et la littérature ?

Et le grand jeune homme de vingt-cinq ans qui traversait la place ducale une épaule légèrement en avant, et dont les yeux clairs perçaient les êtres et les choses, qui semble aujourd'hui avoir déjà vécu plusieurs vies, et dont la moins importante à ses yeux est certainement sa brève vie de poète, « eut alors, en secouant la tête, un petit rire mi-amusé, mi-agacé, comme si je lui eusse dit : "Est-ce que tu joues encore au cerceau ?" et répondit simplement : "Je ne m'occupe plus de ça." » L'ami de mes amis ne s'occupait plus de ça, cette folle parenthèse communautaire de ses vingt ans.

Quelques-uns pendant l'année scolaire étaient surveillants d'internat. Mais la plupart vivaient d'expédients, de fausses déclarations à l'assurance chômage, et de petits boulots. Un noyau dur travaillait par intermittence dans une entreprise de ramonage, et en se relayant pour occuper en permanence la place, ce qui leur permettait de travailler quelques jours par mois, selon les besoins des uns et des autres. De par leur fonction, ils étaient amenés à visiter des demeures de la cave aux combles. Quelquefois ils se servaient en bouteilles de vin quand leur amoncellement était, à leurs yeux, incompatible avec la capacité d'absorption des propriétaires. Quand ceux-ci ouvraient leur porte à ces jeunes gens chevelus, ils ne manquaient pas de marquer leur surprise. Ils étaient très loin, dans leur mise, du ramoneur savoyard, de son échelle et de sa marmotte, et paraissaient plutôt les membres détachés d'un groupe de rock. Mais comme ils étaient souriants et compétents, on finissait même par les recommander aux voisins méfiants. Car, comme monsieur Poirier dit Gracq, on se méfiait beaucoup de la jeunesse, alors. Les cheveux longs pouvaient nous valoir des insultes en pleine rue, et des crachats sur le bord des routes. Nous étions des bons à rien, des parasites, des poux ambulants. Ce sont les immigrés qui ont pris le relais de cette réprobation publique, quand les jeunes rebelles rentrèrent peu à peu dans le rang.

Certains vivaient plus ou moins de rapines. Les maisons de vacances délaissées dix mois de l'année étaient leur cible favorite. Comme elles étaient censées appartenir à des riches, ils se targuaient d'être de modernes Robin des bois, même s'ils se redistribuaient la manne entre eux. Ce délestage de quelques meubles trouva vite sont point d'engorgement auprès des brocanteurs de la région. Tous ces jeunes gens dont les grands-parents mouraient en même temps en leur laissant opportunément des commodes Louis XV, ça commençait à faire louche. Et il fallut passer à autre chose. Fascinés par ce mode vie, ne sachant plus trop où se situait la barrière entre la rébellion et le banditisme, ils avaient été à deux doigts de basculer, quand ils commencèrent à lorgner vers les banques. Alors il était possible d'encaisser un chèque au porteur simplement en se présentant devant le guichetier. Ils jetaient leur dévolu sur un établissement central avec beaucoup de clients, ce qui garantissait un certain anonymat, se postaient à côté d'un homme bien mis remplissant un bordereau, recopiaient son numéro de compte et son nom, revenaient déguisés en notaire — l'un d'eux se faisant même couper les cheveux pour l'occasion —, remplissaient un chèque de banque avec ledit numéro, présentaient une fausse carte d'identité — car ils avaient aussi un ami imprimeur — et repartaient avec une somme importante en liquide, mais pas trop pour ne pas attirer l'attention. Le stratagème avait un inconvénient, c'est qu'il ne pouvait pas servir longtemps.

D'escalade en escalade, ils avaient même essayé de s'attaquer à une petite succursale, mais la moustache postiche du principal acteur se décollant juste au moment où il réclamait la caisse, une main tenant le pistolet d'enfant glissé sous un journal, l'autre posée sur la moustache, l'agresseur, désarçonné par le peu de réaction du caissier, avait fait prestement demi-tour, tenant toujours sa moustache pour ne pas être reconnu, passant en courant devant son ami qui faisait le guet devant la porte, puis tous deux s'engouffrant dans une vieille R8 Gordini, garée juste devant la banque, où les attendait le troisième Pied Nickelé, moteur tournant, démarrant pied au plancher, filant à 180 sur l'autoroute, se disant qu'une carrosserie bleue striée de deux bandes blanches se repérerait vite, décidant de précipiter la voiture dans la Méditerranée pour faire disparaître toute trace, l'un objectant que c'était sa voiture tout de même, les deux autres le convainquant qu'il valait mieux être libre sans voiture qu'en prison avec une R8 qu'il devrait vendre de toute façon pour payer les frais d'avocat et au vu de l'état de la caisse il n'en tirerait pas grand-chose, sinon dix ans pour lui, du coup choisissant les calanques désertes pour la noyer, le propriétaire gardant tout de même la clé, l'un de ses deux amis lui intimant de la jeter aussi, pas de trace, rien, et l'autre avant de s'exécuter demandant à garder son porte-clés, un souvenir de je ne sais plus quoi, d'enfance ou d'amour, mais dur de s'en séparer, les deux autres accédant à sa requête avec le sentiment toutefois que cette faiblesse pourrait leur être fatale (mais non), puis tous les trois rentrant séparément en auto-stop, se terrant quelques jours, comprenant qu'ils avaient été trop loin, et ne voyant rien venir, sortant timidement de leur tanière, retournant à ce qu'ils savaient faire, par exemple décoller dans un supermarché l'étiquette d'une tranche de jambon de cinquante grammes pour la coller sur un rôti de douze kilos, méthode pour le succès de laquelle l'un d'eux avait affûté un ongle tout exprès qu'il glissait sous les étiquettes, les faisant sauter plus vite que l'éclair pour les transférer ailleurs, étant entendu qu'il fallait bien choisir sa caissière au moment du règlement, mais quelquefois une amie, pour qu'elle ne s'alarme pas de cette promotion considérable sur la viande de bœuf. Et bien sûr la routine de la débrouille : bloquer les compteurs d'électricité et d'eau à l'aide d'une épingle à nourrice, siphonner les cuves de mazout de leurs dépôts et les filtrer, prélever les cartons de vêtements que les donateurs déposaient devant les locaux du Secours catholique, repérer le jour où les supermarchés se délestaient de leurs produits avariés, sans oublier les voyages chaque semaine à la déchetterie pour rapporter une merveilleuse table à trois pieds et le frigo hors d'usage qui ferait un excellent classeur pour les papiers ou la première poubelle à ouverture verticale.

Quand les bébés s'annoncèrent, toutes les mères avaient été officiellement abandonnées, ce qui leur permettait, larmoyant de bureau en bureau, maugréant contre ces salauds de pères (qui les attendaient au pied des marches de la mairie, faisaient la cuisine et la vaisselle, donnaient le biberon et langeaient), d'obtenir des aides diverses. Mais de cet échec de l'attaque de la banque, c'en fut fini des aspirations aux gains faramineux. On se rappelle la question de Brecht dans son *Opéra de quat'sous* : Quel est le plus grand criminel : celui qui vole une banque ou celui qui en crée une ? L'analyse demeure toujours pertinente et sur la réponse on a notre idée, mais il est honnête de préciser que l'une des activités est plus périlleuse que l'autre. Ce que ces fous de pierrots lunaires venaient de comprendre.

Redevenus raisonnables, ayant découvert qu'un patron était mieux rémunéré que ses employés — c'était aussi une amie du groupe qui se chargeait des fiches de paie et des factures au sein de la société de ramonage —, ils avaient quitté tous en chœur leur employeur en emportant le fichier des clients et un peu de matériel usagé, détérioré par leurs soins afin de le remettre en état pour leur usage, et créé leur propre entreprise. La vie sérieuse commençait. L'un d'eux abandonna même ses études de philosophie pour passer un CAP de chauffagiste. J'étais là quand ils réfléchirent à une enseigne et posèrent ensuite leur logo sur la vieille camionnette rafistolée revenue cahin-caha des pistes marocaines. Les élucubrations sous marijuana et rosé au milieu des pins n'ayant rien donné de concluant (pas de feu sans fumée, dit l'un après avoir inhalé une profonde bouffée, mais proposition rejetée), tous les « services » « express » et « SOS » ayant déjà été pris par la concurrence, ils adoptèrent un prosaïque Sud-Ramonage. Le but immédiat n'était bien sûr pas de faire du profit, mais d'utiliser cette unité comme une base de ravitaillement pour eux-mêmes et leurs amis. Assez vite pourtant les premières dissensions apparurent entre ceux qui travaillaient et les fondateurs qui avaient investi un peu d'argent et estimaient avoir droit à des dividendes, bien que n'étant pas toujours sur le terrain. Révolutionnaire et actionnaire, cette double nature d'un nouveau type dont s'inspirèrent les Chinois était difficile à faire passer auprès des intérimaires. Pour ceux-ci, toute peine mérite salaire avait son corollaire : pas de peine, pas de salaire. Ce qui fut à l'origine d'une scission et marqua la fin d'une époque. Mais j'avais appris de leur compagnonnage suffisamment pour m'épargner la voie droite qui, sur la carte du savoir-vivre, passe par diplôme, carrière, famille, réussite sociale et horizon de la retraite. Je leur dois d'avoir ouvert pour moi les chemins de traverse dans lesquels je me suis engouffré, où l'on se perd souvent, mais qui seuls réservent la possibilité d'un inédit. Tous étaient drôles et pleins de fantaisie. Je leur dois mes premiers vrais rires et d'avoir abandonné mes habits tristes de Loire-Inférieure.

Deux ou trois fois, ils m'ont proposé de les accompagner dans leur tournée de ramoneurs, quand ils étaient encore employés, aussi utile qu'avec mon cousin à la moto, passant les hérissons du bout des doigts comme les clés et les pinces autrefois. Je crois même me rappeler qu'ils me forcèrent à accepter le salaire du jour, qu'en bon catholique de l'Ouest je refusai, ma participation à l'effort collectif ne m'ayant pas paru décisive. J'étais fasciné par leur gentillesse et leur décontraction. Ils n'éprouvaient aucune réticence à pratiquer l'un des métiers les plus sales du monde, au moment où tout ce qui était manuel était considéré avec un certain mépris. En dépit du fait que le prolétariat était la classe élue, s'établir, c'est-à-dire entrer à l'usine, était un acte militant, une ascèse, et peut-être même une contrition, mais en aucun cas un désir de s'approprier pour lui-même le savoir-faire ouvrier. Tous ces jeunes gens poursuivaient des études supérieures, ou du moins les avaient entamées, et il était infiniment plus glorieux de citer Durkheim que le manuel du plombier. Eux n'éprouvaient même pas le besoin — comme je le fis bien plus tard lorsque je vendais des journaux, du moins au début — de se différencier de leur fonction ou de s'en défendre : que surtout on ne les confonde pas avec leur apparence. Ils s'en fichaient. De toute manière il n'y avait aucune chance pour qu'on les prît pour d'authentiques ramoneurs. Ce qui les rendait suspects au début. Mais comme ils étaient consciencieux, débrouillards et sympathiques, et même honnêtes quand ils s'établirent à leur compte, on leur fit vite confiance.

Je crois que c'est cette même année qu'ils m'embarquèrent avec eux sur le plateau du Larzac lors de la manifestation gigantesque organisée par les paysans du lieu pour s'opposer à l'extension d'un camp militaire. J'ai longtemps prétendu comme un grognard d'Austerlitz que j'y étais. Ce qui est sans doute vrai, mais comme je n'en ai gardé d'autre souvenir qu'un méchant mal de tête, j'ai plutôt le sentiment d'avoir été Fabrice del Dongo à Waterloo s'informant auprès d'un maréchal des logis : Ceci est-il une bataille ? Réponse de l'autre : Un peu. Donc un peu une manifestation, la gigantesque manifestation du Larzac. Au cours de ma descente vers le Sud j'avais croisé des autostoppeurs dont l'objectif était le causse mythique des Cévennes mais, sur la route, ce genre de destination était d'abord un prétexte au rassemblement de la jeunesse chevelue. Ce qui voulait dire guitares, amour libre, doigts en V et cigarettes roulées.

Au lendemain de ma nuit en Haute-Loire, mes hôtes m'avaient déposé comme promis sur la place du marché de la petite ville voisine dont j'ai oublié le nom et où ils comptaient tirer un bon prix de l'argenterie de la grand-mère. Je les remerciai et pris position à la sortie d'une station-service où je n'eus pas à attendre longtemps. Bientôt l'inévitable 2 CV s'arrêtait et se proposait de me conduire jusqu'à Dieulefit. Ma première pensée fut que le chauffeur me faisait une farce, du genre Pampelune derrière la lune, et qu'il allait repartir en cahotant et toussotant, tout heureux de son bon tour et de mon air dépité. Car enfin, Dieulefit : exprès ? Pas exprès ? Mais non, il m'expliquait que c'était plus au sud et de l'autre côté du Rhône, ce qui me rapprocherait de mes gentils cousins. Le trajet était long et la vitesse réduite. Il eut tout le temps de me raconter qu'il rentrait de vacances en Bretagne. D'où précisément ? car la Bretagne, je la connaissais comme ma poche. Le golfe du Morbihan. Bien sûr, très beau, et notamment l'îlot de Gavrinis où on pouvait visiter, enseveli sous les ronces, un tumulus à couloir, dont les pierres dressées supportant les dalles du toit sont couvertes de gravures, mais il n'en avait pas entendu parler, ce qui était normal alors, le site était à l'abandon, mais surtout pas le cœur à se promener, il avait été contraint d'abréger son séjour pour cause de pluies continuelles. J'en étais encore à défendre le climat breton, toujours attaqué sur son versant pluvieux, jurant qu'il y faisait aussi beau qu'ailleurs, cherchant aussitôt un contre-exemple, un été exceptionnel où les plants de maïs avaient séché sur pied, et vraiment cette année, c'était juste la faute à pas de chance, mais il campait avec son amie et sous la tente, quand tu as baisé deux ou trois fois. Je n'insistai pas trop, craignant qu'il n'accuse la Bretagne d'être responsable de la désunion de son couple et qu'il me débarque avant Dieulefit. Car à ce rythme — il avait vraiment beaucoup plu — ils avaient vite épuisé leur dose d'amour. D'un commun accord ils avaient décidé de poursuivre chacun de leur côté. Elle, poussant plus loin vers le Finistère Nord — seule ou pas, j'évitai de poser la question —, lui, reprenant la route du soleil. Du coup il n'avait pas eu son content de vacances, et se demandait s'il n'irait pas faire un tour sur le Larzac, peut-être avec l'idée de se trouver une nouvelle amie. Il sollicitait même mon avis, non pas sur la possibilité d'une rencontre, mais sur ce que je pensais de la manifestation prévue dans quelques jours. Cette forme de considération suffisait alors à m'amener les larmes aux yeux, qu'on pût attendre quelque chose de moi me bouleversait, mais ne suivant l'actualité qu'à travers un journal abandonné sur un banc public, je n'avais aucune idée de ce qui se préparait là-haut. Sur le fond, du moment qu'il s'agissait de manifester une hostilité à l'armée, mon adhésion était tout acquise, et je n'avais pas à me forcer, mais c'était à peu près tout.

J'aurais sans doute été en mesure de citer *Garderem lou Larzac*, dont les larges lettres blanches peintes à gros traits s'étalaient sur le bitume des routes ou sur le tablier des ponts — l'expression était devenue un gimmick, une sorte de *No pasáran* mi-régionaliste, mi-révolutionnaire, et sans risque —, mais les autres slogans que l'on découvre dans les petits reportages d'époque diffusés sur le site de l'INA, que je viens de consulter dans l'espoir de me rafraîchir la mémoire, ne m'évoquent rien. Par exemple : « Pas de canons, des moutons » qu'un manifestant a taggué sur sa 4L et qui est repris sur nombre de pancartes. La richesse de la rime aidant, il eût été facile de s'en souvenir. Ce qui n'éveille pourtant rien en moi. Ce qui me confirme que je n'ai pas dû m'aventurer bien loin sur le causse. Mais je crois me souvenir maintenant que nous avions été détournés au bas du plateau par la gendarmerie, débordée par cet afflux de jeunesse. L'encombrement était tel là-haut que toutes les routes qui y menaient étaient bloquées. Il est possible qu'on n'ait pas poussé plus loin, ce qui expliquerait que je n'en aie conservé aucune image, mais comme je l'ai déjà laissé entendre, j'ai plus que des trous sur cet épisode. Il faisait chaud et nous avions commencé à boire très tôt. Après nous être installés dans un champ, la question se posa sans doute de poursuivre à pied. Mais sans moi. Je n'ai que cette vision de ma tête posée sur les genoux d'une amie du groupe qui, compatissante ou inquiète, me caresse le front, avant de sombrer. Il faut croire cependant qu'aux yeux de mon chauffeur je faisais un défenseur de moutons assez convaincant, car il aurait juré que je me dirigeais vers le Larzac. Non, j'allais juste retrouver mes cousins dans le Sud. Mais je dus dire plutôt mes amis, car les cousins ça faisait famille, et la famille avait très mauvaise réputation.

Sur les images d'actualités de l'époque, on reconnaît le haut plateau à ses blocs calcaires déchiquetés émergeant d'une pelouse rase jaunie par l'été. Des cohortes joyeuses et déterminées, bien décidées à faire plier l'armée et le pouvoir, arrivent par grappes, milliers de jeunes gens à l'allure un peu gauche, nippes bariolées, flottantes. Les cheveux des garçons ne sont pas si longs, sauf du côté des partisans d'un retour à la nature ou des adeptes de Jethro Tull, un groupe de rock dont le principal succès était le fruit d'un détournement, une bourrée jouée à la flûte traversière par le leader, Ian Anderson, en réalité une œuvre pour le luth de Johann Sebastian Bach, ce dernier même pas crédité, et qui sur le disque se termine en bouillie sonore destinée à s'affranchir du maître de Leipzig et à donner des gages à la modernité. Mais c'est très nettement le maître de Leipzig qui l'emporte. Les filles ont la chevelure lâchée, souvent frisée, jupe de cotonnade, ample chemisier découvrant une épaule. On a pu croire à ce moment que le bouton et sa boutonnière allaient disparaître, remplacés par un lacet. Le port du soutien-gorge est plutôt prohibé au nom de la libération des corps, mais difficilement vérifiable ici, comme le maquillage, qui de toute façon se résumait à un trait de khôl sur les paupières. Et pour le parfum, ambre et patchouli. Contrairement au rassemblement de Woodstock qui était une revendication de la jeunesse, même si la guerre du Vietnam s'en voulait le prétexte, celui du Larzac, sans doute parce qu'il entend être une vitrine de la contestation militante, apparaît très pudique. Pas de seins nus, ni de couples enlacés. C'est la province qui défile et prend sa revanche sur les barricades du Quartier latin. Un groupe a décidé de rejoindre le lieu de rassemblement à pied, et il avance au son d'un joueur de flûte à bec, à la maîtrise débutante, levant bien haut les doigts au-dessus des trous, ayant pris d'autorité sa place dans le cortège — car on n'imagine pas que quelqu'un lui ait jamais lancé, eh Jean-Marc, joue-nous un petit air entraînant —, prenant sa revanche sur les guitaristes qui ne peuvent accompagner le mouvement de la marche (on aperçoit parmi les randonneurs le manche d'une guitare qui dépasse d'une épaule), les uns et les autres dans son sillage marmonnant les paroles d'une vieille chanson apprise dans leur enfance et qu'ils ne pensaient certainement pas ressortir, ayant grandi au son des groupes anglo-américains, persuadés que le français était incompatible avec le chant, et là retrouvant du bout des lèvres l'histoire de la petite hirondelle et de ses trois petits coups de bâton, peut-être aussi une manière de renouer avec l'esprit d'enfance et une innocence perdue.

Ils se racontent sans doute pour eux-mêmes qu'ils sont la réincarnation des chemineaux du Moyen Âge confluant vers un nouveau Saint-Jacques-de-Compostelle. Le décor aride du causse s'y prête, qui n'a sans doute pas beaucoup changé en plusieurs siècles, et les hardes des marcheurs, et le nouveau troubadour, qui feint comme il peut l'entrain. Le voyant il est difficile de ne pas penser au joueur de flûte de Hamelin conduisant les enfants hors de la ville, et plutôt que les noyer, leur montrant le jardin d'Éden dont ils ont été chassés par la société industrielle. On reconnaît aussi la mise en scène des processions auxquelles beaucoup d'entre eux ont forcément participé dans leur plus jeune âge, le bon berger guidant son troupeau, le troupeau à sa suite traînant des pieds en ânonnant sur une petite route de campagne bordée de talus. Un siècle plus tôt, à l'année près, au moment de la mise en place du pèlerinage de Lourdes, le terrible père François Picard, barbe de missionnaire et coupe militaire, qui ostensiblement buvait l'eau de la piscine infestée par les plaies purulentes des malades, mmm, fameuse, rêvait aussi, à la tête de ses assomptionnistes, de reformer les foules pieuses et migrantes du Moyen Âge, de les lancer des quatre coins du monde à l'assaut de la grotte miraculeuse, comme si l'imagerie médiévale dans le vieux pays constituait le point de ressourcement à partir duquel le monde avait commencé de se perdre. À cent ans de distance, comme pour le son lourd des tambours, avec des discours radicalement opposés, c'est l'expression de la même nostalgie, le même repli face aux assauts de la modernité.

Les paysans au volant de leurs tracteurs sont visiblement très contents de cette occasion inespérée de sortir de leurs exploitations, mais la position haute des passagers, assis sur les sièges latéraux surélevés de chaque côté du conducteur, tournés vers lui et non face à la route, les fait ressembler à des reines locales au sourire coincé, perchées sur un char de kermesse, agitant malaisément la main. Cette soudaine exposition à la lumière les intimide. Mais on sent l'enthousiasme qui a présidé à ce projet. On les imagine dans leurs fermes se téléphonant les uns les autres, trouvant enfin l'occasion de briser leur solitude (cette image dans la plaine du Rhône d'un tracteur minuscule creusant les sillons d'un champ à perte de vue, un homme seul pour labourer une moitié de département quand le même travail, avant la mécanisation des campagnes, requérait des centaines de bras), organisant des réunions autour d'une bouteille de vin et de fromages de leur cru, s'emballant, discutant des mérites des slogans (pas de canons, des moutons, ou pas de fusils, des brebis ?), se préparant pour la longue route, sortant les conserves et la charcuterie, salués au moment du départ par les proches à qui ils donnent les dernières instructions pour les animaux, à mesure qu'ils s'approchent du plateau, progressant au milieu d'une haie d'honneur, le peuple des campagnes habituellement rejeté, méprisé, acclamé cette fois par la jeunesse érudite, devenu par un renversement du sens de l'Histoire — eux les arriérés, que Marx compare à un sac de pommes de terre — la figure de proue de la contestation, prenant, le temps d'un été, la place élue de la classe ouvrière, enfin considéré (« mais ne t'y fie pas, bientôt je serai avec ceux de mon espèce et ne penserai plus guère à toi » — Claudel).

Si on en croit les témoignages recueillis sur les images d'archives, les jeunes gens ne semblent pas non plus avoir une claire vision de ce qui se joue. Sommés par des journalistes narquois d'expliquer la raison de leur présence en ce lieu, ils tiennent des propos éthérés, adolescents, où se télescopent refus de l'armée, rejet de la société de consommation et rêverie bucolique. Si les révolutionnaires de 68 connaissaient leur vulgate sur le bout des doigts, ayant mis en fiches la pensée de Lénine, rejoué dans leur chambre d'étudiants la prise du palais d'Hiver, réfléchi avec Marx sur les raisons de l'échec de la Commune de Paris, ceux du Larzac ont à l'inventer. Et pour l'heure ils n'ont que leur intuition, leur sensibilité. Nulle envolée lyrique, nul discours argumenté. On aimerait que de ces esprits contestataires jaillisse la parole lumineuse qui renverrait dans les cordes ces agents serviles de la bourgeoisie, prompts à tourner en ridicule leur mise fleurie, mais elle balbutie, hésite, se cherche. On comprend que cette parole nouvelle s'élabore là, littéralement sur le champ, qu'elle est au début de quelque chose qui ne dit pas encore son nom, même si l'un d'eux utilise pour la première fois le mot écologie. Mais comme il lancerait un ballon-sonde, pas très sûr de son bon emploi, le mot encore trop récent pour qu'on en saisisse la portée. C'est qu'ils sont à la fois le moteur et les témoins d'un moment de bascule de la société. Après l'adieu à la ville, le retour à la terre, ce qui signifiait moins, comme on l'a cru alors, un engouement pour l'élevage des chèvres et le tissage artisanal qu'un abandon des illusions progressistes, et par ce regard en arrière une marque d'intérêt pour le grand corps archaïque qui nous supporte et commence déjà à donner des signes de fatigue.

Pour la société malade de ses injustices, il semble qu'il n'existe pas de potion miracle, tout ayant échoué, le curseur du changement oscillant entre égoïsmes et massacres en série, salut individuel et expérimentations calamiteuses, décourageant, au point que certains groupuscules révolutionnaires se demandent s'il y a encore de la place pour eux, si leur combat hérité de 1789 ne se termine pas là, sous leurs yeux, avec ces ouvriers d'une usine horlogère et ces paysans du Larzac qui prennent leur destin en main, les congédiant, eux, les professionnels de la Révolution, qui n'ont pas senti que la masse n'était pas une mais multiple, que les intéressés étaient mieux à même de choisir ce qui était bon pour eux que les supposés penseurs qui planent au-dessus des contingences et refont le monde comme des généraux déplaçant de petits drapeaux sur une carte d'état-major. Plutôt que de changer l'homme qui ne se ressemble pas beaucoup dans ses aspirations diverses, peut-être serait-il plus judicieux de se pencher sur notre plate-forme commune, la grande oubliée du progrès, la seule à répondre à ce souci de l'Un, notre mère la Terre.

Dans *Walden ou la Vie dans les bois*, Thoreau qui trouve que l'étang au bord duquel il a construit sa cabane est plus beau qu'un diamant se montre persuadé qu'il sera pareil au même dans des milliers d'années, comme il l'était des milliers d'années avant lui, une sorte de mesure étale de la pérennité de la nature et de la beauté du monde. S'il commente abondamment le sifflet des trains qui se mêle aux chants des oiseaux au-dessus de la forêt, s'il remarque que le transport des troupeaux par le rail a eu raison des chiens de berger et d'un mode de vie pastoral (en quoi il se trompe, les grands treks vers le Nord des immenses troupeaux du Sud surveillés par des hommes à cheval n'ont pas encore commencé), il n'imagine pas cependant que cette intrusion du chemin de fer puisse nuire au paysage de la région de Concord autrement que par ses bruits parasites et son panache de fumée. Plus d'un siècle après, on constate les dégâts : le mercure rejeté dans la baie de Minamata et paralysant le système nerveux des nouveau-nés réduits à une vie végétative, l'agent orange utilisé par l'armée américaine au Vietnam pour défolier les forêts où s'embusquent les petits hommes verts de l'armée du Nord avec ses conséquences irréversibles pour les organismes, les herbicides instillant le poison de la dioxine dans nos assiettes, la poussière d'amiante creusant des galeries dans les poumons des travailleurs, les fonds des grands lacs américains désormais aussi nus que le sol lunaire. Hiroshima nous avait caché que l'homme n'avait pas besoin de la guerre pour s'intoxiquer et se détruire. Cette fois, nous commencions à comprendre que la beauté et la survie du lac de Walden dépendaient de ses riverains.

Au milieu de ces balbutiements juvéniles, le seul discours bien rodé est celui du vieux Lanza del Vasto, qui soigne sa figure de patriarche avec sa longue barbe blanche, et semble vouloir concurrencer la petite Bernadette de Lourdes avec son voile bleu sur la tête qu'il n'en finit pas de coincer derrière ses oreilles. Adepte de la non-violence, ancien disciple de Gandhi qu'il accompagna du temps que celui-ci luttait entre deux jeûnes contre les Anglais, partisan d'un retour à l'araire et à la bougie comme son illustre modèle, ayant créé son propre ashram qu'il avait baptisé l'Arche, il pense son heure venue et s'incruste au milieu de la jeunesse pour faire valoir ses convictions qu'il juge en phase avec le mouvement — et faire du prosélytisme peut-être. Mais il ressemble trop à un membre du clergé honni pour séduire les jeunes clercs de la révolution des mœurs, d'autant que le mahatma, son maître, pratiquait la *brahmacharya*, autant dire l'abstinence sexuelle, peu en cours chez les marginaux. Pour l'occasion il s'associe même avec un général pacifiste qui eût mieux fait de ne pas attendre de grimper tout en haut de la hiérarchie militaire pour s'alarmer de la nocivité de l'armée, et un sosie d'Allen Ginsberg (une seconde, sur la photo qui les réunit tous les trois, j'ai cru identifier le poète américain, ce qui eût été dans sa nature de se joindre à ce genre de mouvement, mais non, juste un clone barbu à grosses lunettes, bientôt chauve avec la mèche rabattue sur le crâne, dommage, car j'aurais bien aimé prétendre avoir croisé l'ami de Kerouac sur le Larzac).

À défaut de saisir ce qui se tramait sur le plateau, je disposais d'une bonne carte dans mon jeu démodé de Loire-Inférieure : je détestais l'armée. Le culte du pouvoir, l'esprit de servilité, l'apologie de la force, je les avais expérimentés au collège, et j'avais été à même de juger que rien de tout ça ne m'intéressait, refusant obstinément d'adresser la parole aux enseignants hors des cours, comme le faisaient la plupart des élèves qui en profitaient d'un creux dans la discipline, et sympathisaient avec les surveillants le temps d'un relâchement. Ce que je voyais comme un fait de collaboration. Et puis les exemples de mes parents, mon père qui, incorporé dans l'armée régulière après ses années de Résistance, lance un fromage à la tête d'un sergent ou d'un capitaine qui lui donne un ordre inepte, changeant d'employeur quand ça lui chante, toujours sur les routes, et ma mère et son indépendance d'esprit farouche, préférant assumer seule la lourde charge de son magasin plutôt que d'avoir quelqu'un à commander. À la maison le pouvoir et l'armée n'avaient pas bonne presse. Par chance, tous les marginaux étaient antimilitaristes et défilaient régulièrement contre l'agression impérialiste au Vietnam. Certains poussaient même leurs convictions pacifistes jusqu'à réclamer un statut d'objecteurs de conscience, c'est-à-dire qu'ils refusaient catégoriquement de faire leur armée, ce qu'ils payaient d'une peine de prison double de la durée normale du service militaire, et souvent en forteresse. Sans aller jusque-là, j'avais aussi des lettres de créance à faire valoir. Je venais d'être exempté au prix d'une petite comédie jouée pendant les trois jours, qui n'étaient que deux, à Blois, où on faisait passer une batterie d'examens à tous les garçons de dix-huit ans (et plus pour les sursitaires dont j'étais) afin de juger de leur aptitude à faire de bons soldats. Comme ce n'était pas dans mes intentions, je m'étais préparé à ne pas desserrer les dents pendant toute la durée de mon séjour, à ne pas répondre aux questionnaires, à faire ostensiblement le revêche, mais je compris vite une fois rendu à la caserne Maurice-de-Saxe, qui sentait le chocolat Poulain dont les usines étaient voisines, que ça ne dérangeait pas grand monde, surtout pas les gradés, et qu'il me fallait trouver autre chose, d'autant que je découvrais que la jeunesse étudiante était minoritaire, et que la majorité des conscrits, dont certains étaient illettrés — ce qui redessine une autre carte de la société où les discussions sur la propriété et le vol ne sont pas dominantes —, trouvait plutôt excitante cette idée de porter des sacs de cinquante kilos pendant cent kilomètres tout en se faisant traiter d'abrutis. Ils se montraient tellement disposés à cette perspective que le soir, dans la chambrée, ils se livrèrent avec enthousiasme à une bataille de polochons — en attendant sans doute de se voir proposer un champ de manœuvres plus vaste et des armes plus efficaces.

Les plus déterminés à ne pas faire l'armée misaient tout sur la confrontation ultime avec le psychiatre, à charge pour eux de convaincre celui-ci qu'ils étaient fous, lequel, comme ses pairs en Union soviétique, était précisément là pour débusquer les imposteurs et les dissidents. L'aristocratie des réformés, ceux qui avaient été au bout de leur folie, affichait ainsi la catégorie P4 sur ses papiers d'exemption. Essentiellement des jeunes gens charmants et fantaisistes, dans le genre de mes cousins, quand cette seule mention était censée renvoyer à de véritables dangers pour la société, ce qui, disait-on aussi, leur fermerait la porte à toute une catégorie d'emplois, mais travailler n'était pas non plus l'objectif. La rumeur ne cachait pas les risques encourus. D'accord, concluait le spécialiste après avoir assisté aux pitreries de son patient qui avalait devant lui des lames de rasoir ou faisait la poule en grimpant sur son bureau, aucun doute vous êtes fou, alors hôpital psychiatrique, neuroleptiques, électrochocs, camisole, cellule capitonnée, et aussitôt guéri réintégration dans les commandos parachutistes. Décidé à jouer le tout pour le tout, j'avais quand même demandé à rencontrer le fameux médecin, mais doutant de mes capacités à dissimuler, je me demandais bien ce que j'allais pouvoir mettre en avant comme symptôme irréversible de mon incapacité à défendre le pays. J'étais encore craintif et timide alors. Quand je me livrais à l'inventaire de mes moyens, je ne me reconnaissais qu'un talent, mon entêtement, cet air buté qui était ma marque depuis l'enfance, la pauvre rébellion du petit être débile qui plutôt que de se révolter violemment présente une face fermée. Je m'imaginais réitérant inlassablement mon refus d'effectuer mon service militaire, comme je l'avais écrit sur toutes mes copies depuis deux jours. Objecteur de conscience, alors ? Non, non, pas seulement la conscience, tout objecte chez moi. Rien ne me va de ce que vous me proposez, ni l'uniforme quand je tiens à ma singularité, ni obéir aux ordres quand je tiens à ma liberté, ni porter une arme quand j'avance dans la vie démuni, bras ballants. Et cet univers d'hommes. Déjà à onze dans une équipe de football je souffre de cet environnement masculin, cherchant des yeux un corps de femme sur la touche. Alors vos casernes, vos régiments, vos stages commandos, vos barnums de campagne, si vous pouviez m'en dispenser, vous n'auriez pas à vous en plaindre. Je faisais le pari qu'une institution disciplinée ne s'encombrerait pas d'un mauvais coucheur.

Il me restait encore quelques épreuves avant l'ultime confrontation. Ma mauvaise volonté à entendre quoi que ce soit aux signaux en morse que nous devions retranscrire sur une feuille couverte de tirets et de points — attention, écoutez bien, tiiiit, tit tit, et tous, sourcils froncés et crayon levé comme des écoliers de Doisneau, essayant de décrypter la date du prochain débarquement — ne compromettait pas mon incorporation sous les drapeaux. Même idiot, je serais en mesure de tenir un balai. En dernier recours je comptais user de ma botte secrète dont je n'avais parlé à personne parce que j'étais honteux d'avouer ma myopie. J'avais toujours envie d'étrangler ceux qui me conseillaient de porter des lunettes, comme si délibérément ils cherchaient à me ferrer de semelles de fonte pour anéantir mes pauvres efforts dans la course à la vie. Mais cette fois mon handicap pouvait m'être d'un vrai secours. Lors des tests visuels, qui constituaient quasiment la dernière station avant le passage devant le psychiatre, je déclarai ne rien voir des lettres, à la taille progressive lues de haut en bas, qu'on me présentait sur le tableau vertical. Ce qui était vrai, même le Z et le U, les plus grosses, après quoi on jugeait qu'il était inutile de forcir le trait, même le Z et le U en clignant fortement des yeux flottaient dans un noir baveux sur fond blanc. Mais alors qu'est-ce que vous voyez ? me demanda le jeune médecin qui était vraisemblablement un appelé. Rien. Rien ? Rien. Même si j'en rajoutais un peu. Et même un peu trop car il me parla de risque de cécité. Ce qui m'inquiéta longtemps, ces paroles prophétiques. Je me rassurais en me rappelant que j'avais forcé la note, mais comme j'y voyais vraiment peu, je n'arrivais pas toujours à me convaincre. Il me crut cependant sur parole et n'exigea pas d'examens plus approfondis. Il était jeune, sympathique, me demanda ce que j'aimais, à quoi je me destinais. Je lui racontai que je jouais de la guitare et il eut ce geste de rapprocher ses mains devant ses yeux comme s'il s'agissait de partitions. Comment pouvais-je lire les notes ? Je n'eus pas le courage de lui expliquer que c'était la guitare à la façon des musiciens de Haute-Loire, *mama, mama can I have a banana ? Do you know ?* Les notes demeuraient une abstraction pour nous. Mais je lui sus gré de me ranger du côté de Mozart. L'enfant de Salzbourg et les marches militaires visiblement pour lui n'allaient pas ensemble, et il me dispensait sur-le-champ du service maudit, m'évitant la confrontation in extremis avec le psychiatre fou. (Dans la *Recherche du temps perdu*, Bloch, un ami du narrateur, se voit ainsi dispensé : « Comme Saint-Loup lui avait demandé si lui-même devait partir, Bloch avait pris une figure de grand-prêtre pour répondre : "Myope". »)

Le chauffeur de Dieulefit était évidemment P4. Comment s'y était-il pris ? Oh, très simplement. Il avait apporté un certificat complaisant d'un ami médecin, affirmant qu'il avait multiplié les tentatives de suicide dans son adolescence, et la veille, dans la chambrée, il s'était tranché les veines. Comme je restais sans voix, il a dû penser que je ne le croyais pas et lâchant une main du volant il me montrait une cicatrice à son poignet droit. Tout ce que je trouvai à dire ce fut : tu es gaucher ? Je me sentais de piètre envergure face aux athlètes de la rébellion. À l'aune de leurs exploits je mesurais l'écart qui me séparait de l'exercice souverain de la liberté. Ce jeune homme téméraire et joyeux, qui n'avait pas hésité à assombrir de son sang versé la bataille de polochons, me renvoyait encore une fois à mes limites. Celles du myope. Je n'eus pas le courage de lui avouer que je devais d'être réformé à ma vue brouillée. Pour me faire valoir, même si j'étais bien conscient de la futilité de mes arguments, j'insistai sur ma détermination à refuser l'armée, comment j'avais barré rageusement mes copies, ce qui avait fini par impressionner mes examinateurs. Et c'est tout ? Oui, c'était tout. Et le suicidé des trois jours se disait qu'il avait été bien bête de jouer cette comédie sanglante quand il lui eût suffi d'arborer une mine boudeuse. Devant le peu de poids de mes propos, je conclus que certainement j'avais eu beaucoup de chance, que les baby-boomers, cette génération d'enfants nés après la guerre et qui encombraient maintenant le plateau du Larzac, étaient parvenus si nombreux à la tranche d'âge requise que les casernes n'étaient pas assez vastes pour les accueillir, et que du coup l'armée se montrait moins regardante. Tout en essayant de donner le change je désespérais d'échapper jamais à ma condition de natif de Loire-Inférieure, orphelin, démuni, prétentieux, rural, sans fantaisie, sans force. Dormir à la belle étoile ne faisait pas de moi un *hobo*, juste un garçon tremblant au piétinement d'une souris dans l'herbe, accumuler les petits travaux disait moins ma gestion insouciante du temps qu'un déprimant exercice de survie, et plaquer trois accords sur le manche d'une guitare ne m'apparentait pas à l'enfant de Salzbourg, ni une tournure poétique à l'adolescent de Charleville. Quant à l'armée, j'étais bien aise qu'elle n'eût pas songé, comme on le fait pour les jeux Olympiques, à former des bataillons pour handicapés. On m'y eût trouvé une place. Et comme je quittais mon chauffeur P4 dans la traversée de Montélimar, poursuivant vers le Sud quand lui obliquait vers Dieulefit, j'eus encore une fois le sentiment de retrouver mon étiage, à côté de mes doubles d'infortune, mes reflets dans le miroir du temps, le tourmenté de Proudhon, le fou d'Hendrix et l'idiot du Dharma.

J'avais fait la connaissance des deux derniers quelques semaines plus tôt sur le terrain de camping des Sables-d'Olonne où j'avais planté ma tente. L'après-midi j'arpentais les longues plages de la côte, mon panier de beignets en bandoulière et la glacière à l'épaule, annonçant mon arrivée à voix haute, ce qui m'était aussi naturel que dormir à la belle étoile ou tutoyer un inconnu. J'étais tellement scrupuleux alors, que je n'avalais pas une glace sans payer ma part et me rendre la monnaie. Si avec un enfant je fermais les yeux quand il manquait quelques centimes aux pièces qu'il me tendait — je m'arrangerais le soir avec ma caisse, quitte à compenser avec mon salaire du jour calculé sur le pourcentage des ventes —, pour moi je me montrais intraitable, tu veux une glace, soit, mais je te préviens, pas de ristourne. Et comme ce n'était pas mon genre de marchander. Là encore nous n'avions pas été à bonne école, notre mère se sentant humiliée, comme si on la traitait de voleuse, chaque fois que quelqu'un s'essayait à obtenir une remise alors qu'elle avait calculé les prix de sa marchandise au plus juste. Quand j'énumérais à leur demande la liste des parfums, les jeunes enfants réfléchissaient et immanquablement choisissaient le dernier nommé. J'aurais pu profiter de ce stratagème pour éviter la rupture de stock, lorsque citron ou vanille menaçaient de manquer, et terminer mon énumération par pistache que je vendais moins (citron, vanille, pistache ? euh, pistache auraient-ils dit après avoir paru longuement hésiter), mais je fonctionnais sur un mode aléatoire, et je me moquais pas mal de faire des affaires. Certains jours, une adorable petite fille blonde de huit ou neuf ans, avec de grands yeux lavande, insistait pour m'accompagner dans ma tournée et m'aider dans ma tâche. Elle se chargeait de la caisse, c'est-à-dire qu'à chaque transaction elle me demandait de vérifier si elle ne se trompait pas en rendant la monnaie. J'avais ainsi autour de moi toute une petite cour de maillots colorés.

Alors que j'avais encore de la place autour de mon installation la première semaine de juillet, passé le quatorze, le camping se remplit tout à fait. C'est ainsi qu'au retour de la plage, après être passé chez le pâtissier qui comptait méticuleusement les recettes, et remixait les beignets invendus dans la pâte du lendemain, ce qui me stupéfiait à chaque fois (là encore, c'était bien loin des valeurs maison), je constatais avec désagrément que mon espace vital se réduisait comme peau de chagrin. Désormais il me fallait faire attention à ne pas me prendre les pieds dans les ficelles et les câbles, ni à m'ouvrir l'orteil contre le tranchant d'une sardine. Je me sentais moins à l'aise aussi quand je sortais ma guitare, même si, marmonnant toujours, ma voix ne portait guère à plus d'un mètre. Mais nous vivions dans des abris de toile qui ne dissimulaient rien de l'intimité de leurs occupants. Je n'ai pourtant pas souvenir de situations gênantes, et l'ambiance était fraternelle — voir comment les mamans me régalaient de leurs plats qu'elles déposaient à l'entrée de ma tente. La guitare avait, comme les glaces, ce pouvoir d'attirer les enfants. Ils se regroupaient en cercle sur le sol sablonneux où poussaient quelques plantes du littoral, écoutaient religieusement, puis s'enhardissant à la fin d'un morceau demandaient à essayer. La petite blonde aux yeux lavande était la plus appliquée, la plus studieuse, rôdant tôt le matin autour la tente, impatiente de reprendre sa leçon. Quand elle maîtrisa les premières notes de *Jeux interdits*, qui était alors un classique de la guitare, et bien que l'exercice pour elle consistât à ne les jouer que sur la chanterelle, la corde la plus aiguë, son visage s'illumina.

C'est le son de la guitare qui attira aussi un jeune couple. Ils étaient arrivés par le train, ployant sous deux immenses sacs à dos comme deux naufragés de l'été 1936, et le directeur du camp leur avait concédé une partie de mon territoire. Ils n'étaient guère plus âgés que moi, mais appartenaient sans doute déjà au monde du travail. Ils n'avaient pas la nonchalance des étudiants, leur façon de s'organiser, pour le ravitaillement notamment, était déjà empruntée à une vie de labeur. Je les observais depuis deux ou trois jours, quand ils profitèrent de la douceur d'un soir pour s'approcher et s'asseoir en tailleur à côté de la petite blonde aux yeux lavande. Ils m'écoutèrent jouer quelques minutes, et comme je l'avais deviné à son regard fixé sur les cordes, sitôt que je proposai la guitare au jeune homme, il s'en empara et se lança dans un long solo. Je n'y connaissais pas grand-chose alors, mais je crois me souvenir qu'il s'agissait de *Voodoo Child*. Il trouvait que Jimi Hendrix était le plus grand, et déplorait sa mort précoce, à vingt-sept ans, dans ses vomissures, suite à l'absorption d'alcool et de barbituriques. Il en avait conçu un tel chagrin, plus que pour mon père avait-il dit, qu'il avait entrepris d'apprendre tous ses morceaux. Comme il trouvait que mes cordes en nylon ne rendaient pas justice à son idole, il avait décidé de sa propre initiative de les changer pour un jeu de cordes métalliques. J'aurais préféré qu'il sollicitât mon avis mais il était tellement persuadé de me faire un cadeau que je l'en remerciai vivement alors qu'à mon retour de plage il venait vers moi en me tendant ma nouvelle guitare. Malheureusement, mon jeu n'était pas adapté à la dureté du métal, et je perdais toute ma vélocité. Et ce fut un drame pour la petite blonde aux yeux lavande car le fil métallique cisaillait la chair tendre de ses doigts, si bien que je négociai avec lui qu'il me remonte chaque soir mes cordes de nylon. Sans compter que le chevalet et la table n'avaient pas été prévus pour une tension aussi forte.

Par chance je lui en remontrais un peu en *picking*, la technique héritée de la musique country, et que nous apprenions à partir de tablatures, mais je peux aussi penser, quand il me demandait certains conseils, qu'il s'agissait d'une forme de délicatesse de sa part, pour ne pas m'écraser tout à fait. Il racontait avoir été le guitariste soliste d'un groupe sur le point d'enregistrer un disque chez Barclay, mais malheureusement, quelques jours avant d'entrer en studio, la chanteuse était passée des bras du bassiste à ceux du batteur, ce qui avait fait tout capoter. Il prétendait avoir joué avec des guitaristes célèbres, non sur scène mais lors de rencontres occasionnelles chez des amis communs, et comme il était humble et n'essayait jamais de se mettre en avant, c'était sans doute vrai. Il m'enseigna la science des harmoniques et quelques intros fameuses comme celle de *Carol* de Chuck Berry que je suis bien incapable de reproduire aujourd'hui. Sa compagne demeurait silencieuse à ses côtés tandis qu'il tordait les cordes et dévalait le manche en faisant sonner une note sur deux. Avec ses longs cheveux lissés et son visage triste, elle ressemblait aux héroïnes muettes qui bâtissent à l'intérieur de leur rêverie un temple d'amour. Quand je les observais tous les deux, accrochés l'un à l'autre, je ne pouvais m'empêcher de penser que le destin avait déjà choisi pour eux : un appartement en banlieue parisienne — d'où ils venaient —, pour lui le renoncement progressif à ses rêves de rock star, et pour elle, qui l'exhorte à ne pas baisser les bras, un emploi de caissière au supermarché.

Quelques jours après eux, c'est un géant blond qui vint planter sa tente dans notre carré. Vingt-quatre ans, un mètre quatre-vingt-quinze, des épaules de lutteur, un torse bronzé et des jambes laiteuses qu'il dissimulait sous un pantalon de toile bleu comme en portent les ouvriers. Il était si gigantesque que le matin on apercevait ses pieds dépassant de sa tente, une canadienne deux places qu'il avait bien du mal à ne pas mettre à terre quand il se retournait. Il avait résolu en partie l'exiguïté de son habitat en plaçant au-dehors, à l'abri sous le double toit, une boîte de carton dans laquelle il agençait avec une précision de casse-tête chinois sa nourriture et son matériel de cuisine. À peine levé il commençait par lancer en l'air une pincée de sable pour apprécier la direction du vent et placer en conséquence son pare-feu, puis il mettait l'eau à chauffer sur un réchaud et partait acheter une baguette de pain dans le magasin du camp. Il marchait à pas lents, avec un balancement de girafe et des enjambées de sept lieues. Le pied rasait le sol, retardait le moment de se poser, comme un sauteur à skis. Il portait de grosses chaussures de jardinier à semelles tout-terrain d'une pointure qui ne se trouve pas dans le commerce et son pantalon était son bleu de travail. Il ne l'ôtait pratiquement jamais, même les après-midi de fortes chaleurs, sans doute à cause du blanc de ses jambes qui le rendait honteux près du corps bronzé des filles, et comme pendant ce temps son torse continuait de noircir, il était de plus en plus délicat pour lui d'exposer le contraste de ses jambes nues. Les jours de pluie, il enfilait à même la peau un K-way bleu ciel qui lui donnait l'air d'un petit garçon géant. Il ne dérogeait jamais à son rituel. Vers 11 heures, il partait aux provisions, une besace en bandoulière, et déjeunait à midi précis. Il dressait la table sur un carton qui, une fois replié, se glissait sous son duvet où il faisait office de matelas. Il récurait sa vaisselle à la scout, avec du sable, puis partait boucher les bacs du camping en rinçant le tout.

Il avait la passion des jardins et à l'entendre on aurait pensé qu'il était le nouveau Le Nôtre. Sur le sable devant sa tente, il me dessinait son parc idéal, dont j'ai retenu qu'il s'organisait autour d'un lac. Au milieu de ce lac, sur pilotis ou sur un îlot, on trouvait une cabane de méditation, meublée d'une simple natte, ouverte aux quatre vents. Les yeux du sage devaient se poser sur un monde en miniature dont il était séparé par le plan d'eau symbolisant le monde flottant. Car le géant blond était féru de bouddhisme et peu à peu, à mesure que nous échangions, se présentait comme un bodhisattva sur la voie de l'illumination. J'étais un peu au fait des textes, alors. Comme il était beaucoup question de voyages en Inde ou au Népal, pour ne pas rester ignorant et épouser les préoccupations du temps, j'avais lu quelques incontournables de la littérature spirituelle extrême-orientale. Je m'étais familiarisé ainsi avec le vocabulaire du Petit et du Grand Véhicule, si bien que, de moi à moi, j'avais surnommé mon ami jardinier : l'idiot du Dharma. Mais mon adhésion aux textes s'arrêtait à la poésie d'un sutra ou d'un koan, ces répliques délirantes du maître zen à la question d'un disciple s'inquiétant par exemple de savoir pourquoi Bodhidharma était venu d'Occident. Réponse du maître : Le cyprès dans la cour. Merci maître, me voilà bien éclairé.

J'avais été témoin aussi de ces séances collectives de méditation transcendantale où les participants, assis en tailleur (dans la position du lotus pour les plus souples, qui consiste à faire un nœud avec ses jambes croisées), yeux fermés et mains ouvertes en suspension au-dessus des cuisses, environnés d'une musique céleste et d'un nuage d'encens, s'essayaient à sortir de leur corps ou à le faire décoller. Et pour peu que l'un d'eux, disons Jean-Marc, se mît à psalmodier une interminable mélopée oscillant entre le latin de cuisine des médecins de Molière et *mama, mama, can I have a banana*, il devenait difficile de garder son sérieux. Le recueillement, je connaissais. J'avais vu dans mon enfance, à l'église, les femmes agenouillées, coudes sur le prie-Dieu, visage dans les mains, abîmées dans la prière, insensibles au bourdonnement qui les entourait, et aussi agacé que l'on pût être par tout ce que ça représentait de conditionnement, d'aliénation, de manipulation, à aucun moment on ne pouvait mettre en doute leur sincérité, la profondeur de leurs sentiments. On enviait presque cette relation particulière qu'elles établissaient avec l'au-delà des apparences. Au lieu qu'ici, ces séances de méditation entre deux vins, entre deux joints, c'était aussi comique que Lanza del Vasto se prenant pour Mère Teresa.

Quand je lui demandai s'il faisait zazen, or je savais bien qu'il n'en était rien, dehors je l'aurais vu, et il eût été bien incapable de tenir assis dans sa tente, l'idiot du Dharma prit cet air mystérieux dont je découvris par la suite que c'était sa manière de camoufler son ignorance. Il ne se dévoilait pas facilement. Je le comprenais, j'étais comme lui, dissimulant ma misère originelle pour me réinventer en jeune homme dans le vent. La vérité, c'est que tous deux nous n'avions pas les moyens que l'esprit du temps exigeait de nous. C'est ainsi que nous tenions des conversations sur le bouddhisme qui auraient rempli de compassion un adepte véritable. Car il était évident que ni l'un ni l'autre ne savions de quoi nous parlions, nous accrochant à des bribes de vocabulaire, passant des tests phonétiques sur Avalokitesvara comme, enfant, on s'entraînait à répéter à toute vitesse la grosse cloche sonne, jouant aux théologiens sur les mérites comparés de la douleur dans le christianisme et le bouddhisme, et tombant finalement d'accord sur la définition du vide parfait, bien qu'ayant soutenu le contraire de ce qu'avançait l'autre. Il s'agissait avant tout de prolonger l'illusion de notre connaissance universelle. Lui avait au moins une excuse à ce simulacre. Pendant son service militaire, effectué à Pau chez les commandos, lors d'un saut, ses pieds s'étaient emmêlés dans les fils de son parachute et il s'était réceptionné sur la tête.

Peu à peu je parvins à reconstituer les blancs de son existence, et finis par apprendre que le génial Le Nôtre retournait les plates-bandes à Tremblay-lès-Gonesse, que l'amant tragique d'une Noire superbe avait été délaissé sans qu'elle sût jamais avoir été la cause d'une si grande passion, et que le bodhisattva qui ne voulait rien dévoiler de son itinéraire vers la cessation de *dukkha* avait assisté dans une Maison des jeunes à quelques séances d'un gourou de banlieue, ex-zonard sur la routes des Indes. Pourtant il laissait entendre qu'il s'était aventuré très loin sur le chemin de l'Éveil, et qu'à la manière de Gautama, le premier Bouddha, il redescendait parfois vers les non-éveillés, les assoupis, pour les sortir de leur somnolence. À ma demande d'explication, il se contentait de me répondre, main levée, comme un initié : Je ne peux rien dire. Et comme j'insistais pour en connaître la raison, l'idiot du Dharma souriait, s'enfermant dans un silence énigmatique. (« Quand sourit Mahakashyapa, nul dans le ciel ou sur la terre ne sait quoi faire de son sourire » — Wu-Men Kuan.)

4

C'est par le ramonage que les cousins et leurs amis avaient découvert, sur une colline boisée au-dessus d'Aix, une maison aux volets clos, qui n'avait cependant pas l'allure d'une résidence d'été que l'on condamne dix mois de l'année. Ils avaient acquis une solide expérience de la question, et l'aspect général de la demeure, façade de ciment gris et peintures écaillées des huisseries, traduisait plutôt un sentiment d'abandon. Le terrain alentour, planté de pins parasols, était noyé sous les broussailles. On y accédait par un chemin de chevrier pentu que plus tard ils s'empressèrent d'élargir à l'aide d'un bulldozer emprunté je ne sais où, peut-être sur un chantier au bord d'une route, afin d'y monter leurs carcasses de voitures, mais cet enclavement était bien la preuve que la maison s'était peu à peu retirée du monde, qu'elle n'attendait plus que des princes charmants pour la réveiller. Les princes charmants, cachés dans les buissons, l'observaient comme la Belle au bois dormant, même si, à dire vrai, elle n'avait pas la séduction des maisons provençales. Une construction des années 1950, façade à pignon sous un toit de tuiles mécaniques, ne comptant qu'un seul étage bâti au-dessus d'un vide sanitaire, ce qui était aussi une manière de résoudre la déclivité du terrain. Protégée par la couronne des pins, elle était invisible de la route en contrebas, ce qui constituait un bon argument pour les futurs châtelains.

Il y avait déjà quelque temps qu'ils étaient en quête d'une nouvelle demeure, en fait depuis qu'on leur avait signifié leur expulsion de la maison qu'ils occupaient, un vieux mas dans un village peu à peu grignoté par la ville voisine, que son propriétaire avait vendu à un promoteur, lequel n'attendait que leur départ pour le raser. Ce qui ne semblait pas les tracasser outre mesure, ce qui m'effarait, moi, mais comment pouvaient-ils supporter une pareille pression, cet état de siège permanent, alors que les pelles mécaniques entamaient déjà les travaux de terrassement aux alentours. Ils estimaient avoir le droit avec eux, droit dont d'ordinaire ils se fichaient, entamant des procédures, faisant appel, s'indignant, alertant la population, ce qui était toujours autant de temps de gagné. La question du loyer ne se posant plus — ils estimaient ne plus rien devoir —, les plus déterminés étaient décidés à tenir coûte que coûte, quitte à transformer leur mas en fort Chabrol, et le dernier à partir résista plusieurs mois après qu'on lui avait coupé eau et électricité, et que pour sortir de sa maison il lui fallait descendre dans les fondations, creusées tout autour, à l'aide d'une échelle.

D'une certaine manière, cette mise en demeure sonnait aussi comme un signal de fin. Fin de l'insouciance, fin d'une certaine idée de la jeunesse, fin d'une expérience communautaire qui commençait à peser. Les uns et les autres avaient beau s'entendre sur le rejet d'un modèle de société, ça n'empêchait pas les avis de diverger sur le degré de désordre de la cuisine, de propreté des sanitaires, d'organisation de la vaisselle, des courses, d'intimité à l'intérieur de la maison commune. On finit par s'énerver d'être toujours celui ou celle qui à un moment donné craque en premier et de guerre lasse se saisit du balai, d'être le seul à protester contre cet autre qui occupe trop longtemps la salle de bains (ou le tub) et bouche systématiquement le lavabo avec son henné, de rappeler désespérément que la ligne ne serait pas rétablie aussi longtemps que la facture du téléphone ne serait pas réglée. Et puis les couples formés insensiblement se stabilisaient, qui du coup envisageaient de vivre selon leurs programmes, qui préféraient telle musique à telle autre, un réfrigérateur tenant au frais, une chambre où l'on n'entrait pas comme dans un moulin, et avaient déjà des idées arrêtées sur la bonne façon d'éduquer leurs futurs enfants, lesquels iraient à l'école Freinet plutôt qu'à Montessori, les deux pour moi totalement inconnues, mais qui semblaient déclencher des batailles de tranchées aussi graves qu'entre l'école chrétienne et la communale.

Après plusieurs jours de planque et quelques visites inopinées par une fenêtre aux volets forcés, ils avaient acquis la certitude que le dernier propriétaire avait déserté les lieux, et visiblement sans descendance. Tout laissait accroire qu'une vieille personne avait fini ses jours dans le fauteuil du salon et que les puces et les souris s'étaient chargées d'éteindre le téléviseur et de faire disparaître son cadavre. La boîte aux lettres clouée à un tronc à l'entrée du chemin pentu ne recevait plus que des publicités, et le compteur avait été coupé (pour le réinstaller on se brancherait directement sur les poteaux électriques). Plutôt que de laisser un tel patrimoine se dégrader, les cousins et leurs amis avaient déjà en tête des plans de restauration. Pour eux-mêmes, bien sûr, et à leur manière, ne s'embarrassant pas des permis de construire et autres contraintes administratives. Ce qui les séduisait aussi, et réglait du même coup la question de la vie communautaire, c'est que le vaste terrain boisé comptait, outre la maison principale, disséminés dans le parc, deux cabanons dans le plus pur style provençal, c'est-à-dire quatre murs au crépi rosé, toit de tuile orange et porte à deux vantaux d'un bleu délicatement passé, dont ils imaginaient déjà les possibilités d'extension. Comme j'avais été invité à visiter les lieux, peu de temps après leur découverte dont ils parlaient entre eux avec excitation au milieu du grondement des bulldozers, je me souviens d'avoir rêvé devant le plus petit des cabanons, qui pouvait tout juste contenir un lit, une table et deux chaises. Il comptait aussi une cheminée miniature aux jambages et linteau de plâtre, et dans le conduit, en se penchant pour apercevoir un carré de ciel, un nid d'oiseau. Rien d'autre. Que pouvait-on vouloir de mieux ?

J'étais dans ma période extrême-orientale, j'avais lu avec ravissement les *Notes de ma cabane de dix pieds carrés*, de Kamo no Chômei, le fils d'un prêtre bouddhiste qui, n'ayant pas réussi à récupérer la charge de son père, avait choisi de se retirer dans la montagne au-dessus de Kyoto. Ce qui se passait en dessous, c'était trop pour un homme plein de compassion face à la misère du monde. Nous étions sous l'ère d'Angen, dans les dernières années du XIIe siècle, et le Japon s'appliquait à démontrer qu'un malheur n'arrive jamais seul, un peu comme notre XIVe siècle avec sa guerre de Cent Ans, ses grandes compagnies, ses mauvaises récoltes, et sa peste débarquée à dos de rat d'un navire génois dans le port de Marseille, et qui selon Froissart vida le royaume du tiers de ses habitants. Au pays du Soleil-Levant, guerres shogunales, famines, épidémies, incendies, tremblements de terre, cyclones avaient semé la désolation. Les routes et les villages étaient jonchés de cadavres qui empuantissaient l'air. Les survivants, la peau sur les os, peinaient à se traîner, n'ayant même plus la force de tendre la main, comme dans le ghetto de Varsovie. « On a même vu un petit enfant, ignorant que sa maman étendue près de lui était morte, dormir près d'elle la bouche collée à son sein. » Ce spectacle de fin du monde, à quoi s'ajoutaient la sauvagerie et la morgue des puissants, avait poussé le vieux bonze à tourner le dos à la ville et à s'enfoncer dans la forêt, où, vivant de cueillette et de simples, d'épis abandonnés glanés dans la rizière, il avait construit une cabane en planches au toit de chaume, qui suffisait à ses besoins, n'ayant d'autre souci que lui-même. Le soir il décrochait son biwa et jouait quelques notes mélancoliques en contemplant la vallée, ou écrivait un poème après avoir honoré Amida, le bouddha qui enseigne le Dharma, sur un petit autel installé au couchant sur sa terrasse de bambou. J'ai longtemps gardé le souvenir ébloui de son mode de vie épuré. Je l'ai souvent cité quand on s'étonnait que je n'eusse ni voiture ni permis de conduire, ce qui me condamne à marcher : « Ça peut être pénible mais pas autant que d'avoir le souci d'un cheval. » Et comment ne pas aimer un homme qui écrit : « J'ai vaguement entendu dire qu'à l'époque antique de nos sages empereurs, la miséricorde présidait à leur gouvernement. » Le sage Kamo ne se berçait pas d'illusions.

Mais cet ermitage qui possédait pour tout mobilier une natte, une caisse de livres et un petit foyer m'apportait un début de réponse, alors que, sans ambition d'aucune sorte sinon poétique, autant dire rien, études inachevées achevées, se posait la question cruciale : et maintenant, qu'est-ce qu'on fait ? On écrit de la poésie et on joue d'un instrument. Pour les contingences, on s'arrangera. Ce qui impliquait d'être peu gourmand et de désirer peu. Mais j'y étais entraîné et n'en souffrais pas, n'ayant pas ce genre de convoitise, n'ayant même pas idée de jeter un regard sur les vitrines garnies. Je pouvais vivre avec rien, alors. Cette économie de moyens au moment où la société de consommation n'attendait qu'une chose, que nous en ayons fini avec la contestation pour nous gaver de ses bienfaits, cette façon de peser sur une balance d'orfèvre le goût précieux des choses, quelques notes égrenées, le parfum des fleurs, un poème, une gorgée de thé, cette volonté de ne pas s'encombrer de l'inutile, cette façon de ne compter que sur soi sans rien imposer à autrui, le programme de Kamo no Chômei était parfait pour moi. Je n'étais pas rentré dans la vie, qu'à l'exemple du vieux maître, j'aspirais déjà à m'en retirer. Ce qui ne faisait pas de moi une anomalie, nous étions des dizaines de milliers dans ce cas, de même que le désert de la Thébaïde du temps de saint Antoine, de Macaire et de Pacôme regorgeait d'ermites. Des lubies individuelles collectives, qui doivent dire quelque chose de l'état d'esprit du temps tout de même. Mais du coup la parole du sage de Hinoyama retrouvait une actualité. À une différence près, cependant, et là aussi j'étais en phase avec l'esprit du temps, je ne m'imaginais pas seul dans ma cabane. La contemplation solitaire ne me retient pas plus d'une seconde. Si je ne le partage pas je ne lève pas la tête devant le plus beau panorama annoncé du monde. Aussi, quand, avec la compagne des jours tristes, nous visitâmes la mansarde dont la fenêtre s'ouvrait sur un bouquet de mimosas, découvrant ces deux petites pièces en soupente baignées par le soleil du couchant, un observateur extérieur à qui on aurait communiqué la carte de mes désirs aurait pu penser que j'avais trouvé mon Hôjô-Ki, ma cabane de dix pieds carrés. Malheureusement, le prenant à part, navré de le décevoir, car on aime beaucoup voir les gens heureux du bonheur des autres, j'aurais eu à le détromper.

Loin des cousins, l'apprentissage de la vie marginale, importée dans mon Ouest pluvieux, se révélait moins drôle. Le poêle à bois peinait à chauffer notre mansarde. Ma mère, qui avait longtemps bataillé avec lui, m'avait pourtant mis en garde quand j'avais émis le vœu d'emporter ce pieux souvenir du magasin. C'est un poêle à charbon, pas à bois, avait-elle remarqué, mais comme on n'avait jamais vu les marginaux se chauffer à la houille pour les raisons que j'ai dites, je m'étais contenté de hausser les épaules. Elle en savait évidemment plus long que moi, ayant connu dans son enfance les dernières années de l'éclairage à la flamme. Elle avait beau avoir passé sa jeunesse assise à son piano elle avait hérité de ce savoir-faire devant un feu, qui avait traversé identique à lui-même des centaines de milliers d'années. Et soudain, on ne savait plus. Et cette méconnaissance se faisait au prix de notre inconfort. Alors, ceci, que j'ai appris à nos dépens : un poêle à charbon se reconnaît à sa trappe de chargement beaucoup plus étroite, qui laisse passer les boulets anthracite roulant d'une petite pelle concave et conique, mais pas les bûches, à moins de les tailler en allumettes grossières. Ce qui n'est pas sans conséquence, ce choix du combustible. Au lieu que le charbon couve longtemps son feu, le bois brûle vite et toutes les deux heures il me fallait remplir le réservoir, vider le cendrier — le tiroir récupérant les cendres —, lequel répandait dans la pièce un nuage grisâtre qui flottait dans la lumière des lampes et ne se déposait jamais tout à fait. Les visiteurs aimaient cette odeur de cendre et de bois, à quoi s'ajoutait celle, disaient-ils, du pain complet. C'était devenu en quelque sorte notre marque olfactive. Et sans doute qu'on nous suivait à la trace, que nos vêtements en étaient imprégnés. Mais c'est vrai, le pain complet, je l'avais oublié, un pain brun à la mie serrée, rare encore, qui était aussi un manifeste, un bond en arrière vers le pays des saveurs oubliées, un fait de résistance au moment où la baguette industrielle était devenue si blanche, si légère, qu'on la ramenait de chez le boulanger au bout d'une ficelle comme un petit zeppelin. Le pain complet, c'était notre distinction, notre luxe, notre réprobation.

Les soirs de grand froid, avant de se glisser en frissonnant sous les couvertures où, après une toilette de chat, nous attendait une bouillotte, il convenait de remplir le poêle jusqu'à la gueule en espérant que les bûchettes se consumeraient le plus lentement possible. La porte du poêle disposait dans sa partie inférieure d'une sorte de cadran en éventail qui autorisait manuellement l'arrivée d'air. Mais le réglage était subtil, trop d'air, ce n'était qu'un feu de paille, pas assez, et le foyer s'étouffait. Même à son meilleur rendement la capacité de chauffe de la fonte n'allait pas jusqu'au bout de la nuit, et à peine éveillés, sortant la tête des couvertures, nous prenions la température de la mansarde en lançant dans l'air notre haleine givrée. Certains matins les vitres étaient ourlées d'une glace épaisse comme un verre de myope. De sorte que la première tâche, avant la toilette et le thé, était de relancer le poêle maudit, le vider précautionneusement de ses cendres, froisser le papier journal que nous ramassions machinalement dans les endroits publics, composer un matelas suffisamment épais pour qu'il enflamme les lattes de cageots assemblées au-dessus comme un feu de camp, cageots que je brisais à grands coups de pied rageurs dans la cuisine au sol carrelé de tomettes. Puis je disposais savamment les bûchettes que j'avais choisies en bois de chêne, parce qu'on m'avait assuré qu'il brûlait plus longtemps, mais surtout parce que c'était le bois noble. Il nous arrive ainsi de lier notre sort à des détails qui à nos yeux nous grandissent et dont les autres se fichent. Venait enfin l'épreuve de vérité, la mise à feu, l'allumette approchée du papier qui noircissait, se tordait, communiquant ses flammes aux fines lattes en bois de peuplier, lesquelles ne tardaient pas non plus à prendre feu pourvu qu'elles fussent bien disposées, diffusant une flamme plus jaune, plus lumineuse. De là, il ne restait plus qu'à prier. Car le troisième étage en chêne de ma fusée pouvait rester de marbre et retomber intact sur les cendres du papier et des cagettes, sans avoir daigné s'enflammer. Alors ? Alors tu pousses un cri sauvage, tu remets de l'eau dans la casserole qui bout déjà sur le réchaud à gaz, car maintenant il va falloir tout vider, tout reprendre de zéro, en doublant le bois des cagettes que tu avais sans doute voulu économiser, et ça prendra encore un peu de temps avant que tu puisses déguster ton thé, et si tu n'y fais pas attention, d'ici là toute l'eau se sera évaporée.

La ville ne fournissant pas ce genre de matériau, c'est la fermière, habituée à nous apporter les œufs de son poulailler, chaque dimanche, qui s'était chargée de la livraison d'une corde de bois, soit trois stères, que j'avais entreposée, bien rangée, dans le fond du jardin familial. Telles quelles, les bûches étaient trop longues et de section trop importantes pour passer par l'ouverture du poêle, dont le diamètre n'excédait pas celui d'une coupelle, de sorte que je dus me munir d'une scie pour débiter les rondins et d'une hache pour les fendre. Le mari de la fermière avait pourtant proposé ses services : en dix minutes avec ma tronçonneuse, je t'en fais du petit bois. J'avais refusé. Il faut croire que je tenais à mon idée de nature, à ce retour aux âges farouches, et il n'est pas impossible que sans l'avouer, tandis que je posais un rondin verticalement sur le billot et levais très haut la cognée au-dessus de ma tête, j'en espérais des épaules plus larges. Puis nous chargions la 2 CV de ces massacres, et retour à la ville, le coffre arrière traînant à terre, nous donnant tout le long du voyage l'impression de chercher à gagner le ciel.

Mais une 2 CV, bien sûr, cet ostensible refus de la vitesse, qui opposait sa lenteur cahotante aux fanfaronnades des publicités pour automobiles. La compagne des jours tristes avait fait un petit héritage de son père dont elle avait appris en même temps l'existence et le décès. Il était passé peu de temps dans sa vie, et avait négligé par la suite de donner de ses nouvelles. Sa fin était confuse. S'était-il jeté dans une cage d'escalier ? Avait-il chuté, ivre de lassitude ? Il avait, semblait-il, un passé de joueur, un composé de pics d'espérance et de bas-fonds. De passage à Paris, nous avions rendu visite à cette cage d'escalier où son corps en tombant avait rouvert une déchirure dans le cœur de sa fille. De lui, elle n'avait qu'une photo, où jeune homme il lui empruntait ses yeux clairs. Il lui léguait une chambre sous les toits de Paris, qu'elle s'empressa de vendre. L'argent qu'elle en retira lui brûlait les doigts. Elle en distribua une partie et avant qu'il n'en restât rien acheta cette voiture d'occasion qui me servit de modèle pour mes *Champs d'honneur*. C'est cette 2 CV que j'ai racontée, et non celle du grand-père, dans laquelle je n'ai pas souvenir d'avoir voyagé. Certains soirs, nous parcourions la ville en maraude à la recherche des cageots indispensables au bon fonctionnement de notre poêle. À peine avions-nous repéré un entassement de cageots vides déposés devant une épicerie ou un supermarché que je descendais précipitamment de la voiture, les jetais sur le siège arrière et nous repartions à petite vitesse, comme des voleurs, poursuivant nos rapines jusqu'au trop-plein de notre carrosse vanille.

Chez les cousins, ce genre d'expédition était, quand ils en faisaient le récit, une promesse de fous rires. Je pouvais les imaginer sautant de la voiture, s'emparant du butin à la barbe de l'épicier furieux et brandissant le poing, le chauffeur redémarrant trop précipitamment, et le pilleur courant derrière la voiture, coiffé d'un heaume en cagette. Et je me disais, mon Dieu, je veux cette vie-là. Je l'avais, ou à peu près, et elle n'était d'aucun remède à mon ennui, ni à ma mélancolie. La compagne des jours tristes semblait s'accommoder de ce quotidien sans joie. Elle témoignait d'une gaieté à toute épreuve, animée d'une énergie permanente, s'enthousiasmant pour une nouvelle enquête, me convainquant que compter des voitures à Saint-Brieuc ressemblerait à un après-midi en bord de mer. Nous les comptions dans le froid et sous la pluie, postés à un embranchement désolé à la sortie de la ville. Et le soir venu, sans même avoir aperçu la mer, alors que nous rentrions tassés à plusieurs à l'arrière d'une camionnette aménagée de deux bancs, nous avions seulement repoussé de quelques jours l'échéance du lendemain.

Ce destin à la petite semaine, je ne pouvais imaginer sans désespérer que le monde n'eût jamais rien de mieux à m'offrir. Maintenant qu'elle me concernait, l'aspect fantaisiste de la chose m'échappait totalement. L'épuisement me gagnait de cette vie sans perspective, à réinventer chaque matin, n'offrant aucun palier pour souffler, aucun signe de reconnaissance, me renvoyant inévitablement à mon incapacité et à mes prétentions. (« Il lui sembla parfois qu'il était né avec des dons pour lesquels, provisoirement, il n'y avait pas d'emplois » — Musil). Car officieusement je m'étais déjà reconnu écrivain alors, ce qui me dispensait presque de produire, ou de temps un temps, sur la vieille machine à écrire Royal, cadeau de son père à mon père pour sa réussite à un examen de fin d'études, un texte abscons, lyrique, prophétique, « de cette accumulation des temps naquit un jour la mort », dont je ne doutais pas qu'il se trouverait un esprit éclairé en l'an trois mille pour, à sa lecture, se frapper le front, comme sous le coup d'une illumination, en disant, mais comment n'y avait-on pas pensé plus tôt, enfin le décryptage définitif de l'alpha et de l'oméga, et d'ici là, trouvant presque inconvenant d'avoir à avancer des preuves de ce que j'affirmais, ce talent d'écriture, demandant simplement qu'on me crût sur parole.

Mais en fait, personne ne me demandait rien, ou si, un voisin, par exemple, lors d'un retour à la maison natale, alors, qu'est-ce que tu fais ? À quoi, gêné, je répondais : rien, ou sa variante plus optimiste : des tas de choses, ce qui menait au même résultat et coupait court à la discussion. Mieux valait pour l'interlocuteur passer à un sujet moins glissant. Et comme j'étais d'une susceptibilité extrême, je le soupçonnais même de n'être pas mécontent de mon aveu d'échec. Que la vie ait rabattu le caquet à ce garçon arrogant pour qui rien n'était assez bien de ce qu'on lui proposait, voilà qui lui faisait les pieds. À ma décharge, si j'en étais arrivé là, pas loin de nulle part, c'est que personne ne m'avait encouragé plus jeune à me poser la question de mon avenir, ce qui était trop demander à ma mère, immergée dans son chagrin, luttant chaque jour pour ne pas sombrer, se demandant comment survivre à la disparition prématurée de son époux, de l'homme de sa vie, du seul — il n'y en eut ni avant ni après —, et qui usait toutes ses forces dans son magasin de vaisselles pour que nous ne manquions de rien. Et trois enfants en pension dans des établissements privés, c'était bien lourd à porter pour les gobelets en verre trempé, les casseroles en aluminium fondu, et les quelques mètres de toile cirée qui nous valaient des commentaires dignes d'une galerie de peinture (j'aime beaucoup ce motif — en général des ramages fleuris — mais je préférerais un fond plus clair pour aller avec ma tapisserie, vous ne pourriez pas en commander ?).

Une fois, un oncle, devant mon désarroi d'orphelin, prit sur lui d'endosser la dépouille paternelle et me questionna gravement sur mes intentions futures. J'avais quinze ans peut-être, la scène se passe dans la salle à manger où nous recevions les invités de passage, ce qui dit bien que les visites, et même celle d'un oncle, étaient exceptionnelles, et je me souviens d'avoir improvisé en regardant courageusement mes souliers que je pensais au journalisme, parce que ça prenait vaguement la forme de la chose écrite, et qu'il me semblait que c'était plus facile à faire passer qu'écrivain, même si ma résolution était en ce temps loin d'être aussi affirmée. Je considérais du moins comme un acquis que je ne ferais rien de ce qui se proposait couramment quand il était question d'études poussées, avocat, médecin, ingénieur ou professeur. Et l'oncle avait sauté sur l'occasion de se rendre enfin utile, évoquant aussitôt un ami à lui directeur à *Ouest-France*, qui serait heureux de me recevoir, car il estimait beaucoup mon père, ou l'oncle, ou quelque chose dans ce genre. Mais j'avais ronchonné, marmonnant qu'on verrait plus tard, au risque de passer pour un monstre d'ingratitude. De sorte que mes sauveurs commis d'office se lassaient devant mon mutisme grognon. Après tout, s'il est aussi malin qu'il le prétend, qu'il se débrouille.

Et faute d'y avoir jamais réfléchi, à cette question de mon avenir, je comptais les voitures, ce qui me ramenait à l'enfance, quand, assis sur les marches du seuil du magasin, nous relevions les plaques minéralogiques des autos qui montaient et descendaient le bourg, sans doute pas si nombreuses pour que nous nous livrions à cet exercice, distribuais les invitations à faire des affaires dans un hangar au milieu d'une friche, et trimballais de porte en porte ma boisson à la gentiane, attendant le verdict du goûteur pour cocher la bonne case. Alors ? Sucré ? Amer ? Très amer ? Et quand le cobaye, affichant une expression de dégoût, cherchait à rajouter une case inédite du genre vomitif, on avait mission de lui donner une seconde chance en versant dans la potion astringente quelques gouttes de liqueur de cassis. Et maintenant ? Le cassis, ça lui allait très bien, il en reprendrait volontiers. Mais ce n'était pas le but. On était là pour vider les petites bouteilles jaunes, pas les flasques rouges qui nous étaient données au compte-gouttes et dont nous nous servions nous-mêmes pour nous aider à liquider notre stock personnel.

Le refus d'un emploi fixe nous condamnait à cette vie en pointillé. À peine le temps de nous habituer à un travail que nous n'avions plus besoin de nous, ou bien c'est nous qui donnions notre démission. Ce qui se voulait, cette précarité, le gage de notre liberté souveraine, un luxe que ne pouvaient s'offrir les salariés condamnés à patienter onze mois avant ce bref répit de quatre semaines, mais en réalité nous profitions peu de ces vacances répétitives. Ces jours de congé, nous, les nantis de ce système parallèle, les occupions à rechercher un nouveau moyen de gagner piteusement notre vie. Un affût permanent, de même que découvrant une pile de cageots nous en chargions immédiatement la 2 CV. C'est ainsi que nous avions sauté sur une occasion impromptue où il s'agissait de vendre aux moins bien soignés du système des encyclopédies médicales au porte-à-porte.

Il est cruel de voir comment la société charge la misère de piller la misère, comme elle s'entend à dresser les morts de faim les uns contre les autres, comme elle s'arrange pour repousser l'affrontement loin des regards sensibles, dans les arènes modernes de la périphérie. J'ai quelques moments désespérés dans ma vie, par exemple cet après-midi d'un dimanche brumeux où je me suis sincèrement demandé ce que je faisais là — pas simplement sur un terrain de football, non, là, sur terre —, mais c'est à ces journées passées à frapper aux portes des grands ensembles que je décernerais sans doute la palme noire. Il me suffit de me les rappeler pour que spontanément j'agite une main devant mes yeux comme pour chasser un voile.

Un soir, on avait tourné la manivelle de la petite boîte à musique clouée sur la porte d'entrée de notre mansarde, qui jouait dans un cliquetis de notes la *Lettre à Élise*. Apparut une jeune femme, cheveux tirés, visage sévère, chemisier boutonné jusqu'au col, jupe droite, qui nous engageait à répondre à un questionnaire sur la santé. Pour preuve de sa bonne foi, comme si elle était mandatée par un ministère public, elle nous exhibait sous le nez une vague carte d'accréditation, comme on donne à renifler dans un magasin de produits de beauté un carton aspergé d'un parfum coûteux. La vérification soupçonneuse des papiers, on laissait ça à la police, et nous n'y jetâmes même pas un œil, de sorte qu'elle remisa bien vite sa carte dans sa poche.

En revanche nous savions comme il est dur de voir les portes se refermer. Alors entendu, madame, commençons : La santé est-elle pour vous une priorité ? La priorité pour nous, madame, ce serait plutôt la survie, mais ce n'est pas ce qu'elle attendait de nous, et pour qu'elle obtînt sa commission nous fûmes d'accord, absolument prioritaire la santé, la santé c'est la vie, même s'il n'y avait pas un tube d'aspirine dans la mansarde. Ce fut comme de mettre un doigt dans un engrenage. Nous étions tellement naïfs. Suite à la lecture d'une petite annonce affriolante, nous avions été jusqu'à glisser dans une enveloppe un billet de cinquante francs, une fortune pour nous, expédiée à un organisme obscur qui en échange nous donnerait des adresses à copier sur des enveloppes qu'il nous fournirait par boîte de cent. Nous avions calculé qu'en s'y mettant à deux, très vite nous serions remboursés de notre investissement et qu'en continuant à ce train on aurait de quoi régler d'un coup trois mois de loyer. Une question aussi pertinente sur la santé n'allait pas nous arrêter. Et même les suivantes, de plus en plus pointues : considérez-vous que la fièvre est un signe inquiétant ? Nous répondions avec application, et si bien, selon notre enquêtrice, qu'elle jugea que nous étions vraiment les personnes qu'elle recherchait, ce qui nous flatta.

Nous étions déjà installés dans la mansarde, autour d'une table bricolée par mes soins (les pieds étaient constitués de quatre rectangles de bois, les cadres des tableaux pédagogiques que n'avait pas réussi à vendre mon père du temps qu'il démarchait les écoles pour le compte de la Maison des instituteurs, et sur lesquels j'avais posé un plateau récupéré je ne sais où, que la compagne des jours tristes avait peint en rouge) et d'un thé que devant notre insistance notre visiteuse avait fini par accepter. Ce thé, nous l'achetions en vrac dans un magasin renommé situé tout près de la cathédrale, ce qui financièrement n'était pas raisonnable, mais c'était notre façon, à misère égale, de chercher à nous distinguer des classes laborieuses. Elle en reconnut la provenance et eut un petit signe approbateur, ce qui pour nous valait pour un bon point et nous disposait en sa faveur, puis elle sortit de son cartable un ouvrage grand format, relié cuir ou simili, de la dimension des Larousse carmin en six volumes qui avaient accompagné mon enfance, et qu'elle entreprit de feuilleter sous nos yeux. Il s'agissait d'une maquette, elle insistait bien, d'une maquette et non d'un volume d'une encyclopédie médicale qui en comprendrait douze et sur l'existence de laquelle elle entretenait le flou en dépit de nos demandes d'éclaircissements. Ce qu'elle attendait d'abord de nous, suite à nos excellentes réponses à son questionnaire, c'est que nous donnions notre avis, sans retenue, que nous commentions cette maquette, avancions des remarques, des suggestions, de sorte qu'on pouvait penser qu'elle cherchait à recruter des collaborateurs pour un ouvrage en devenir dont elle nous proposait une esquisse. Et je crois que dans notre innocence, nous le pensions un peu.

Elle s'attardait sur les planches illustrées, nous faisait admirer les reproductions d'ulcères, de tumeurs cancéreuses, d'éruptions cutanées, de nez rongés par la lèpre, d'yeux en coupe, de ventres écorchés, mais aussi, car la santé ne se réduit pas aux maladies, tout un chapitre consacré à la sexualité, quoique sans vulgarité ni complaisance, comme ces photos d'une verge en érection, des parties génitales de la femme, ou d'un couple faisant l'amour, mais rien de pornographique, vous en conviendrez, et pourquoi, s'interrogeait-elle, un tel chapitre dans une encyclopédie médicale ? Qui nie aujourd'hui l'importance de l'érotisme dans la vie d'un couple ? Nous aurions pu lui répondre que l'érotisme n'empêchait pas la tristesse, qu'il ne comblait que le vide d'une poignée de minutes, qu'à la retombée du plaisir rien n'avait changé, mais nous n'avions pas le cœur de contredire son argumentaire, encore moins de nous livrer à une confession publique que nous évitions soigneusement entre nous. N'est-il pas lui aussi un facteur déterminant de notre santé ? Ce qui n'empêche pas bien entendu de se montrer prudent, car, page suivante, ce sexe bourgeonnant, suppurant, vous l'avez reconnu ? non ? eh bien, c'est la syphilis. Et on comprenait comment Maupassant était devenu fou.

Cet aspect sévère qu'elle se donnait, cheveux tirés et chemisier blanc boutonné haut, cet uniforme de surveillante de pension religieuse, ce n'était pas seulement pour les besoins de son enquête. Elle avait visiblement peu l'habitude de sourire, et quand elle s'y risquait elle s'y prenait mal. Plus tard elle expliqua qu'elle avait décidé de ne pas faire de sentiment, que c'était la condition nécessaire pour parvenir à ses fins (ici, tenter de vendre une encyclopédie médicale à deux jeunes gens dépourvus). Mais on pouvait aussi penser qu'elle n'était pas très heureuse. La vie en elle se réfugiait dans ses jambes. Quand elle les croisait, sa jupe écossaise aux couleurs d'automne découvrait largement un genou fin qui annonçait des cuisses longues et musculeuses (elle confia par la suite que courir était une drogue pour elle). Mais cette réserve ne l'aidait pas à évoquer le plus naturellement du monde la chose la plus naturelle du monde. Et elle fut visiblement soulagée quand, refermant l'ouvrage, une maquette, rien qu'une maquette, je le rappelle, elle lança : Alors, qu'est-ce que vous en pensez ? Et nous avions le sentiment qu'un imprimeur était suspendu à notre réponse, le doigt sur le bouton, sur un simple mot de nous prêt à lancer les rotatives. Déjà la jeune femme parcourait du regard notre mansarde où la bibliothèque était composée de cageots empilés, cherchant un endroit plus vaillant où nous pourrions bientôt installer les douze volumes de notre encyclopédie médicale, pour l'acquisition de laquelle, étant donné nos remarques pertinentes, elle était bien disposée à nous faire profiter de conditions exceptionnelles. Mais la compagne des jours tristes ne la laissa pas argumenter plus longtemps. Est-ce qu'on recherchait des vendeurs dans sa profession ? La jeune femme sévère fit semblant de ne pas comprendre, elle n'avait rien à vendre, elle s'informait simplement de l'intérêt qu'il y aurait à promouvoir une encyclopédie médicale, et nos remarques pertinentes l'encourageaient dans ce sens, qu'elle communiquerait à ses commanditaires. Mais à ce stade il ne fallait plus nous en raconter et elle ne tint pas longtemps sa ligne. Étions-nous intéressés ? C'était particulier, le démarchage à domicile, savions-nous ce qui nous attendait ? Oui, nous connaissions un peu, pour avoir réalisé des enquêtes au porte-à-porte. Il s'agissait d'interroger les sondés sur leur boisson favorite puis de les amener à gouter un apéritif à la gentiane afin qu'ils émettent un avis. Mais l'enquête s'arrêtait là. Nous n'avions rien à vendre.

Notre demande tombait à pic. Se posait justement un problème de recrutement, les postulants étant nombreux à abandonner. Ce qui tenait à l'objet même de la vente. Une encyclopédie n'est pas un aspirateur, il ne suffit pas de verser un sac de poussière sur le tapis du salon et de réclamer une prise pour convaincre le client affolé. Exit les bonimenteurs de foire. Les employeurs avaient du mal à trouver des candidats possédant un certain niveau de connaissances, lesquels dans ce cas choisissent plutôt l'enseignement, la médecine, ou le barreau. D'ailleurs elle-même avait fait des études de droit, qu'elle avait abandonnées après la licence pour se marier. On ne posa pas de questions sur ses regrets perceptibles. On lui prêta spontanément un mari ennuyeux, prétentieux, qui ne voulait pas d'une femme qui lui fût supérieure, et qu'elle fuyait maintenant à grandes enjambées. Du coup on comprenait mieux ce qu'elle faisait dans notre mansarde. Selon elle, nous avions toutes les qualités requises. Et du menton, elle pointait les deux machines à écrire — la Royale noire, et une petite Olivetti grise —, et les sculptures en papier mâché, de couleurs vives, qui étaient en fait les pièces d'un jeu d'échecs géant fabriqué par la compagne des jours tristes. Elle se demandait même si elle ne nous avait pas déjà croisés à l'université. Peut-être, droit et lettres étaient sur le même campus, et puis j'avais un ami juriste que je connaissais depuis le collège. À l'évocation de son nom elle mit un visage et demanda de ses nouvelles.

Elle eut une mimique approbative quand elle apprit qu'il avait réussi l'école de la magistrature. Maintenant, après un an d'armée — il avait été contraint pour la suite de sa carrière de faire l'école des officiers —, il attendait sa nomination. Elle hochait la tête d'un air entendu. Sans doute pensait-elle tristement qu'elle n'était pas à sa place ici. Mais c'était plutôt mieux pour certains. Comme on la devinait peu encline à l'indulgence, ça n'aurait pas rigolé avec elle dans les prétoires. Elle se déridait un peu cependant, ses traits s'adoucissaient. Nous en profitâmes pour lui poser des questions sur notre nouveau travail. Et d'abord s'il était financièrement rentable. Elle nous expliqua que nous serions payés au pourcentage, aucun fixe, que notre salaire dépendrait exclusivement de nos ventes, mais c'était le genre de proposition auquel nous étions habitués, sinon on ne faisait pas appel à nous. En revanche, comme le démarchage ne commençait pas avant cinq heures de l'après-midi, nous aurions beaucoup de temps libre, ce qui nous convenait.

Le lendemain soir elle revenait tourner la manivelle de la petite boîte à musique et nous annonçait la bonne nouvelle. Elle avait parlé de nous au directeur régional qui s'était montré très enthousiaste (évidemment, deux pigeons qualifiés). Nous étions conviés à suivre la semaine de formation indispensable à l'apprentissage du métier. Nous fêtâmes l'événement en dévissant les bouchons en métal doré de trois petites bouteilles de liqueur à la gentiane. L'effet de l'alcool ? La jeune femme semblait heureuse de ses recrues.

Le stage débuta le lundi suivant par une matinée pédagogique présidée par le directeur enthousiaste. Costume en tweed, large cravate de laine, sourire carré, yeux clairs, coiffure soignée, on avait dû le récupérer dans un catalogue de vente par correspondance. Du coup, les démarchés le reconnaissaient spontanément quand ils lui ouvraient la porte, flattés qu'on eût décroché des cintres à leur intention leur mannequin fétiche. Il en imposait sans doute dans les milieux modestes où il incarnait le comble de la distinction (cette façon qu'il avait de tirer à deux doigts sur ses boutons de manchette). Ce qui ne l'empêcha pas de nous accueillir avec un sourire amical et de se montrer plaisant. Nous n'étions pas seuls à la séance d'endoctrinement. Il y avait quatre autres personnes recrutées par petites annonces : deux femmes dont l'une ne revint pas l'après-midi et l'autre attendit le lendemain, et deux jeunes gens : l'un bavard et roux dans un costume trois-pièces vert bouteille, ancien typographe au chômage (ce qui correspond bien, cette date, à la mise à la casse de toute une profession qui remontait à Gutenberg et que l'irruption brutale de l'informatique rendait obsolète. L'écrivain Didier Daeninckx qui vécut ce naufrage raconte que c'est l'aristocratie de la classe ouvrière, celle qui avait imprimé les brûlots les plus subversifs, qui avait accompagné le savoir de cinq siècles, qui disparut ainsi en l'espace de quelques mois, et le connaissant, on n'a aucune peine à le croire, mais un peu moins si on considère ce garçon vert et roux qui lassait l'assemblée avec ses souvenirs d'armée et ses blagues vulgaires), et un jeune homme chétif à lunettes qui gardait le silence, prétendant qu'il retrouverait la parole au moment où les portes s'ouvriraient devant lui. En attendant, il calmait ses frustrations au volant de la Triumph cabriolet d'occasion rangée sur le parking. Il s'enhardit à l'heure de la pause déjeuner à raccompagner chez elle la jeune femme réservée. Il revint seul. Sans qu'on sût quelle part il avait dans cette défection.

Si peu préparés à ce genre de vie, nous non plus, nous n'aurions pas dû revenir. Débarquant de notre mansarde avec nos livres à écrire et nos cageots à ramasser, il nous semblait avoir atterri sur Mars. On y parlait une langue étrange où les mots n'avaient pas leur sens habituel. Ainsi le client était une cible. Mon Dieu, ma mère, si elle entendait une chose pareille. Ses chères clientes, des cibles, ses humbles clientes, celles qu'elle essayait de combler dans la mesure de leurs faibles moyens. À n'en pas croire ses oreilles. Le directeur s'était d'abord présenté. Il avait commencé comme nous allions le faire, par le porte-à-porte, qu'il présentait comme la meilleure des écoles. Il en avait gardé un si bon souvenir que de temps en temps, par une sorte de nostalgie, il reprenait son bâton de démarchage. Plus sûrement il se montrait si content de sa personne, ne manquant jamais l'occasion de contempler son reflet dans une vitre, que c'était sans doute pour lui l'occasion de tester son pouvoir de séduction auprès des femmes seules. On se demandait s'il avait eu une histoire avec notre visiteuse. Ils avaient des rapports à la fois distants et complices. Plus tard, nous apprîmes par une des anciennes vendeuses, une jolie eurasienne au passé mouvementé, qu'il était impuissant. Alors peut-être une histoire platonique, mais quand nous devînmes plus intimes, notre visiteuse confia qu'elle avait repoussé ses avances. Ce qui ne voulait pas dire qu'elle n'était pas séduite.

Le siège social de l'entreprise était en Suisse. Elle venait tout juste de s'implanter dans la région, ce qui était censé nous honorer, ce qui voulait dire que des hommes et des femmes, très loin, réfléchissaient devant des cartes murales, découpaient les pays en secteurs et s'abattaient comme des corbeaux sur les parcelles, les épuisant les unes après les autres. Si l'encyclopédie médicale était bien l'article phare, recommandée par trois prix Nobel (combien leur avait-on donné à ceux-là), le catalogue de la maison comptait également une encyclopédie sur les animaux, une collection de classiques de la littérature, des ouvrages pratiques sur la chasse, la cuisine, la pêche, le jardinage, le bricolage, les aquariums, ainsi qu'une édition de livres d'art destinés aux professions libérales, médecins, avocats, architectes, dentistes, tous ceux qui ont une table basse à garnir dans leur salon et s'entêtent à passer pour des gens cultivés. Ce qui dessinait une cartographie urbaine où l'on présentait les ouvrages d'art et les grands auteurs aux beaux quartiers du centre-ville, et à la périphérie le moyen de se soigner à bon marché, en vingt-quatre mensualités, en cherchant sur les photos de l'encyclopédie médicale à mettre un nom sur un bouton de fièvre.

Nous aurions dû nous lever et partir. Mais la nécessité, et aussi cette façon qu'avait le directeur enthousiaste de nous distinguer, de nous valoriser (vous vous chargerez des professions libérales, ou se tournant vers nous pour vérifier s'il s'était bien fait comprendre, ou si nous n'avions rien à ajouter), nous retint. De sorte que je m'entends encore, et il faut que je me remette à cette place lointaine où je me sentais si peu de chose pour faire preuve à mon endroit d'un peu de mansuétude, poser des questions d'élève studieux, objectant, proposant, approuvant, trouvant là l'occasion de briller, tandis que le maître en démarchage déroulait devant nous un implacable discours de la méthode. D'abord sonner, puis reculer d'un bon mètre. Se placer bien face à l'œilleton. Ne pas fixer droit devant soi, faire semblant de s'affairer dans ses papiers. En profiter pour noter le nom relevé sur la sonnette. Si sans se donner la peine d'ouvrir la personne demande ce qu'on lui veut, répondre d'une voix forte et assurée CDF, ce qui signifie Culture du foyer, mais ce qui pourrait renvoyer à n'importe quelle Compagnie de fous puisque la seule vertu du sigle est de se confondre avec EDF, lequel agit comme un sésame et vient à bout des récalcitrants. Aussitôt que la personne apparaît, généralement par l'entrebâillement prudent de la porte, s'inquiéter : Vous êtes bien madame Untel ? en faisant semblant de repérer le nom dans ses papiers, de sorte qu'elle s'interroge, se demande ce qu'on lui veut, méfiante d'abord, un impayé ? Une facture ? Un mauvais coup du gamin à l'école ? Profiter de son trouble pour rassurer : Nous procédons à une enquête sur la santé, et lancer la première et inénarrable question : La santé est-elle pour vous une priorité ? Mme Untel d'autant plus concernée qu'elle a craint la visite d'un huissier et, soulagée, a évidemment son mot à dire, du petit rhume aux longues et incurables maladies qui n'osent dire leur nom. Enchaîner les questions sans s'éterniser sur le check-up de toute la famille et les maladies du voisin, s'introduire peu à peu dans l'appartement. À la fin du questionnaire se livrer à haute voix à un bilan des réponses comme s'il s'agissait de délibérer sur l'obtention ou non de la feuille rose du permis de conduire, montrer sa satisfaction, cette personne est pertinente, sensible, le sujet idéal pour émettre un avis avisé sur la maquette de l'encyclopédie médicale que l'on sort du sac comme une récompense, un bon point. Donner l'impression qu'on va la lui offrir. Procéder devant elle à un feuilletage de l'ouvrage mais tourner les pages soi-même de manière à ne pas s'attarder et imposer à l'entretien son propre tempo, noter le bon sens des commentaires de Mme Untel, vous avez raison, le nez du lépreux est très abîmé, traîner négligemment quelques secondes devant les pages sur la sexualité, avoir éventuellement un petit sourire complice, puis refermer l'ouvrage avec un goût de trop peu et lancer le perfide : qu'en pensez-vous, qui referme le piège sur la victime (ou plante la flèche dans le cœur de la cible), puisqu'elle n'en peut penser que du bien, ayant tout au long approuvé et hoché la tête en personne avisée et sensée. Ferrer avec l'autre question pernicieuse : Pensez-vous qu'un tel ouvrage ait son utilité, et le crayon suspendu au-dessus du carnet, marquer un intérêt particulier pour cette réponse définitive en fixant Mme Untel, sourcils froncés, comme si de cette ultime approbation allait dépendre le sort de l'humanité. Commencer à remplir le bon de commande que l'on a gardé ouvert à portée de main. Et utile pour vous ? Comment Mme Untel pourrait-elle se déjuger après avoir manifesté un si vif intérêt pour un ouvrage aussi instructif? Utile pour les autres mais pas pour elle ? Va-t-elle maintenant prétendre que la santé, la sienne, celle de ses enfants, la concerne moins ? Alors elle se retranche derrière son ultime ligne de défense, le rempart des pauvres, le prix, certainement une somme, non ? Oh, si peu. Est-ce que vos enfants ne valent pas ce léger sacrifice ? La santé contre une petite mensualité de deux cents francs sur deux ans. Elle se rend, lui tendre le bon de commande et le stylo, elle signe, la féliciter et s'en aller bien vite avant qu'elle ne change d'avis.

L'après-midi, l'initiation se poursuivait sur le terrain. Chaque novice accompagnait un ancien dans sa tournée, avec pour mot d'ordre de bien observer, bien écouter, et surtout ne pas s'immiscer de façon inopinée dans l'argumentation de vente, ce qui compromettrait, cette voix discordante, le succès de l'entreprise. Si j'en crois le texte originel, écrit deux ou trois ans après cette histoire, j'accompagnais notre visiteuse. Comme il ne fait pas montre d'une grande imagination, il n'y a pas de raison de le mettre en doute, d'autant que le souvenir de cette période était encore bien présent. Peut-être même nous étions-nous choisis l'un l'autre. Je me rappelle surtout, ce qui n'est pas dit — car à ce moment-là je crois que j'en aurais été honteux — que pendant des mois je suis passé régulièrement devant une boutique d'assurances, où notre visiteuse avait retrouvé un travail après avoir abandonné le démarchage. Le comique de l'affaire, c'est que ma vue limitée m'empêchait de voir derrière la vitrine la personne assise à son bureau. Je ne savais donc si c'était bien elle, et de peur de croiser par mégarde son regard et de continuer comme si de rien n'était, en donnant le sentiment de la snober, je passais sans même jeter un œil à l'intérieur, espérant qu'elle me reconnaîtrait et sortirait précipitamment, lançant mon prénom, ce dont je n'avais pas l'habitude, la compagne des jours tristes m'ayant donné un surnom qui était repris par les quelques personnes que nous fréquentions, et pendant toute mon enfance on avait usé avec moi d'un diminutif, de sorte que, entendant mon prénom sur ce trottoir d'une rue passante, ça n'aurait pu venir que d'elle, et moi me retournant, ça alors, quel hasard. Et pendant des mois je suis passé devant cette succursale d'une compagnie d'assurances, et le plus drôle toujours, c'est que j'appris par la suite qu'elle n'y était restée que quelques semaines, alors que je continuais de prendre des airs avantageux, prêt à me retourner au surgissement de sa voix dans mon dos. Et cette espérance hasardeuse ne reposait sur aucun fait précis, aucune promesse.

J'étais tellement triste, que je me raccrochais à ces quelques moments d'émotions partagées lors de la phase d'initiation sur le terrain, tandis que nous étions seuls à sonner aux portes, arpenter les couloirs, emprunter les ascenseurs, hanter les cages d'escalier, écoutant notre visiteuse développer l'argumentaire bien connu maintenant, la regardant croiser les jambes quand elle avait obtenu de forcer la porte et que la maîtresse des lieux nous proposait le canapé ou le fauteuil du salon. Je ne sais plus si nous fîmes des affaires, mais ce rôle de compagnon muet m'allait bien. Mon désespoir était si grand et ma demande devenue si peu exigeante qu'il me semble que j'aurais pu continuer ainsi le reste de ma vie, et rester le Sancho de ma bretteuse. Je me souviens de cette fois où elle avait ramené ses cheveux en chignon, et comme j'aimais contempler sa nuque fine au moment qu'elle guettait les pas derrière la porte après avoir pressé la sonnette, tout en s'affairant dans ses papiers, de son doigt sur la bouche quand elle entendait les signes d'une présence étouffée, de cette intimité suspendue dans la cage des ascenseurs, quand les yeux pour éviter de se croiser balaient les étages qui défilent dans une alternance d'ombre et de lumière, de sa joie enfantine quand, après un entretien raté, elle avait dévalé les escaliers d'un petit immeuble décrépit, moi à sa suite, me demandant si j'étais la cause de cet accès inattendu de gaieté.

De retour dans la mansarde la compagne des jours tristes faisait part de ses doutes, pas pour nous, on n'y arrivera pas, elle trouvait même le principe « dégueulasse ». Elle avait accompagné le directeur régional qui avait repris du service pour elle. S'il pensait par ses talents de bonimenteur séduire la jolie jeune femme aux longs cheveux de Vierge italienne, c'était raté. Elle était revenue exaspérée. J'avais insisté pour continuer, on n'avait pas fait toutes ces journées d'apprentissage pour rien, ce serait idiot d'abandonner maintenant au moment où on allait peut-être gagner de l'argent. De l'argent ? Parce que tu penses vraiment que tu vas réussir à vendre des horreurs pareilles ? Et je me rappelais la seule recommandation de notre mère : faites tout ce que vous voulez, sauf commerçant. Peut-être pas l'encyclopédie, mais on nous avait promis les beaux quartiers après une période probatoire dans les cités. Les livres d'art, les collections littéraires, on serait davantage à notre affaire, nous aurions moins de scrupules à dévaliser des nantis, il suffisait d'être patient. Et de toute façon nous n'avions rien d'autre en vue.

Je pensais vraiment ce que je disais. Il me coûtait tellement de partir à la recherche d'un nouvel emploi, d'éplucher les petites annonces des journaux gratuits, de noter un numéro de téléphone sur un papier collé sur la vitrine d'un commerçant, d'avoir à subir un entretien pour un travail qui ne demandait aucune compétence particulière, qu'une fois dans la place je m'accrochais, je pouvais bien exécuter les tâches les plus ingrates, je trouvais ça moins dur — cueillir le raisin, faire la plonge derrière un bar, vider un camion de ses décors pour les transporter sur scène (et les recharger au cours de la nuit) — que cette incertitude permanente du lendemain dans laquelle nous vivions. Ce qui durait un temps, cet état d'apaisement, le temps du premier salaire, quasiment toujours de la main à la main, pas souvenir d'avoir jamais encaissé un chèque, et rarement reçu une fiche de paye. Il y a peu, une lettre de l'organisme qui s'occupe des caisses de je ne sais quoi s'étonnait, dans un récapitulatif de ma carrière professionnelle, ce qui, cette dénomination, me fait toujours regarder derrière moi, de n'avoir pratiquement pas trace d'une activité quelconque de ma part jusqu'à la parution de mes *Champs d'honneur*. Eh bien oui, existence nulle, aucune preuve de mon passage jusque-là, des années et des années de non-être, et pourtant, il avait bien fallu vivre.

Ces travaux quasi clandestins, il était d'autant plus facile de les abandonner du jour au lendemain que, n'étant pas déclarés, il n'y avait pas de préavis à donner. L'ineptie de la fonction, les bavardages idiots (notre roux en habit vert et ses histoires de chambrée : comment vous appelez-vous ? Glloq. Vous pouvez épeler ? *g*, 2 *l*, *o*, *q*), cet insupportable collier du travail autour du cou, les conseils et les ordres tombant de la bouche de gens très peu considérables (même si ces emplois de passage étaient parfois l'occasion de découvrir d'autres mondes, ce serveur qui, tandis que je lavais les verres derrière le bar d'un restaurant du centre-ville, me racontait des histoires du milieu pour lequel, barman de nuit, il avait préparé des cocktails à base de cocaïne, champagne et fraises écrasées, et à qui on jetait les filles en pourboire), il nous prenait vite l'envie de tout envoyer promener, et de ce moment on ne résistait pas longtemps à l'appel de la forêt. Suivaient quelques heures de béatitude, comme jadis à la sortie du collège, à l'heure de partir en vacances, une fois franchi le portail de la conciergerie face à la mer, quand nous courions le long du remblai pour rejoindre le car des ouvriers, une impression de joie pure, de libération, état qui malheureusement ne durait pas, le lendemain se posait la lancinante, l'obsédante question — qui se répéterait chaque jour des vacances, sitôt avalé tardivement le petit déjeuner — avec laquelle on ne plaisantait pas, et qui était notre grande affaire : à quoi on joue. Car à présent que plus rien ne nous obligeait, c'est-à-dire l'école et ses devoirs, l'ennui guettait. Il y avait ces longues heures devant nous dont nous devenions soudain les chargés de programme. À quoi nous nous appliquions avec plus ou moins de bonheur. Le temps de nous mettre d'accord, il était déjà bien souvent trop tard. Et de même ici, une fois avalée notre liqueur à la gentiane pour fêter notre démission, l'inconvénient de vivre reprenait bien vite le dessus.

Il fallait tout l'entrain de la compagne des jours tristes pour me tenir à flot. Le soir elle malaxait sa pâte à papier, en mélangeant de la farine, de l'eau et des morceaux de journaux qu'elle découpait en fines lamelles, pour créer les pièces d'un nouveau jeu d'échecs, une collection de masques, ou des abat-jour biscornus qu'on aurait dit tirés de tableaux de Miró. Elle les peignait ensuite de couleurs vives, puis les vernissait, riant aux éclats quand, au séchage, ses figurines penchaient comme le Balzac que Zola avait commandé à Rodin et qui fut refusé par la Société des gens de lettres. Ce qui m'étonnait, ce si peu de dépit, et me renvoyait à ma lourdeur, à ma susceptibilité, quand à sa place je me serais lamenté, déduisant de ce travail réduit à rien qu'il était inutile de m'acharner, qu'il n'y avait pas de place pour moi sur terre. Elle n'y attachait aucune importance, poursuivant délicatement sa corvée de modelage de ses doigts aux ongles peints, qu'elle laissait parfois en suspension au-dessus de la pâte, comme si elle attendait que son vernis séchât.

Nous avions partagé brièvement un même cours à l'université où il n'avait pas été difficile de la repérer. Outre qu'elle comptait parmi les plus jolies, elle était la seule de toute la faculté des lettres à se vernir les ongles et à teinter ses paupières d'un bleu nacré qui surlignait ses yeux myosotis. Le maquillage était considéré comme un instrument diabolique du capital destiné à asservir les femmes en les transformant en geishas, de sorte que les étudiantes émancipées qui rejetaient violemment ces artifices de la bourgeoisie réactionnaire veillaient à ne pas se raser les poils sous les bras, tout en ignorant l'usage du peigne (cette jeune femme magnifique aux longs cheveux bruns qui ostensiblement rotait pour manifester sa conscience révolutionnaire). Ce n'était pas du tout le genre de la compagne des jours tristes. Ce rouge éclatant sur ses ongles, c'était l'expression de sa singularité, de son indépendance d'esprit, de son goût pour la beauté. L'usage de sa liberté de femme, elle l'avait reçu de sa mère, un sosie d'Ava Gardner, fille clandestine d'un ministre de la IIIe République, élevée dans les ors des palais, enseignante en Égypte, refusant d'épouser un richissime prince arabe, poursuivant ailleurs sa dérive amoureuse, à Prague, je crois, avant de faire un enfant avec un joueur invétéré, ce qui valait tous les slogans féministes.

Elle subissait mon air sombre et mes commentaires rabat-joie avec égalité d'humeur. Je retrouvais mon rôle d'éternel désagréable contre lequel je ne pouvais rien. On connaît l'histoire du scorpion qui demande à la grenouille de l'aider à traverser la rivière, et la grenouille se méfie, refuse, tu vas me piquer, mais non assure le scorpion, ce serait une étrange reconnaissance, tu as ma parole, et la grenouille se laisse apitoyer, le scorpion, tout scorpion qu'il est, a droit aussi à la rédemption, et elle le charge sur son dos, traverse la rivière, dépose son cavalier sur la rive, et au moment de se saluer, le scorpion pique sa bienfaitrice, et la pauvre grenouille, pourquoi as-tu fait ça, alors que je t'ai rendu service et que tu m'avais donné ta parole, je sais, dit le scorpion, mais je suis comme ça. Mon Dieu, faites que je ne sois pas comme ça. Enfant, j'étais persuadé que les femmes pieuses de la famille priaient pour moi, demandaient au Ciel de me rendre moins prétentieux, plus aimable. Cette prière, comme me le confia un jour ma tante Claire, en visait un autre, mais je pensais bien qu'elle agissait de même pour moi. Je n'arrivais pas à croire qu'on pût me trouver digne d'amour. Et je fournissais toutes les raisons de me donner raison. La compagne des jours tristes paraissait ne pas en être affectée, manifestant le même intérêt pour moi, et mes humeurs maussades. Comme je me reprochais mon peu de tendresse envers elle, parfois je hasardais un geste, passais mes doigts dans sa longue chevelure, mais ma main retombait. Elle me fixait un moment, attendant une sorte de miracle, puis reprenait son activité de modelage. Car si je disais vrai, en évoquant notre difficulté à retrouver un travail, et ma fatigue de cette vie mécanique, sans la moindre reconnaissance, je ne disais qu'une partie de la vérité. J'aurais dû aussi préciser que mon entêtement à vouloir poursuivre l'expérience désastreuse des encyclopédies médicales était lié à l'écho de la joie enfantine de notre sévère visiteuse, dévalant les escaliers d'un immeuble de quatre étages aux murs de béton gris. Je ne le jurerais pas aujourd'hui, mais il n'est pas impossible que du fond de ma mélancolie, à l'éclair de ses jambes croisées, de sa nuque dévoilée, de cette gaieté soudaine, je me sois posé la lancinante question : Serait-elle cette sorte d'amie pour moi ? Comme ces mirages d'eau dans le désert vers lesquels se précipite l'assoiffé d'amour.

Dans ces quartiers battus par les vents à des kilomètres du centre-ville, une fois assurés que les travailleurs étaient rentrés chez eux et commençaient à se détendre, on jetait sur eux les démarcheurs de tous ordres qui s'abattaient comme des vautours sur les barres d'immeubles désolées, se croisaient dans les cages d'escalier, feignant de s'ignorer, forçant les portes pour offrir aux démunis les produits miracles, les aspiro-batteurs, les tapis faits main en direct de l'usine, les laines à tricoter grâce auxquelles on vêtira gratuitement toute la famille, les parfums capiteux dont le nom évoque à une lettre près une marque célèbre, les vins issus de parcelles qui cent mètres plus loin seraient des grands crus classés, les verres à la manière de Murano, les porcelaines à la manière de Limoges, le luxe à la manière des pauvres. On venait à eux, les évincés de la périphérie, et en reconnaissance de tant de considération, ils accordaient deux ans de leur vie, à petite dose mensuelle, deux ans d'une vie considérable, à l'image des onze volumes de l'encyclopédie médicale sur l'étagère du salon. J'aurais beaucoup oublié de ces années, n'ayant jamais tenu un journal, si je ne les avais compilées dans un premier ouvrage que les éditeurs refusèrent (quoique pas tout à fait puisqu'il s'en trouva un pour l'accepter mais c'est moi qui cette fois n'en avais plus envie), et qui me sert aujourd'hui d'aide-mémoire. Je pensais pouvoir solliciter mes souvenirs, et feuilletant ce manuscrit, trente ans après, je m'aperçois que ma mémoire n'a retenu qu'une impression d'ensemble. Dans les détails c'est un panier percé. Oublié par exemple la réaction des maris qui, au retour de leur travail, découvraient ce moment d'égarement signé par l'épouse et appelaient furieux pour exiger l'annulation de la commande. Il fallait un cœur d'acier pour affronter le récalcitrant et tenter de le convaincre que, non, sa femme n'était pas folle. Mais si tu es folle, dis-leur que tu es folle, que tu achètes n'importe quoi, et l'homme montrait les murs où étaient accrochés un coucou suisse, un canevas d'automne, le salon encombré de bibelots, le canapé imitation cuir, et la femme hochait la tête en larmes, vous voyez bien qu'elle est folle, elle le dit elle-même, pas besoin de votre encyclopédie médicale pour s'en apercevoir, et puis les récriminations habituelles, lui se tuait à la tâche pendant qu'elle se tournait les pouces et ne trouvait rien de mieux à faire que d'acheter des saloperies, alors qu'elle avait tout, mais qui payait, hein ? L'épouse hoquetant qu'elle ne demandait pas mieux qu'à travailler. Travailler, elle ? Mais qui voudrait d'une folle. Et notre visiteuse, qui était envoyée pour sauver les causes désespérées, théâtralement déchirait sous le nez de l'homme le bon de commande, ce qui ne suffisait pourtant pas à calmer sa fureur. Derrière la porte refermée, elle entendait les éclats de voix reprendre de plus belle.

Une fois jugés bons pour le service, on nous avait envoyés dans les cités de la périphérie. Il faisait ce froid de mars comme une rallonge de peine, après le châtiment de l'hiver. La pluie d'Atlantique s'invitait par rafales, nous obligeant à courir nous abriter sous les porches, le vent s'engouffrait entre les tours et les immeubles alignés au cordeau, gigantesques boîtes posées sur chant et percées de fenêtres comme des trous pour respirer. Au moment de nous lancer, chacun s'étant vu attribuer un bâtiment, nous les regardions d'en bas comme des alpinistes évaluent le sommet d'une montagne à gravir. Les entrées étaient encombrées de landaus, poussettes, vélos, malgré les interdictions affichées au-dessus des boîtes aux lettres. Le sol était jonché de prospectus qui se décomposaient sous les semelles boueuses, la cage d'escalier n'avait plus de couleur, ou plutôt dès le départ avait opté pour un gris sale sur lequel la crasse se sent comme chez elle. En deçà de cinq étages, la loi ne prévoyant pas d'ascenseur, ce n'était pas un endroit où l'on passait outre. La consigne était de commencer par le haut puis de redescendre palier par palier, de manière à n'oublier personne. Je veillais à ne pas m'aider de la rampe, une barre métallique enrobée d'une gaine plastique noire qui glissait, exhibant dans sa partie supérieure le métal nu, et dans sa partie inférieure une langue pendante. J'allais frapper maintenant à ma toute première porte, mais le mieux, puisqu'il y a un moment déjà qu'il me sert d'aide-mémoire, c'est de laisser parler directement le texte originel. À mesure que mes souvenirs remontent, il m'apparaît de plus en plus comme digne de foi. Il est écrit à la troisième personne, mais on ne s'y trompera pas : lui, c'est moi. J'étais bien incapable de dire je, à cette époque-là, tellement incertain de mon identité, si peu sûr de mon existence.

« Quand il sonna à la première porte, il fut tout de même bien heureux que personne ne lui ouvrît. À la seconde, la démarche lui était devenue familière. À peine le temps de noter scrupuleusement le nom de la locataire sur son carnet, la porte s'ouvrait sur une petite dame aux cheveux lavande. Il pensa aussitôt à sa tante Marie et à Andréa, la coiffeuse-modiste du village, dont elle avait été la dernière cliente. C'était toujours un choc quand elle ressortait de chez sa vieille amie, coiffée de cette calotte glaciaire bleutée. Mais la tante était morte depuis une dizaine d'années déjà et on pouvait croire qu'on en avait fini avec ce genre de teinture à l'ancienne qui évitait aux cheveux blancs de jaunir en les plongeant dans un encrier. La petite dame souriante accepta sur-le-champ de répondre au questionnaire, et plutôt que de rester planté devant la porte lui proposa sans façon d'entrer, nous serons plus à notre aise pour bavarder. Une fois dans son séjour envahi par les plantes, elle s'excusa pour le désordre. Le flot de verdure sortant des bacs posés au sol, tombant de vasques suspendues, faisait de son salon une île, et

Mme Robinson, tournant elle-même les pages, commentait maintenant avec intérêt les images effrayantes ou licencieuses de la maquette. Dans sa jeunesse elle était coquette, aimait danser, avait beaucoup abusé du rouge à lèvres. Comme elle souffrait de brûlures d'estomac, elle avait consulté plusieurs médecins, en vain, jusqu'au jour où l'un d'eux, la dévisageant, lui demanda : Vous vous maquillez souvent ? Ne cherchez pas plus loin, si on savait les produits utilisés dans les cosmétiques, on devrait apposer sur chaque tube des têtes de mort comme sur les bidons de désherbant. Elle avait tout de suite arrêté et les brûlures avaient cessé. Pendant qu'elle égrenait ses souvenirs, lui ne pensait qu'à l'estocade, au passage délicat entre le simple examen de la maquette et le bon de commande. Le moment approchait. Il referma le livre. Il se voyait comme Judas s'apprêtant à donner le baiser au Christ. Il n'eut même pas le temps de poser le qu'en pensez-vous fatal que déjà elle s'inquiétait du prix et des conditions d'acquisition d'un si bel et si utile ouvrage. Il aurait pu répondre trente deniers. Elle trouvait que bien sûr ce n'était pas donné, mais elle avait tout de même envie de se laisser tenter. Et puis ce serait aussi pour son fils. Qu'en penses-tu ? Il se retourna et par la porte entrouverte aperçut l'extrémité d'un lit. Il se crispa, pensa à un grabataire. Le courage soudain lui manqua mais elle le rassura, c'est la grippe, et lui : oui, ce froid, c'est terrible. Alors, tu as entendu ? Fais comme tu veux, dit l'alité, et elle eut un petit geste de la main comme quoi la décision ne dépendait que d'elle, et elle choisit la version en vingt-quatre mensualités de deux cents francs. Elle tâcherait de s'arranger. Il l'interrogea sur sa profession. Elle était en retraite depuis un an, touchait une petite pension de sept cents francs par mois, mais ça devrait aller. Lui pensant alors avec effroi, comment ça pourrait-il aller? sachant par expérience combien il était difficile de vivre avec si peu, et même sans s'encombrer d'une encyclopédie médicale. Mais la perspective d'un gain rapide lui fit taire ses scrupules, et après l'avoir rempli il lui tendit le bon à signer. Elle s'inquiéta si elle recevrait les onze volumes au premier versement. Il confirma, pas besoin d'attendre un an avant de consulter le volume sept ou huit. D'ici un mois elle aurait la livraison complète de l'encyclopédie et quinze jours pour revenir sur sa décision, vous renvoyez cette partie détachable et la commande est annulée, affaire classée. Lui replaçait la maquette dans son cartable de toile, s'efforçant de ne pas montrer son impatience, de ne pas s'enfuir comme un voleur. Il la félicitait sur ses plantations, on se croirait au bout du monde. Elle ne se reconnaissait aucun mérite, elle aimait s'en occuper. Elle s'effrayait surtout de la perspective de son déménagement dans un mois. Elle déménageait? Ce fut comme une lueur d'espoir: Mon Dieu, faites que cette petite dame emporte l'encyclopédie sans laisser d'adresse, et Vous inscrirez son vol sur mon compte.»

Je fus félicité chaudement par le directeur commercial qui se frottait les mains d'une si bonne recrue. Moi, face à cette joie marchande, ayant du mal à faire bonne figure, baissant honteusement la tête, ce qui devait passer pour de la modestie.

Passé l'ivresse de Perrette et son pot au lait où j'avais multiplié le nombre d'encyclopédies vendues par le nombre de cages d'escaliers, remultiplié par le nombre de bâtiments, remultiplié par le nombre de jours, mon exploit commençait à me ronger. J'essayais de me dédouaner en me disant que je n'avais pas forcé la vente, que c'est de son propre chef que Mme Robinson avait opté pour les vingt-quatre mensualités. Elle s'était extasiée devant les planches, avait applaudi à tant de savoir, et se montrait par avance ravie à l'idée de ce volume futur sur la diététique qui, dans un menu type, recommandait pour le soir de la sole grillée. Combien de soles grillées pour sept cents francs mensuels ?

La compagne des jours tristes n'avait pas eu autant de chance. Elle parut cependant heureuse de ma vente (je mis longtemps à lui avouer la vérité, pour l'instant on s'en tenait à cette version flatteuse que j'avais réussi par mes seuls talents de démarcheur) et ne fit pas de commentaire sur la méthode, mais elle doutait de pouvoir continuer, et quand le soir je lui demandai de raconter sa journée, elle dit qu'elle avait assisté à *Fin de partie* (elle se souvenait que j'avais commencé un mémoire de maîtrise sur Beckett), qu'elle avait vu, elle ne savait plus leurs noms (Nell et Nagg) dans leurs tonneaux. Ce que raconte le texte originel : « Elle avait été invitée à boire un café par un couple de retraités qui se plaignaient que jamais personne ne venait les voir, ou seulement parce qu'ils avaient des choses à vendre, mais eux n'avaient besoin de rien. Lui marchait avec un stimulateur cardiaque et elle ne marchait pas, clouée dans un fauteuil. Que feraient-ils d'une encyclopédie médicale ? Elle ne leur rendrait ni santé ni jeunesse. Ils n'attendaient que de mourir. Mais restez un peu, vous prendrez bien un café, personne ne nous rend visite et on ne peut pas se déplacer. Et elle avait accepté, bu son café en silence sous le regard des deux vieux. Eux n'y avaient pas droit, d'ailleurs ils n'avaient droit à rien, alors à quoi bon, hein ? Et ils surveillaient ses gestes, inclinaient la tête en arrière quand elle avalait une gorgée. Quand elle avait reposé sa tasse vide ils lui en proposèrent une autre, insistèrent, et comme elle refusait, prétextant que le travail l'attendait, mais à qui voulez-vous vendre une chose pareille, il n'y a que des vieux ici, et puis le monde nous a oubliés, lui firent promettre de revenir le lendemain, et pour se débarrasser de leur étreinte spectrale, elle promit, jura encore sur le palier, et le lendemain supplia qu'on lui confiât un autre bâtiment. »

« L'isolement dans ces monstres de quinze ou vingt étages, aux paliers clos, sans éclairage du jour, était tel que les visiteurs étaient parfois accueillis comme des sauveurs. Un soir il avala quatre ou cinq verres d'un petit vin de pays dont vous me direz des nouvelles. Il était bon pour la santé celui-là, comme ça qu'on se soigne, pas avec des bouquins. Il ne servait dès lors à rien de montrer la photo d'un foie de cirrhotique. Il avait fallu trinquer puis goûter en ayant l'air de faire rouler le vin sur la langue en connaisseur. Fameux, hein ? Extra (ta piquette). Maman, t'en veux un ? Juste un demi-verre. Pendant ce temps les enfants avaient sorti le premier volume de l'encyclopédie des animaux, et l'ayant étalé sur la moquette se chamaillaient à qui aurait le droit de tourner les pages. Oh la, les enfants, du calme, allez, encore un autre. La femme émergeait de temps en temps de la cuisine, une pomme de terre dans une main, l'épluche-légumes dans l'autre pour jeter un œil à la télévision qui marchait à plein volume, regardait dix secondes et s'en retournait. C'est à partir de maintenant qu'on commence à bien l'apprécier. Et l'homme versait avec gourmandise le vin dans les verres. Plus personne ne se souciait du pourquoi de la venue du visiteur. Quand à demi titubant il annonça qu'il devait y aller, après un dernier verre pour la route (le long couloir de cent mètres de long, sans doute, trois cents mètres avec les zigzags), au moment de ranger son livre, il manquait une page aux animaux. Une autruche, que le petit dernier montrait fièrement à son père. Vous savez comme sont les mômes. Lui dit que l'enfant pouvait garder la page. Et le père : de toute façon on sait où ça va finir, à la poubelle. On lui serra la main, on était vraiment très content de l'avoir connu, qu'il y eût encore des jeunes gens aussi sympathiques, pas comme ces marginaux. Il retourna le compliment et ajouta que le vin, une merveille. Attendez. Et l'homme courut chercher une petite carte de visite. Tenez, je l'achète à un petit producteur du Gers, ma femme est de là-bas, chaque année j'en remonte cinquante litres. »

Et le texte originel poursuit : « Ils tombaient de chausse-trape en traquenard, de misère grise en détresse exponentielle. Et des femmes dépressives à la pelle, et du stress en pain quotidien, et des canapés en skaï qui singe le cuir, et du formica qui n'imite plus que les meubles à bas prix, et des enfants qui parodient la joie de vivre sur une balançoire orpheline qui ne volera jamais plus haut que le rez-de-chaussée, et des adolescents qui font l'amour dans les caves comme un septième ciel à l'envers. Dans le hall d'une haute tour des enfants raillent une jeune fille : tout le monde sait que tu couches avec tout le monde, et même dans les caves. La jeune fille hausse les épaules : même pas vrai. Elle essaie d'attraper les petits corbeaux pour les faire taire, les enfants s'égaillent en tous sens, se moquent d'elle, s'approchent sur la pointe des pieds derrière elle et lui soulèvent sa jupe qu'elle rabat, furieuse, de ses deux bras. Si, c'est vrai, c'est mon frère qui l'a dit. Tu diras à ton frère que c'est un menteur. Et elle était passée très digne devant lui, une dignité de quinze ou seize ans, le cœur meurtri, parce que devant cet étranger on avait violé son droit au mystère, avec le bénéfice d'une identité toute neuve qui ne pèserait pas comme les vingt étages de la tour. »

« Parfois, au signal de la sonnette, instantanément les bruits cessaient à l'intérieur, les voix se taisaient. Dans leur tombe les occupants faisaient le mort. Lui feignait de s'éloigner puis revenait coller l'oreille à la porte en se courbant pour ne pas être vu de l'œilleton. Non avec l'idée de revenir à la charge, mais pour s'assurer que son intrusion n'avait pas eu un effet dévastateur, que la vie reprendrait bien après l'alerte, et il entendait la sourdine des voix, puis le robinet coulait à nouveau. Un point de lumière vite obscurci à travers le judas, quelqu'un vérifiait que le danger était écarté. Les réactions variaient, des hommes irascibles criaient qu'on leur fichât la paix, d'autres s'excusaient mais ils n'avaient besoin de rien, d'autres encore refermaient la porte sans un mot. Les femmes devaient toujours attendre le bon vouloir du mari. C'est lui qui, au nom de son travail, et même quand il ne travaillait pas, décidait des priorités, la priorité des priorités étant le crédit de la voiture. Quelquefois, débarquant à l'heure du repas, on lui faisait une place en bout de table pour qu'il pût étaler ses livres. On le laissait argumenter, on parlait devant lui des projets de vacances, des devoirs de la grande (il fut convié à résoudre un problème algébrique), il faisait bientôt partie de la famille, on s'étonnait presque qu'il refusât une assiette. Et puis il y avait eu cette rencontre pénible, la goutte d'eau ultime, d'une femme handicapée de la hanche qui s'aidait du mur pour se déplacer. Elle l'avait fait patienter jusqu'au retour de sa fille laquelle était au chômage, courait toute la journée à la recherche d'un emploi et venait d'avoir seule un bébé atteint d'une malformation cardiaque. Elle arriva peu après, essoufflée, sembla intéressée par l'encyclopédie médicale, en expliqua la raison : elle avait entamé des études d'infirmière qu'elle avait abandonnées à sa maternité. En d'autres temps elle n'aurait pas hésité, mais le moment était mal choisi. Elle avait travaillé quelques mois comme fille de salle au CHU puis, un matin, fatiguée, déprimée, n'y était pas retournée. Depuis elle faisait les petites annonces, les boîtes d'intérim. Il l'avait revue deux ans plus tard chez la voisine de la mansarde qui organisait une fête pour ses vingt-huit ans. Comme elle pensait bien l'avoir déjà croisé, il avait feint de ne pas la reconnaître, invoquant que la ville était si grande. Après trois mois de stage à Orléans elle était devenue assistante sociale et on l'avait envoyée dans le marais vendéen où l'humidité incommodait son petit garçon. Ce qui n'était pas bon pour lui qui attendait d'être opéré du cœur. »

De ce moment je passai mes journées assis dans les cages d'escalier, renonçant à frapper aux portes, notant les noms sur les sonnettes, remplissant de faux bordereaux, racontant qu'il s'en était fallu d'un cheveu, que j'avais été à deux doigts de conclure, mais que décidément les temps étaient durs. Comme les autres ne s'en sortaient pas beaucoup mieux, ce n'était pas très suspect, sinon que mon coup d'éclat initial, le seul à mon actif, pâlissait de jour en jour. Si je m'astreignais à ce simulacre plutôt que de démissionner, c'est que nous étions convenus de tenir jusqu'à cette exposition que nous avions obtenue je ne sais comment, et le texte originel ne le dit pas, organisée par le comité d'entreprise d'une mutuelle (était-ce celle où travaillait ma sœur ?), où nous avions espoir trois jours durant de faire quelques affaires sans qu'il fût besoin d'en passer par nos salades habituelles, les employés venant jeter un œil à l'heure de la pause sur nos étals de livres. Après quoi nous dirions adieu aux encyclopédies. Ce qui se passa comme nous l'avions prévu, les affaires en moins, bien sûr. Mais le texte originel raconte la suite, dont je garde un meilleur souvenir. Alors qu'elle était installée à fumer une cigarette dans une cage d'escalier, son sac de toile posé sur une marche d'où sortaient nos ouvrages de démonstration, la compagne des jours tristes fut abordée par un jeune couple qui lui demanda si dans sa collection elle n'aurait pas une bible. Pas sur elle, non, mais elle revint le lendemain avec un exemplaire, de la dimension des grands missels posés sur l'autel, à la couverture métallique dorée, ressemblant à une porte de tabernacle, articulée par des ferrures et munie d'un système de fermeture digne d'un coffre de pirate. Les ferrures étaient légèrement faussées et gémissaient quand on ouvrait le livre mais il s'agissait d'un échantillon, et, compte tenu de l'ouvrage, on n'allait pas mettre de la graisse. La bible les laissa perplexes en dépit de la qualité de son papier, de son impression soignée, des abondantes reproductions du Greco, de Giotto, de Fra Angelico et même, dans les dernières pages, du Christ vu en plongée de Dalí, comme si un drone avait survolé le Golgotha ce fameux vendredi. Ils ne savaient trop quoi en penser, balançant entre sublime sacré et kitsch hollywoodien. Pour convaincre le jeune couple, elle sortit l'ultime argument : ils avaient toujours la possibilité dans les quinze jours d'annuler s'ils changeaient d'avis. Ils passèrent donc commande et la résilièrent quinze jours après.

La bible était posée sur la table d'une crêperie où nous avions été fêter l'événement (vite avant l'annulation). Comme nous racontions nos malheurs, un jeune homme et sa compagne, installés sur les mêmes bancs où nous étions invités par la patronne à nous serrer, intrigués par cette bible électrique dont les pierres de couleur incrustées sur la couverture métallique scintillaient comme un buisson ardent sous l'éclairage des plafonniers, se mêlèrent bientôt à notre conversation. Lui, longs cheveux raides, petite moustache d'anarchiste italien, veste en cuir, était photographe de presse (il nous exhiba, non pas sa carte de journaliste, mais ses cartes d'adhérent à différents partis politiques de droite et de gauche, qui lui permettaient de s'infiltrer dans les réunions, d'être à tu et à toi avec tout le monde, comme si la couleur politique n'avait pour lui aucune espèce d'importance, ce qui ne collait évidemment pas avec l'esprit du temps où, en ce qui concernait la droite — et le spectre mordait sur la social-démocratie —, on n'admettait que deux distinctions : fasciste ou nazi. Mais il avait décidé d'arrêter, de passer à autre chose, et comme il se montrait peu disert sur les raisons qui l'avaient conduit à abandonner un commerce qui marchait si bien, on pouvait penser qu'il s'était tout simplement grillé, d'où sa fuite de Paris. Depuis il avait rencontré Grenadine (c'est le nom que donne le texte originel, mais j'imagine qu'elle devait s'appeler Vanille ou un nom de sirop) qui à ses côtés demeurait silencieuse, cheveux bouclés, visage poupin, et tenue de bohémienne. Il se spécialisait à présent dans les portraits d'enfants. En studio ? Non, à domicile. C'est là que nos talents de démarcheurs l'intéressaient. Talents, c'était vite dit, nous le mîmes un peu en garde. Il nous rassura tout de suite, il n'y avait rien à vendre. Il attendait de nous simplement que nous prenions des rendez-vous. Le décor ne changeait pas, toujours les grands ensembles de la périphérie (bien sûr, sinon il aurait fait appel à quelqu'un d'autre), on se renseignait auprès d'un gardien ou d'un locataire sur les familles ayant des enfants en bas âge dans l'immeuble, de préférence entre deux et six ans, en dessous on ne peut pas les tenir, au-dessus ils ne sont pas naturels, on propose aux parents de réaliser un portrait de l'enfant, sans obligation d'achat, ils jugeront sur épreuves.

Une fois accepté le principe d'un rendez-vous, Grenadine passe faire les photos — ce n'était pas plutôt lui, le photographe ? Il lui avait tout expliqué —, lui les tire et retourne présenter les épreuves. Si la maman est intéressée (pour la convaincre, en cas de refus, il déchire lentement la photo du bambin devant elle qui une fois sur deux se ravise) il lui montre plusieurs formats, plusieurs modèles de tirage, tramé, mat, brillant. Il monte la photo sur une planche en aggloméré avec un entourage toilé, la livre et encaisse, de sorte que, encore une fois, il insistait, nous n'avions rien à vendre, juste à prendre rendez-vous, et cinq francs par rendez-vous pris, que la photo fût ensuite achetée ou non. Ce que nous acceptâmes bien sûr, ce qui fut presque de tout repos, ce nouveau pillage de la misère où on faisait croire à des mamans que leurs enfants avaient été élus, leur offrant pour la modique somme de je ne sais plus combien un quart d'heure d'illusion pure, c'est-à-dire que cette photo, réalisée dans les conditions d'un studio (Grenadine ou Vanille se déplaçait avec tout un attirail de projecteurs et de réflecteurs), leur semblait un acompte sur une gloire future, s'imaginant déjà contactés pour un défilé de poupées Barbie, pour un tournage de la croisade des enfants ou un remake de *La Guerre des boutons*, mais un repos pour nous après l'épisode de l'encyclopédie, et tant pis si sur les photos de Grenadine ou Vanille, qui n'avait jamais croisé un appareil photo de sa vie et n'avait pas tout saisi lors de son initiation en accéléré, les enfants sortaient du cadre, ou tournaient la tête, ou fermaient les yeux, ce qui lui valait de subir les foudres de son compagnon, comment veux-tu que je vende un truc pareil, on les reconnaît tellement peu que les parents me soutiennent que ce ne sont pas leurs mômes, que je confonds avec les vilains du voisin, mais la jeune fille au sirop, toujours muette, paraissait indifférente aux remontrances, tirant sur ses cigarettes roulées aux fines herbes, attendant la fin de l'orage, et on pouvait douter, en dépit de leurs projets (après avoir fait fortune dans le portrait ils achèteraient une maison en Savoie où Grenadine se lancerait dans la confection de vêtements — il était en train de fabriquer un métier à tisser pour elle mais gare aux rayures de travers), que le couple puisse tenir longtemps. D'ailleurs quelque temps plus tard, alors que nous avions arrêté l'expérience, qui avait constitué pour nous une sorte de sas de décontamination, je l'avais recroisée, métamorphosée, ayant troqué ses jupes indiennes et ses effluves de patchouli pour un tailleur et un parfum chic, accompagnée d'un monsieur plus âgé, qui se penchait avec elle au-dessus de la vitrine d'un bijoutier, mais là encore j'avais fait semblant de rien, et elle aussi, sans doute, pour qui les enfants hors cadre étaient déjà bien loin.

5

Cette impression que le cercle d'insouciance se refermait sur nous. On voyait les plus endurcis céder peu à peu à la tentation d'une existence sinon confortable, du moins à l'abri des aléas d'une vie précaire. Les mêmes qui du temps où nous étudiions ensemble juraient que jamais ils ne se compromettraient dans un monde du travail avilissant, et refusaient à grands cris indignés ce système qui bride la création et opprime les masses, se visualisant en pourfendeurs du capital et de ses exécuteurs de basses œuvres, les mêmes finissaient par se plier aux contraintes des jours, avec l'assurance d'un salaire tombant mécaniquement à la fin du mois derrière un pupitre de l'Éducation nationale, un guichet de banque, ou de poste, passant en catastrophe des concours dans la fonction publique, des licenciés en philosophie se présentant à des examens où on n'exigeait même pas le niveau du brevet élémentaire (je les reconnais aujourd'hui dans les bureaux des administrations, ayant gardé quelque chose de leurs années de révolte, le refus de la cravate, des cheveux un peu longs sur un crâne qui se dégarnit, quelquefois un petit anneau à l'oreille). Et bien sûr, d'eux à eux, ils n'avaient rien abandonné de leur fureur d'antan, expliquant que cette situation était un poste d'observation privilégié à partir duquel ils allaient dynamiter les rouages du système, se prêtant au passage l'ambition du grain de sable. Par ce sacrifice de leurs aspirations ils poursuivaient la lutte pour la libération finale, même si leur indignation commençait à émettre des bémols ici ou là, il fallait comprendre, ce n'était pas si simple, tout n'est pas tout noir ni tout blanc.

Ce revenu, les soulageant de la recherche épuisante d'une solution aléatoire à la crise de chaque jour, leur permettait, par exemple, l'esprit apaisé, de faire une bonne photo en fin de semaine, selon l'adage — de leur cru — qu'une seule bonne photo prise un jour de repos valait mieux que tout son temps à en produire de mauvaises, ce qui voulait dire qu'on crée mieux dans le confort, ce qui les obligeait à prendre de la distance avec la posture romantique du poète maudit. Car souvent ils étaient photographes artistiques amateurs, ce qui exigeait moins d'efforts que l'écriture, moins de connaissances que la musique, et pour les nus, se tournaient immanquablement vers leurs compagnes qui du coup prenaient des poses alanguies, car c'était aussi la révolution sexuelle, et ce n'était pas le moment de paraître coincée, de mettre ses bras autour de sa poitrine en serrant les cuisses.

Pour qu'on ne confonde pas avec un exercice voyeuriste ou pornographique, on rajoutait parfois en transparence, devant le corps dénudé, le délicat réseau de nervures d'une feuille morte, ou une vitre légèrement embuée sur laquelle était dessiné du bout du doigt un dessin d'enfant représentant à grands traits une maison avec la cheminée fumante. Ce qui, cette photo de charme reliée à la nature ou à l'enfance, disait bien l'innocence du corps retrouvé, loin des fausses pudeurs et des vitupérations scandalisées des bien-pensants. Il n'y a pas si longtemps, l'un de ces modèles s'est présenté à moi. Non, j'étais désolé, je ne la reconnaissais pas. On remarquait les racines grises de ses cheveux teints en une sorte de blond cendré et un duvet sombre sur la lèvre qui se terminait aux commissures par quelques poils plus longs comme de fins pinceaux. J'avais déjà noté ce phénomène chez des femmes apparemment coquettes, et j'en avais accusé la presbytie qui empêche la vision de près quand elles se penchent sur leur miroir, et du coup négligent d'épiler ce genre d'extras (et pour les hommes les poils dans le nez). Tout le monde n'a pas la chance d'être myope. Le regard était clair, d'un bleu passé, tout juste souligné d'un trait sur la paupière. L'usage des crèmes devait lui être interdit au nom de l'idée de nature, ce qui rendait son teint légèrement rosé et n'avait pas permis d'atténuer les rides au-dessus de ses pommettes.

On avait eu à subir un endoctrinement sévère sur le sujet lors de la première vague écologiste. Et visiblement elle s'y était tenue. Sans doute avait-elle lu il y a très longtemps que le meilleur ami de la peau, c'est le savon de Marseille pour peu qu'on le produise soi-même. On pouvait lire des conseils semblables autrefois dans un livre qui avait fait fureur auprès de ceux qui rêvaient d'un changement de vie radical, fac-similé d'un cahier manuscrit, illustré par l'auteur lui-même, et sans soute autoédité, dans lequel on fabriquait sa propre brosse à dents en écrasant l'extrémité d'une branche de sureau. Car la résistance au consumérisme commençait par un boycott total des produits industriels, lesquels étaient, outre le symbole d'une exploitation éhontée, la source de tous nos maux et une cause d'empoisonnement de la planète. Avec raison, bien sûr. De sorte que la meilleure parade au système était de s'en passer et de proposer une solution de remplacement aux indispensables. Le shampoing ? On se cassait deux œufs sur la tête et on se rinçait à l'huile d'olive. La lessive ? On récupérait les cendres de la cheminée, et on mettait à tremper. Quant au dentifrice, j'ai oublié, mais c'était peut-être de la pomme pilée, malaxée avec de la sauge. Son auteur a dû depuis faire fortune dans la communication après avoir envoyé les volontaires affronter les pentes humides de l'Ariège en tenue de Cro-Magnon. Si on suivait ses conseils à la lettre, on s'épanouissait dans une autarcie complète sans avoir rien à demander à personne, ce qui semblait être l'objectif.

Pétrir son pain soi-même, c'était le b.a.-ba, l'examen d'entrée dans la secte, à condition d'inclure dans la farine non seulement le germe de blé, mais l'épi, la paille et un peu de compost pour que rien ne se perde des précieux oligoéléments et vitamines qu'on ne trouvait plus dans le pain blanc. Dans *Moby Dick*, Herman Melville développe tout un chapitre sur la blancheur. Selon lui, la blancheur n'est pas l'expression de la pureté et la vêture des anges, mais le symbole du mal. Le cachalot blanc, bien sûr, mais aussi l'écume qui va engloutir le *Pequod*, la glace. Il aurait pu ajouter le pain blanc, la farine blanche, le sucre blanc, le riz blanc, tous honnis par ces nouveaux adeptes d'un retour à la nature en quête de pureté originelle. Peut-être, de la part de ces jeunes gens, héritiers d'une longue histoire de guerres et de rapines, et qui dénonçaient violemment la colonisation blanche dont le dernier avatar se jouait au Vietnam, une forme de détestation de soi camouflée, mais le fait est que le salut passait par le pain complet, la farine complète, le riz complet qui tous prenaient une teinte bistre, et même le sucre non raffiné, dit sucre roux qui contrairement aux morceaux bien parallélépipédiques, immaculés, qui avaient apporté un peu de douceur à notre enfance allait soi-disant nous éviter les séances chez le dentiste et ses remontrances sévères, tandis qu'il nous vrille la mâchoire à la roulette, contre l'abus des sucreries. Sans doute aussi, par ce déni du blanc, le désir de se désolidariser de plusieurs siècles d'expansion brutale, et de rejoindre la cohorte mondiale des opprimés. Le tiers-monde était alors une entité pure, aux causes justes, sans nuances, une géographie mentale uniforme et homogène, dont la domination blanche et son arme fatale, le capital, empêchaient l'émancipation. Le tiers-monde était bistre.

Autant dire, ce projet de retour à la vie sauvage, un retour à la hutte, à la case départ. Et autour de la case, l'indispensable jardin potager, avec ses plants de marijuana (pour un bon tiers), de navets, de topinambours, de rutabagas (toute une gastronomie de guerre qui assimilait cette révolution à la Résistance), et à la saison, les produits habituels, tomates, haricots verts, salades, mais privilégiant les formes plus rustiques, non dénaturées par tous les docteurs Folamour de Rhône-Poulenc et d'Union Carbide, la pomme de terre des Andes, le concombre de l'Himalaya, et le melon de la XIIe dynastie. Ce qui permettait, purgés des graisses sursaturées des manipulations industrielles, de redécouvrir les délices de la soupe aux orties et du pâté de lombric, ce qui obligeait — et la planche était très précise — d'apprendre à distinguer les champignons hallucinogènes des comestibles (les hallucinogènes, c'était pour le dessert), de même la pharmacopée était fournie par les plantes de la forêt voisine et les rites chamaniques hyperboréens. Une fois réglé le problème de l'éclairage grâce aux bougies de cire produites par la ruche au fond du jardin, installé dans la chambre à coucher la couveuse à cocons, le rouet et le métier à tisser avec lequel on habillera toute la famille, fait bouillir une tonne de coquelicots pour repeindre les volets en violet, utilisé la lune déclinante comme puissant contraceptif à la troisième heure de la nuit, on pouvait passer en sifflotant devant le supermarché du coin, vêtu d'un élégant costume en toile de jute. On attendait avec impatience le second tome : fabriquer son piano soi-même à l'aide de palettes de chantier (récupérer les huîtres et les moules pour les touches), et électrifier sa guitare, dont on aura creusé la caisse dans une citrouille, avec une chandelle de suif. Ça y est ? Tu as fini ? Maintenant dis la vérité. Ce livre, pour avoir abondamment rêvé dessus, tu te souviens très bien de son titre : *Savoir revivre.*

Il y a peu, à l'occasion d'une petite foire du livre organisée sur la place d'un village perché de

Provence, il a resurgi brutalement. Je ne m'approche jamais trop près des étals de peur d'avoir à engager la conversation avec le libraire en feuilletant un ouvrage, et à moins d'être sûr de mon acquisition, je préfère passer au large. Il était là, occupant l'angle d'un plateau nappé d'un tissu vert, la couverture immédiatement identifiable à son motif fleuri, enfantin, avec cet oiseau gris plongeant sur un petit ver rampant sur une feuille, rappelant sans doute, comme dans une vanité du XVIIe siècle, que la vie naturelle n'est pas toujours tendre, le cœur des lettres percé d'une étoile à cinq branches et le nom de l'auteur, ainsi que le texte du livre, calligraphié par ses soins, semblant faire fi de cinq siècles d'imprimerie pour retrouver la patience et la pieuse application des moines copistes. Je remarquais aussi, en dépit de son côté cahier scolaire, qu'il n'avait pas été publié à compte d'auteur mais chez un grand éditeur parisien. La récupération est aussi un art du capital. On devait le découvrir plus tard. Les couleurs avaient passé, qui lui donnaient l'aspect d'une vieille tapisserie, d'un vieux gobelin, comme s'il remontait à une époque bien antérieure, contemporaine plutôt de mes grands-parents, prenant du même coup un sacré coup de vieux, à quoi renvoyait aussi son format, inhabituel, semblable aux livres de prix remis aux bons élèves autrefois. Son pouvoir d'évocation avait jauni lui aussi, les tentatives frugales de retour à la nature s'étant le plus souvent soldées par des débandades lamentables, avec le temps on avait fini par oublier combien ces jeunes gens à la recherche d'une autre vie avaient été la risée des bien-pensants. On s'était moqué d'eux, de leurs élevages de chèvres, de leurs fromages artisanaux, de leurs vestes sans manches en peau de mouton retournée, de leurs sabots rustiques, de leurs principes d'éducation — les femmes donnant le sein aux bébés, se dépoitraillant ostensiblement à l'heure de la tétée tout en vantant sur le marché les mérites de la gelée royale —, de leur refus du confort, et bien sûr de la télévision et de toutes les stupidités de la modernité, comme s'ils anticipaient une ère postatomique qui imposerait ce retour aux pratiques anciennes, ce qui passait par ces recettes d'un autre âge, lesquelles, pour certaines, ne remontaient pas si loin, et notamment ce souci de ne rien jeter, je venais de ce monde-là, ce qui ne se justifiait pas seulement par un souci d'économie devant la rareté des objets, ce qui relevait aussi d'une forme d'animisme, toutes choses étant également précieuses, même un clou rouillé était jugé digne d'intérêt, comme s'il existait un esprit des clous rouillés. De sorte que cette attention au monde, à la rumeur du ciel, au langage des oiseaux et des fleurs, n'était qu'une manière pour la plupart — et beaucoup étaient des citadins, coupés de cette vie rustique par l'exode rural qui avait vidé les campagnes au cours du siècle — de renouer avec un monde dont ils avaient perçu, enfants, auprès de grands-parents souvent, les derniers échos. Un monde fustigé par les propagandistes du progrès, déclaré obscurantiste, clérical et réactionnaire (une des injures les plus méprisantes consiste toujours à traiter quelqu'un de plouc), dont leurs parents avaient été pressés de se débarrasser, le reniant comme Pierre son ami arrêté par les soldats de Rome, jurant que non, je ne viens pas de là, de ces campagnes profondes hostiles aux lumières de la ville, entraves à l'inéluctable marche en avant de la technique et des sciences, se livrant dès lors, ces jeunes gens, à un travail d'archéologie des rites et des pratiques anciennes, de remise à jour des habitudes et des modes de pensée d'autrefois, autrement dit, cette vie par anticipation dans laquelle ils se projetaient, sous couvert d'une utopie en sabots, une sauvegarde du monde ancien dont ils pensaient, à rebours de cette idéologie du progrès, qu'il était porteur d'avenir, qu'il possédait tout un arsenal de secrets pour affronter l'inévitable apocalypse, au moment où l'emballement des sociétés outrancières, abusivement consommatrices, conduisait à court terme à l'épuisement du grand corps de la terre.

C'est tout ce que racontait à sa manière ce livre, dont le graphisme renvoyait à l'esprit d'enfance, celui-là vers lequel il convenait de se retourner pour renouer le fil avec les générations disparues et se nettoyer du formatage idéologique de la société postindustrielle, l'esprit d'enfance contre la suffisance et l'arrogance de la pensée technologique et scientifique, l'esprit d'enfance contre le refus de l'homme nouveau et de la table rase du passé, l'esprit d'enfance contre le cynisme des derviches tourneurs du capital, et si je ne le note pas, personne ne le fera : dans les salles de cinéma d'art et essai qui projetaient des films d'auteurs jugés moins grand public, lorsque la première partie de la séance annonçait un dessin animé (qui était alors l'apanage des seuls enfants), il fallait entendre la réaction spontanée de l'assistance manifestant bruyamment son contentement, et par ses rires un peu volontaires, un peu forcés (or, certains dessins animés tchèques, stylisés, formalistes, étaient sinistres), s'appliquant à démontrer que si exigeants que fussent ses goûts culturels, elle avait gardé cette innocence, cette fraîcheur, cette proximité avec le monde irrationnel de l'enfance, par quoi, ces rires mis en scène, elle prouvait — c'était un public d'étudiants — qu'elle n'était pas contaminée, qu'elle saurait, elle, échapper au sérieux de la vie d'adulte — ces rires, ou plutôt cette forme de réapprentissage du rire, comme antidote à l'esprit de sérieux du monde adulte, étaient un engagement à ne pas céder.

Au moment où la notion d'autorité était contestée de toutes parts, les mêmes qui l'avaient dénoncée se mettaient à la recherche de maîtres. Mais pas les maîtres reconnus, non. Ceux qui possédaient ce savoir occulte dont la transmission avait été interrompue, étaient à rechercher parmi les plus humbles, principalement les vieux et les paysans, ce qui, ce renversement des hiérarchies renvoyant de manière voilée aux Évangiles où les derniers deviennent les premiers, collait cette fois avec l'idéologie dominante. Les jeunes gens couraient les campagnes pour recueillir la bonne parole, celle qui apprend à faire pousser les plantes, à lutter sans insecticides contre les parasites, à identifier les baies, à lutter contre le froid de l'hiver, à contempler les matins triomphants. De la bouche souvent édentée de ces puits de mémoire tombait le miel de la connaissance vraie.

J'avais rêvé abondamment sur ce livre, imaginant même — ô pénible souvenir — que pour ce retrait du monde qui me dispenserait d'avoir à l'affronter, je pourrais éventuellement investir la petite maison de la tante Marie dans notre jardin, une sorte de béguinage constitué d'une seule chambre et d'une cuisine — où avait vécu sans autre confort que l'eau froide à l'évier notre institutrice dévote — et dont je projetais d'aménager les combles, lui adjoignant également, en perçant un mur, l'ancien atelier mitoyen de mon père (ce que, de fait, à d'autres fins, je fis plus tard). Ce programme de vie minimale s'inspirait de la modeste cabane du vieux Kamo no Chômei, et de celle à peine plus vaste que le jeune Thoreau — il avait alors vingt-huit ans — éleva de ses mains, près de Concord, Massachusetts («Vers la fin de mars 1845, ayant emprunté une hache, je m'en allai dans les bois qui avoisinent l'étang de Walden, au plus près duquel je me proposais de construire ma maison, et je me mis à abattre quelques grands pins blancs encore en leur jeunesse, comme bois de construction»), ce qui lui en coûta, cette installation, pour laquelle il dut tout de même acheter des clous et des planches, 28 dollars et 12 cents et demi. Comme lui et le sage Kamo qui avait semé quelques plantes médicinales au nord de sa cabane, je me voyais cultiver le parterre de légumes dans le fond du jardin, où jusqu'alors n'avaient poussé sauvagement que des fraisiers et de l'oseille, ce qui, bien que confondant orties et plants de pomme de terre, m'apparaissait moins pénible que de m'avancer dans le monde, comme il semblait que j'étais alors, démuni, bras ballants, sans autres talents que ma prétention. Mais cet ermitage, jamais je ne l'imaginais pour moi seul. C'est ce qui m'arrêtait dans le récit de Thoreau, cette cabane construite comme une démonstration de ses thèses, non comme une retraite, et où comme James Dean dans *À l'est d'Éden*, il regardait en solitaire pousser ses haricots, quel plaisir (il avait planté un hectare de pommes de terre, de fèves, de blé et de maïs, ce qui fait de lui un bon fermier américain, au lieu que le vieux Kamo grimpe jusqu'au sommet de la montagne et contemple les villages lointains dans la vallée. « Les beaux paysages n'ayant pas de propriétaires, chacun peut sans contrainte se consoler en les contemplant. ») Cet ermitage n'avait pour moi de sens que lié à mon autre rêverie, ce qui m'amenait à formuler cette aporie : la solitude, ça se partage. Mais pas avec n'importe qui, avec la femme aimée, bien sûr. (Chateaubriand, ambassadeur perclus de rhumatismes, se livrant à des fouilles dans la campagne romaine à la recherche de morceaux de colonnes pour tailler le tombeau qu'il prévoit d'ériger à la mémoire de Nicolas Poussin dans l'église San Lorenzo in Lucina, et écrivant à Juliette Récamier : « Je faisais un seul vœu : c'était que vous fussiez là. Je consentirais volontiers à vivre avec vous sous une tente au milieu de ces débris. »)

Étrangement, c'est au milieu de ce désordre libertaire qui imposait d'aimer à tout-va, pour qui le désir commandait de passer d'un corps à un autre, sans réelle distinction, que le bouche-à-oreille diffusait, à mots couverts, dans les mêmes milieux marginaux, l'histoire d'un amour unique et lumineux, un éloge de la monogamie, de la répétition des mêmes gestes amoureux, éternel émerveillement chaque jour recommencé. Ainsi je n'étais plus tout à fait seul dans ma rêverie, elle avait trouvé son Cantique des cantiques, son *Livre des merveilles*, son blason du corps féminin. Son auteur était né d'un père persan, Medjid Rezvani, un magicien fantasque et absent mais qui compte parmi les grands noms de la prestidigitation au point d'avoir écrit au début des années 1950 un livre de référence pour les escamoteurs (manipulateurs ou pickpockets, selon la profession), et d'une mère émigrée, éminemment russe dans sa mélancolie, qui avait confié l'éducation de son fils aux pensions ouvertes par les exilés blancs de la révolution d'Octobre, dans la banlieue parisienne. Ce qui ne ferait que le récit d'une enfance ballottée et malheureuse, si *Les Années-lumière* ne s'achevait sur la rencontre définitive avec la femme aimée, ouvrant sur sa suite, *Les Années Lula*, et l'implantation du couple dans un vallon perdu des Maures.

Dans un entretien qu'il avait donné pour un revue d'écologie, *Le Sauvage*, où il était question de toutes ces expériences nouvelles de retour à la campagne (fabriquer ses panneaux solaires, son éolienne, son compost, lire les transcendantalistes américains, la poésie chinoise, saluer le soleil), dont il était devenu à son corps défendant un modèle, ayant anticipé le mouvement de plusieurs années, et où je le découvrais enfin en photo avec sa femme Lula qui était bien comme il en parlait, longues jambes, chevelure épaisse, grands yeux sombres, lèvres pulpeuses, une vraie beauté, j'avais retenu ceci, et qui correspondait à ce que tous deux avaient mis en œuvre quand ils avaient décidé de quitter Paris pour le massif des Maures, préférant l'inconfort de leur petite maison isolée au bouillonnement de la vie parisienne (il était peintre et dans l'immédiat après-guerre avait été l'ami de Dmitrienko), donc ceci, qui dans la bouche de cet homme n'était pas une parole en l'air mais la réponse à l'obsédante question du lieu et de la formule : Quand on s'aime il faut partir.

Ce qui me semblait une réponse juste, la seule à laquelle on pût raisonnablement accorder un crédit. Comme si tous ces mouvements d'idées, cette volonté de changer le monde, ces expérimentations d'une autre vie, n'avaient eu d'autre but que d'ouvrir la voix à la maison des Maures. Dans les premières années de leur installation, Rezvani raconte qu'ils s'éclairaient à la bougie et à la lampe à pétrole. C'est même cette absence d'électricité qui l'avait poussé à jouer de la guitare et à composer des chansons quand à Paris ils avaient l'habitude d'écouter de la musique sur un petit électrophone, ce dont ils étaient privés. (« Il m'est arrivé souvent de sortir dans la nuit sous les palmes de la terrasse pris soudain d'une sorte d'irrésistible sanglot de ce trop de bonheur. Par la fenêtre restée ouverte, je voyais l'amour de ma vie dans la belle lumière dorée des lampes à pétrole, et je souffrais, le cœur douloureusement étreint de la nostalgie d'un présent si délicat, si juste, dont la sublime beauté n'avait pu se former que pour demeurer suspendue dans l'éternel. ») Or la lampe à pétrole, sa lumière dorée, je connaissais. C'est elle qui nous éclairait pendant les rugueuses tempêtes d'Atlantique qui à chaque saute d'humeur de l'océan arrachaient les fils électriques, nous condamnant à ce retour aux temps anciens. Nous en avions toute une collection, toujours à portée de main, de la lampe-pigeon en étain aux plus volumineuses avec leurs hautes cheminées de verre et dont le réservoir en bulbe de verre rosé pouvait contenir près d'un demi-litre de pétrole raffiné.

J'en avais ramené une dans la mansarde mais je ne crois pas qu'elle ait jamais servi pour cause de coupure de courant, juste une fois ou deux, après avoir volontairement fermé les interrupteurs, pour juger de l'effet produit, couplé avec le ronronnement et les miroitements du poêle. Si j'avais pensé au béguinage de la tante Marie, c'était vraiment la preuve de mon désespoir, ça n'avait duré que le temps d'un après-midi où nous étions venus recharger la 2 CV vanille en bois de chauffage et je m'étais bien vite rétracté. Peut-être aussi une manière de ne pas se rendre sans résistance aux séductions du Sud et de démontrer aux cousins et à leurs amis la possibilité d'ouvrir un autre front, à l'Ouest.

Nous avions été leur rendre visite dans leur nouvelle résidence au milieu des pins. Après avoir accumulé les heures de surveillance, déposé des rangées de petits cailloux sur le bord des volets pour s'assurer que nul ne venait en leur absence, ils avaient décidé de prendre possession des lieux. La voie était libre, cette maison et ses dépendances leur tendaient les bras. Ce fut quelques mois plus tard qu'un matin l'un d'eux, ouvrant les volets, vit comme des éclairs jaillir de derrière les buissons, les premiers rayons du soleil jouant dans les visières d'une armée de CRS. Il y avait dans les parages des voisins bienveillants que ces jeunes gens aux cheveux longs et aux mœurs de sauvages indisposaient et ils en avaient averti la force publique qui s'était levée à l'aube pour nettoyer, matraque à la ceinture et fusil d'assaut en main, ce nid de terroristes. Ce qui leur valut quelques heures au poste et une succession d'interrogatoires dont ils se tirèrent avec leur faconde inimitable. Je ne dispose que de leur version, bien sûr, et je connais leur art d'enjoliver les histoires, sans doute n'étaient-ils pas aussi fringants, mais c'est celle-là que je crois, et le fait est que le soir même, ils étaient de retour au milieu des pins, après s'être engagés sur l'honneur à se mettre en accord, non pas avec la loi, il n'y avait pas eu de plainte, sinon celle des grincheux, mais avec la riche propriétaire retrouvée dans une maison de retraite, qu'ils inondèrent de fleurs et de mots drôles, et à qui ils versèrent un loyer symbolique jusqu'à sa mort. Ensuite, comme elle n'avait pas d'héritier, qu'elle léguait ses biens à une fondation qui n'en voulait pas et s'en désintéressa, tout rentra dans l'ordre. C'est-à-dire qu'ils cessèrent de verser les loyers.

Nous n'avions pas encore la 2 CV vanille, ou peut-être n'était-elle pas assez vaillante pour faire un aussi long trajet, et c'est en auto-stop que nous avions gagné le Sud, reprenant mon ancien chemin de transhumance, via Poitiers, Lyon et l'ancienne nationale 7, car il nous était difficile d'accéder aux aires d'autoroute. Nos bagages avaient encore réduit et pour la nuit nous ne disposions que d'un seul fin duvet de nylon, sur lequel, ouvert, j'avais cousu un drap pour éviter l'encombrement d'un second sac de couchage. J'avais prétexté que, passé Lyon, les nuits étaient chaudes et qu'il y avait une ligne, à hauteur de Valence, après laquelle il n'y avait même plus la rosée de l'aube. Je n'ai pas souvenir de nuits froides, mais de nuits pluvieuses, qui nous obligeaient à nous abriter pendant l'orage sous les arbres. Chacun sait que ce n'est pas recommandé, mais le drap qui nous couvrait n'était pas d'une étanchéité parfaite. Je maintenais que mieux équipés, nous aurions eu à subir les mêmes désagréments, que mes choix initiaux n'étaient en rien remis en cause. Si au fil des voyages mon bagage s'allégeait, je me dotais cependant de cartes routières de plus en plus précises. Non pas des cartes d'état-major — on n'est pas là pour envahir le pays —, mais au 1/100 000e, qui autorisent une lecture assez précise du paysage et de ses installations, et me permettaient d'annoncer qu'à la sortie du village nous aurions à passer sous un pont de chemin de fer.

La compagne des jours tristes supportait cette vie de bonne grâce, se lavant avec l'eau d'une bouteille ou d'autres fois se faufilant dans les toilettes d'un camping sur la promesse d'une douche chaude. Nos amis routiers étaient toujours aussi sympathiques, l'un s'arrêtait, prétendait ne pouvoir embarquer qu'une seule personne, au hasard, la fille, et pour moi, que je ne m'inquiète pas, il prévenait par CB son collègue, je reconnaîtrai son camion, une cabine rouge, je n'aurai qu'à lui faire signe. Bien sûr, en tendant le pouce, par exemple. Mais dans l'ensemble, nous avions moins longtemps à attendre que lorsque je voyageais seul. L'effet Claudette Colbert jouait à plein. Dans *New York-Miami*, c'est elle qui arrête les voitures en soulevant discrètement le bas de sa jupe, après que Clark Gable s'est livré à une démonstration pitoyable de *hitch-hiking* en agitant de diverses façons son pouce avec autorité, sans autre résultat que le ridicule pour lui. La compagne des jours tristes avait tenu à emporter, ce qui lui avait valu des remarques désagréables de ma part quant au surpoids qu'elle nous imposait, une trousse de fards à paupières, vernis à ongles, flacons et tubes de crème, ce qui détonnait là encore, ce souci d'élégance, au milieu de la horde des marginaux que l'on suspectait de se laver épisodiquement (alors qu'au contraire il y avait un rituel du bain dans les communautés) et de transporter des poux, dont la mode des cheveux longs n'était pas pour rien dans la recrudescence. D'ailleurs les routards entre eux s'appelaient des *freaks*. Et quand plus tard je vis le film de Tod Browning, dont le titre français, *La Monstrueuse Parade*, dit assez bien le propos (tous les tordus et estropiés d'un cirque se vengeant de la belle trapéziste qui s'est moquée de l'un d'eux, Hans, le lilliputien, en feignant de l'épouser par amour quand elle en voulait à son héritage), je compris que c'était une interprétation assez fidèle du regard que portaient sur nous tous les monsieur Poirier dans leur petite auto.

Depuis ma première visite, embusqué derrière les troncs des pins, je ne reconnaissais presque plus les lieux. Les cousins et leurs amis avaient abattu quelques arbres pour aménager un cimetière de voitures dans lequel ils piochaient pour aider l'un ou l'autre à se construire soi-même son automobile. La maison principale avait proliféré, des pièces avaient poussé au rez-de-chaussée et, à l'étage, les ouvertures de bric et de broc mêlaient le hublot de cargo au pare-brise arrière d'une traction, la porte de ferme aux fenêtres XVIIIe. Le premier mazet avait aussi bénéficié d'aménagements considérables au point que le bâtiment primitif disparaissait au milieu de ses extensions et de ses multiples terrasses. Restait le second, plus modeste, mon favori, qui attendait son futur propriétaire de retour bientôt d'Afghanistan mais qui avait déjà réservé sa place, et dont on pouvait penser qu'il ne resterait pas longtemps en l'état. Il était entouré d'un grillage derrière lequel gambadaient deux petites chèvres, l'une immaculée, l'autre brune avec un trait noir sur le dos, comme un trait au pinceau. Bien qu'étant plus urbains que campagnards, les membres de la joyeuse bande s'étaient sentis obligés de verser leur quote-part à l'esprit du temps. Mais le mirage d'un fromage parfumé aux herbes de Provence s'était vite évanoui quand, les mois passant, il apparut que les aspirants pasteurs s'étaient fait proprement rouler en achetant, non pas deux chevreaux comme on leur avait annoncé, mais deux chèvres naines, qui plus est stériles, et d'un rapport nul. Comme il n'était pas question d'en faire des brochettes, du coup on ne leur demandait rien d'autre que de batifoler dans le paysage. On les lâchait quelques heures dans la matinée puis elles étaient invitées à rentrer dans leur enclos de peur qu'elles s'égaillent dans la nature. C'est là, dans la résidence des chèvres qui n'avaient pas droit au cabanon, qu'à notre insistance nous emménageâmes. La pièce unique n'avait besoin que d'un coup de balai et d'un époussetage des toiles d'araignée. Une fois la place nette, on apporta un canapé dépliant récupéré sur un trottoir, un tapis que je reconnus pour l'avoir vu dans le salon de la maison des grands-parents, deux bougeoirs et un réchaud. Pour la salle de bains, on bénéficiait de la cabine du cargo. Sans doute nous l'avait-on envoyée, mais j'ai encore le souvenir d'une photo de la compagne des jours tristes devant la porte bleue du cabanon, gracieuse dans une robe blanche, tendant prudemment une feuille à une petite chèvre gourmande. Cette photo seule pourrait faire penser à un séjour dans la maison des Maures, mais il manquait l'essentiel.

Pour le retour, plutôt que de reprendre la route traditionnelle j'avais choisi de contourner le Massif central par le sud. À la sortie de Millau, nous avions embarqué dans l'inévitable 2 CV, dont le coffre croulait. Notre chauffeur avait même dû dégager une partie du siège arrière pour nous faire de la place, et je me félicitai de notre faible bagage. Car lui déménageait. Après plusieurs années dans une communauté des Cévennes, lassé par le tour qu'elle prenait, c'est-à-dire lui seul à travailler (il n'était pas étudiant et son savoir-faire de jeune ouvrier avait été une aubaine pour les étudiants fumeurs de joints), il avait décidé, désabusé, de s'en retourner chez lui, en Vendée. Le matin même il avait chargé sa cargaison de pots de miel, comme s'il allait au marché (c'est lui qui avait installé les ruches dont il disait que dorénavant il n'y aurait plus personne pour s'en occuper, ce qui lui fendait le cœur), et était parti sans rien dire. Il était mélancolique et racontait volontiers son expérience communautaire. Pour lui qui n'avait pas fait d'études, la rencontre de ces jeunes gens avait été une chance. Il avait pris goût aux longues conversations philosophiques, aux débats d'idées, avait découvert le bonheur de la lecture — il remontait d'ailleurs une caisse de livres estimant que par son travail il les avait bien mérités —, les filles ne repoussaient pas ses mains de travailleur et il semblait tellement regretter sa décision que nous avions du mal à comprendre ce qui l'avait poussé à partir. Le sentiment, le temps passant, d'être moins considéré, comme si l'ancienne hiérarchie reprenait ses droits, les intellectuels en haut, les manuels en bas. Et puis les enfants, livrés à eux-mêmes à qui il ne fallait rien interdire, et dernièrement, il y avait eu la goutte d'eau, le trop-plein : l'un d'eux, particulièrement détestable, avait inventé de se caresser à table. Un peu trop pour une éducation vendéenne. Et comme on lui avait reproché sa remarque, il avait discrètement fait ses bagages (en 1793, le jeune Hölderlin démissionna de son poste de précepteur à Waltershausen chez l'amie de Schiller, Charlotte von Kalb, à cause de la masturbation de son élève Fritz), rempli le coffre de sa voiture, et annoncé qu'il descendait vendre son (enfin pas le sien, bien sûr, revendiquer une possession, c'était s'exposer à une contrition publique et un blâme de la communauté sous l'accusation de déviationnisme petit-bourgeois) miel au marché. Il nous laissa du côté de Bressuire, ou de Fontenay-le-Comte, et nous offrit un grand pot de son miel de châtaigne.

Le texte originel, beaucoup plus bavard sur les pratiques de la communauté, conduit « il » (moi, ou à peu près) à évoquer une autre confession désabusée, celle d'un autre jeune homme éploré que de fait j'avais rencontré deux ou trois ans plus tôt alors que je m'apprêtais encore une fois à rejoindre les cousins et leurs amis. Posté sur le bord de la route, j'avais vu arriver au ralenti, dégageant une fumée sombre, une vieille 403 bleu métallisé qui s'arrêta à ma hauteur dans un tintamarre de char d'assaut. Je crus d'abord à une simple coïncidence. Mauvais présage, cette voiture tombait en panne juste devant moi. Mais non, le chauffeur me faisait signe. Personnellement je ne connaissais rien en mécanique, je ne lui serais d'aucun secours. Pas du tout, il s'informait de ma destination. Lui-même se rendait à Varennes-sur-Allier, ce qui de fait m'arrangeait, je rejoignais la nationale 7 et, de là, je n'aurais plus qu'à me laisser glisser vers le grand Sud. Ce ne fut cependant pas sans appréhension que je lançai mon sac à dos sur la banquette arrière et pris place à côté du chauffeur. Le coude en appui sur la vitre baissée de la portière, la tête dans la main, il remonta en grimaçant son levier de vitesse au volant, et la voiture redémarra au pas. Cinq cents mètres plus loin elle atteignait sa vitesse de croisière, autour de trente kilomètres-heure. L'embrayage est mort, expliqua l'homme épuisé, qui changeait de pied quand la crampe menaçait, ce qui lui donnait une curieuse position, puisque, son pied gauche sur la pédale d'accélérateur, il croisait les jambes. Je fis semblant de compatir en connaisseur, mais je m'en voulais d'avoir accepté d'embarquer, alors que la file des voitures s'allongeait derrière nous, attendant une portion de ligne droite pour manifester son mécontentement. Le moteur rugissait et dès qu'on lui demandait un surcroît d'effort, après quelques soubresauts, calait net. Ce qui m'obligeait à descendre pousser. Je m'arc-boutais sur le coffre arrière, sous le regard furibond des automobilistes qui ne nous avaient pas encore doublés, m'aidant parfois de l'épaule pour ébranler la masse de tôle, dérapant sur le gravier et au moment où la voiture se relançait, immanquablement je perdais une de mes espadrilles à semelle de corde, la ramassais, courais à côté du monstre, et m'agrippant à la portière ouverte, je me replaçais d'un bond sur le siège. Le chauffeur reprenait alors le récit douloureux de ses amours.

Il avait trente ans, des cheveux bouclés, un pull marin, et, derrière ses lunettes rectangulaires, des yeux rougis par les nuits de veille et le chagrin. Il travaillait dans l'hôtellerie et, pendant la saison d'hiver, était tombé amoureux fou, à Chamonix, d'une serveuse qui vagabondait comme lui de mer en montagne selon les transhumances touristiques. Il l'avait suivie à Nantes où elle vendait du poisson, place Neptune, décrivant une fille superbe, sensuelle, qui brûlait la vie par les deux bouts, toujours en manque d'argent qu'elle dépensait sans compter, claquant en trois jours ce qu'elle avait gagné en trois mois, descendant dans les grands hôtels, fréquentant les endroits les plus chics, s'habillant chez les couturiers, puis, son argent épuisé, retournait vendre du poisson ou servir des steaks-frites à la chaîne dans le snack d'une ville côtière. Mettant leurs cagnottes respectives en commun, ils avaient passé quinze jours ensemble en Bretagne, circulant dans un cabriolet loué, écumant les stations balnéaires, avalant des marées de coquillages, jouant au casino où ils avaient bénéficié d'une chance insolente, rentrant s'aimer au petit jour dans des chambres d'hôtel avec vue sur mer, où sur un claquement de doigts (il fit le geste) on les servait comme des princes.

Puis, à Audierne, l'argent avait commencé de manquer. Lui était d'avis de chercher un emploi sur place, alors qu'elle voulait continuer leur dérive, il y avait eu des mots, des hurlements, des insultes, et même des coups. Au bout d'une nuit d'enfer, elle avait claqué la porte. Il avait couru après elle sur le port au milieu des caisses de poissons que les pêcheurs débarquaient des bateaux et entassaient sur le quai. Un marin, casquette de toile sur la tête, poings sur les hanches, leur avait lancé : c'est beau l'amour, tandis qu'il essayait de la saisir par le bras, elle se dégageant, le traitant de pauvre type, de minable menant une vie de minable, lui n'ayant plus d'autre proposition à lui faire que de se jeter à l'eau, eh bien vas-y, saute, mais plus loin, ici on te ramassera dans un filet. Avaient suivi huit jours d'agonie à s'entre-déchirer, leur désir exsangue, et puis elle était partie avec un joueur de passage croisé pendant leurs nuits fastueuses, retrouvé par hasard — mais par hasard, vraiment ? — dans les rues d'Audierne, partie comme ça (et il avait claqué les doigts), à la seconde, abandonnant toutes ses affaires, ses robes et ses chaussures dont certaines n'avaient jamais été portées, lui laissant la note faramineuse de l'hôtel, ce qui l'avait obligé à déménager à la cloche de bois, à dormir plusieurs nuits sur la plage, sans couverture, enroulé dans sa veste, se postant non loin de l'hôtel dans la journée, caché derrière des casiers de homards, dans l'espoir de la voir revenir — non pour lui, mais pour ses affaires —, ne se rasant plus, mangeant les débris des fins de marché, plus clochard qu'un clochard. Il répétait qu'il n'était pas possible d'être aussi malheureux, qu'au-delà c'était la mort, et tandis qu'il se repassait le film tragique de sa passion, je cherchais sur le visage éploré de ce témoin fulgurant le secret des très hauts de l'amour. Car il l'avait aimée, cette femme tentatrice, à la hauteur de son chagrin, à peine la frôlait-il qu'il avait envie d'elle, je pouvais la contempler sans me lasser (« Le jour le plus long est le jour de ton visage, ô toute aimée, comme la fleur inconnue qui soudain s'ouvre au mur de l'enclos du chagrin » — Jacques Crickillon). De temps en temps, la conduite ne requérant pas une attention soutenue, il appuyait son front sur le volant et pleurait comme un enfant. Quand la pente s'élevait, que le moteur s'emballait, sans qu'il eût besoin de me faire signe, je descendais spontanément pousser la voiture, avec d'autant plus d'énergie désormais qu'elle s'identifiait pour moi au char de l'amour. Il l'avait acquise pour une bouchée de pain, après avoir fait la plonge dans un restaurant, le vendeur lui assurant qu'elle était suffisamment robuste pour le mener au bout du monde, et d'une certaine manière il y était.

À notre retour du Sud j'avais trouvé un emploi de pompiste de nuit dans une station-service située à deux pas de notre mansarde, dont j'avais peut-être lu l'annonce en passant, sur la vitrine. Mais une des premières stations automatiques, de sorte que certains rechignaient encore à se servir eux-mêmes, et je me souviens (même si on ne trouve rien dans le texte originel sur ce travail nocturne) avoir dû remplir le réservoir d'une voiture américaine conduite par une mère maquerelle qui préférait me dédommager d'un large pourboire plutôt que de risquer de tacher sa fourrure blanche. On m'avait juste mis en garde contre les agressions nocturnes. Plus loin un pompiste avait été poignardé — on doit pouvoir retrouver ce fait divers — et il fut question de me donner un chien, mais j'avais déjà lu le vieux Kamo (et en plus vous voudriez que j'aie le souci d'un chien ?). Je me préparais mentalement à ne pas résister et à présenter immédiatement mon tiroir-caisse, mais lorsque deux voyous entrèrent au milieu de la nuit dans ma cage vitrée, alors qu'un troisième, après avoir fait le plein, avait déjà remis son moteur en marche, je sus tout de suite que les choses ne seraient pas aussi simples que mon scénario les avait imaginées. Je voyais qu'ils étaient aussi tendus que moi, fermés, décidés, tous leurs sens mobilisés en vue de l'affrontement violent, et qu'une explication à l'amiable, je vous en prie, servez-vous, ne vous gênez pas pour moi, n'aurait aucune chance d'aboutir (depuis ne me font plus rire les histoires semblables, même de Pieds Nickelés, où l'on néglige la terreur de l'agressé derrière son guichet). Par chance une voiture se rangea au même moment devant une pompe et ils déguerpirent, ce qui prouve que je n'avais pas affaire à des cadors. Or pas un mot, dans le texte originel. Ce qui aurait pourtant bien mérité quelques lignes. On n'est pas tous les jours victime d'un hold-up, même raté. D'un autre côté, Rimbaud qui conduisait de harassantes caravanes à travers l'Ogaden eut un jour son cheval dévoré par un lion. Et il ne juge pas utile de le signaler dans son courrier. C'est par le témoignage d'un des aventuriers qui croisaient dans les parages qu'on a appris ce fait divers, avec quoi, à la fin du XIXe siècle où il restait des blancs sur les cartes, où Stevenson abordait sur un rivage du Pacifique peuplé des derniers anthropophages, on se serait empressé de faire la couverture de *L'Illustration*, par exemple, un fauve, gueule ouverte, plantant ses crocs dans l'encolure du cheval, et le cavalier à terre, dans son uniforme blanc et coiffé de son casque colonial, levant des bras épouvantés. Et on aurait tremblé du côté de Charleville.

Une des propriétés de l'écriture, c'est qu'il suffit de se saisir d'un fil, de tirer et c'est tout un écheveau qui vient. Vous tirez sur le fil pompiste de nuit, et hop, trois voyous. Et puis tiens, un ancien champion cycliste que je reconnus après son départ en lisant son nom sur un chèque, et les visites du boulanger qui s'ennuyait dans son fournil, et les confidences des noctambules éméchés, et puis l'entrée de cette jolie jeune femme qui s'inquiétait de savoir si j'avais de quoi nourrir son chien. La station disposait d'un petit rayon d'épicerie, où l'on trouvait quelques conserves, biscuits, sucreries, sodas, mais sa principale raison d'être, et son meilleur rapport, c'étaient les boissons alcoolisées. Certains achetaient et ingurgitaient devant moi une bouteille de cognac pour se mettre en condition avant de rentrer dans la boîte de nuit, de l'autre côté de la rue, où elle était facturée au centuple, me laissant gracieusement le flacon et quelques vapeurs d'alcool pendant qu'ils traversaient gaiement le boulevard vers le néon bleu clignotant. Pour le reste, ampoules, courroies, essuie-glaces, joints, bougies, huiles, inutile de me demander quoi que ce soit, j'étais déjà bien content de ne pas confondre une jante et un volant, même si je réussis — minute de gloire — à réparer un clignotant défectueux (tu dévisses, tu replaces le fil dans la cosse et tu revisses). Mais en ce qui concernait la nourriture pour chiens, j'étais désolé. Rien pour eux. Que de vieux pneus.

Et nous aurions dû en rester là. Mais je viens du petit commerce où on se plie en quatre pour satisfaire le client. Et j'en aurais fait autant pour une vieille dame moustachue, mais il se trouve que cette amie des animaux était gracieuse, sourire sincère, yeux clairs, cheveux blonds relevés sans façon sur l'arrière de la tête, vêtue d'une salopette lilas qui était un des classiques de la garde-robe des marginaux, et fort peu en dessous, de sorte que lorsqu'elle se penchait je ne pouvais m'empêcher de glisser un œil sur ses seins dorés. De plus elle ne semblait pas être découragée par ma compagnie. Aussi je la rassurai de mon mieux, nous allions certainement trouver une solution pour son chien. Elle eut l'air de m'en savoir gré et nous commençâmes l'inventaire du magasin. Elle ne paraissait pas pressée de retrouver son compagnon, parut même gênée quand il fit irruption dans la boutique, après avoir fait le plein. Elle l'invita à promener (un nom de chien), comme si elle lui en voulait d'avoir interrompu notre échange. Nous étions à présent, tête contre tête à détailler le contenu des boîtes de conserve, à déchiffrer les étiquettes pour connaître le pourcentage de viande dans le cassoulet, la choucroute, la daube, le bœuf bourguignon. Et peut-être qu'en vidant les raviolis de leur farce ? Rien d'autre, mais ce sentiment suspendu de se tenir sur une ligne de crête, de profiter de chaque seconde qui nous était chichement comptée, de goûter le moindre frôlement, et que sur un seul mot, la seule croisée d'un regard, nous aurions pu dans l'instant partir tous les deux en courant, main dans la main, laissant le combiné à son compagnon, et ma caisse aux voyous. Et plus tard, dans un cabanon au milieu des pins, une fois bien installés, faire venir le chien.

Dans la mansarde, après un mois ou deux de service de nuit, la vie reprit son cours diurne. La compagne des jours tristes, entre l'écriture de deux nouvelles, continuait de pétrir les sujets d'une autre cour d'échecs pour laquelle on lui avait passé commande. Assis en face d'elle, comme on donne aux malades mentaux à s'occuper les mains (plus tard, alors que nous étions séparés, elle m'avoua avoir pris rendez-vous pour moi chez un psychiatre afin d'évoquer mon cas, impuissante à enrayer cette lente descente dans les limbes, vers une dissolution définitive, le spécialiste se montrant formel, on ne peut rien pour lui, il s'en sortira seul, ou pas), je découpais des petites maisons de carton, à l'architecture dépliée, dotée de fines languettes à coller sur les bords pour en reconstituer le volume, et que proposaient à plat sur leur verso les grandes boîtes d'une purée en flocons. Tout un village provençal à recomposer pour lequel je renouai avec le régime de mon enfance aussi longtemps qu'il me manqua un modèle. Parmi les maisons aux murs ocre ou rosés et aux toits de tuiles, j'en avais élu une pour son cyprès dépassant du toit et sa tour carrée dont j'avais fait la chambre d'amour. C'était ma maison de Maures, comme Balzac épinglait sur son mur les noms de tableaux de maîtres qu'il ne posséderait jamais.

La fiancée venait de me commander ce texte sur Apollinaire, et je ne savais pas encore que ses demandes d'entrevues n'étaient pas toutes justifiées par l'intérêt qu'elle portait à l'avancement de mon travail. Dans notre échange elle avait évoqué qu'elle préparait un autre ouvrage sur Éluard pour lequel elle cherchait un préfacier. Si j'avais une suggestion à lui faire. Me vint aussitôt à l'esprit, comme remonté des profondeurs, Rezvani qui dans *Le Testament amoureux* disait avoir illustré un de ses recueils de poèmes. Je ne sais plus si la chose avait abouti, mais ils avaient suffisamment bavardé pour qu'Éluard lui confie l'origine de cette terre « bleue comme une orange » : dans un saladier une orange gâtée avec ses continents de moisissures. J'étais heureux à cette occasion de le voir resurgir, de rendre ainsi une part de ma dette à l'auteur des *Années-lumière* que j'avais délaissé en cours de route, peut-être parce qu'il avait été le témoin de mes années sombres, de même que les tyrans effacent sur les photos les compagnons de la première heure, ceux qui ont assisté aux errements et aux balbutiements du chef en devenir et à qui celui-ci ne peut pas en raconter. Ce qui était injuste, cette mise à l'écart, alors qu'il avait beaucoup compté dans mon projet d'écriture. Récit autobiographique, grand-père fantasque, il n'y a pas à chercher bien loin. Et il est un col de fourrure resserré frileusement autour du cou dans mes *Champs d'honneur*, qui renvoie directement au geste gracieux de Lula, sous la neige, place de la Concorde dans les dernières pages de son premier roman.

Nous nous étions donné rendez-vous à la terrasse d'un café parisien, celui-là même au trottoir éventré où elle avait glissé dans la conversation que Lou avait eu bien de la chance de croiser à Nîmes la route d'un apprenti artilleur nommé Apollinaire (et moi pensant à ce moment, est-ce qu'elle veut me faire passer quelque chose ?). Pour la convaincre du choix de mon préfacier, je lui avais apporté *Le Roman d'une maison* où Rezvani parle de son palais d'été qui avait accueilli pendant si longtemps, au milieu des chênes-lièges, des chats et des feux de forêt, sa fabuleuse histoire d'amour avec Lula. La fiancée connaissait cette maison au point de la nommer : La Béate, ce qui voulait dire qu'elle faisait partie de ce cercle de rêveurs secrets qui attendent de la vie qu'elle leur donne un lieu pour aimer. Ce qui était bon signe et me prouvait que j'avais vu juste. Mais, pour l'heure, je ne voyais rien de sa passion retenue derrière son beau visage impassible. J'ignorais qu'elle se consumait pour moi, ce qu'avant elle je n'aurais jamais osé écrire, doutant toujours d'être aimable, estimant qu'une telle confession ne pouvait relever que de la forfanterie. Comment pouvait-on prétendre une chose pareille ? Iggy Pop, qui ne fait pas tant de manières, chante simplement dans un refrain : *She loves me, miss Argentina*, et l'écoutant je crois vraiment que la plus belle fille d'Argentine est tombée amoureuse de ce cinglé magnifique. Elle m'aimait et s'empêchait de me le faire savoir, et ne pouvant renoncer à son amour, inventait ces rendez-vous de travail. Et moi, je ne comprenais rien, ne voyais rien. J'étais entré volontairement dans une phase de renoncement dont je pensais qu'elle serait définitive, pour une raison différente d'autrefois, mais qui me commandait aujourd'hui de ne plus rien attendre, d'abandonner mes songes (« Si je pouvais néanmoins cesser d'être harcelé par des songes. Bayard, sommé de rendre une place, répondit : "Attendez que j'aie fait un pont de corps morts, pour pouvoir passer avec ma garnison." Je crains qu'il ne me faille, pour sortir, passer sur le ventre de mes chimères » — Chateaubriand, mon frère François), estimant que j'avais déjà beaucoup de chance d'être attablé dans ce mois de juin ensoleillé à côté de la lumineuse femme blonde. Mais renoncé, vraiment ? Il faut croire qu'une partie de moi ne s'était pas complètement rendue puisque, à mots couverts, lui offrant le roman de cette maison, j'exhumais pour elle ma rêverie la plus lointaine, la plus tenace, la plus nue, mon rêve d'amour. Mais elle non plus ne l'entendit pas. Du moins pas cette fois. Et je n'ai pas pensé qu'elle serait la reine de mon palais d'été.

C'est pourtant de ce moment que j'ai commencé de me retourner. Ce *Roman d'une maison*, avant de l'offrir, je l'avais parcouru très vite, comme la remémoration rapide d'une histoire ancienne mais aujourd'hui désactivée, de crainte sans doute de soulever les pans de noirceur qui recouvraient ces années, de voir resurgir ma lancinante rêverie comme une remontée de larmes. Mais le destin est insistant, qui plaçait à présent sur un coin d'étal, dans ce village perché de Provence, l'autre ouvrage témoin de ma traversée des ténèbres. Je savais que je n'aurais même pas le courage de l'ouvrir, il était porteur de trop de souffrances, de trop de mal-être, car ce que raconte le texte originel et que j'avais oublié, c'est que régulièrement je me cognais la tête contre les murs, ou plutôt contre la porte, ce qui prouve que je n'avais pas complètement perdu tout bon sens, sinon je me serais ouvert le crâne, mais pas un signe de bonne santé mentale, non plus — et on comprend que la compagne des jours tristes ait songé à consulter pour moi un spécialiste des fous. L'impression de vivre enfermé dans une cellule dont je désespérais de sortir, réagissant comme ces prisonniers qui pour faire entendre leur cause s'ouvrent les veines ou avalent des morceaux de verre, et ma cause, j'aurais été bien en peine de l'exposer, qu'avez-vous à faire valoir pour votre défense, et j'aurais balbutié, rien, tenant pour pas grand-chose cette idée que j'avais de moi, juste une intuition sans preuve. Et cette vie me faisait perdre pied, qui n'avait pour satisfaction immédiate que le bon tour qu'elle jouait aux normes et aux conventions sociales, ce pied de nez à l'idée que la plupart se faisaient de la réussite et du bien-être qui de fait m'indifférait, vous ne m'attraperez jamais, disait-elle, mais à quel prix, cette dérobade. C'était tout ce flot de houle noire qui remontait à la vue de ce livre ironiquement intitulé *Savoir revivre*, et je ne pus me retenir de poser ma main à plat sur la couverture, comme un signe de reconnaissance, et presque de compassion au souvenir de ces années. Le bouquiniste qui parlait avec un client a repéré mon geste, et m'a adressé un petit sourire de connivence. Je me suis contenté de lui rendre son sourire, et je me suis vite éloigné.

C'est l'évocation subliminale de ce livre qui a levé un pan d'ombre sur mon interlocutrice à la lèvre supérieure ombrée. Je me souvenais vaguement d'elle à présent, à défaut de son prénom qu'elle guettait en vain sur mes lèvres, ce qui, je le sentais bien à ses regards appuyés, la peinait. Mais une pionnière de jadis. Sa maison glaciale en hiver chauffée par une cheminée qui amenait plus de froid par son conduit que de chaleur, ses chandails maison qui niaient ses formes, ses plats macrobiotiques qui visiblement n'avaient pas la recette de l'éternelle jeunesse, son gâteau aux carottes qui remplaçait avantageusement l'éclair au chocolat, et au lieu du vin pour accompagner le tout, une tisane de thym. Et puis par recoupements, je l'ai revue, sur l'agrandissement d'une photo de son compagnon, affichée au mur de la grande pièce à vivre, éclatante de jeunesse, alanguie dans un fauteuil club, regardant par la fenêtre ouverte au moment où un souffle de vent soulève le voilage, une jambe négligemment passée par-dessus l'accoudoir pour laisser son sexe respirer, deux larges disques sombres sur sa lourde poitrine. C'était difficile de l'imaginer aujourd'hui dans la même position. J'ai pensé à ma beauté blonde qui me rejoignait dans les chambres d'hôtel de sa ville, à ses petits seins qu'à sa demande je presse entre mes lèvres pour en faire se dresser les pointes, à nos échanges de salive, à ses cuisses généreusement ouvertes, à son beau visage qui dans le plaisir s'anime d'un sourire que je ne lui connais que là, et comment brusquement, alors que je suis sur elle, elle se retourne, engouffrant la tête dans l'oreiller. Elle aime se promener nue devant moi dans la chambre après l'amour, gagnant sans précipitation la salle de bains, me laissant admirer tout ce dont j'ai profité en détail sans pouvoir bénéficier d'une vue d'ensemble, la courbure de ses reins et son cou de girafe, ses jambes parfaites et sa délicate poitrine qui reprend un peu de volume quand se lève ma lumineuse fiancée juive et son corps de reine. Et à ce moment, je suis conscient que je contemple ma chance, qu'elle me rembourse au centuple de mes années tristes, que tout valait la peine. Elle est cette absolue merveille venue à moi, timide, le cou rentré dans les épaules, tête baissée, regard en dessous, serrant ses livres entre ses bras, alors que j'attendais derrière une petite table un hypothétique lecteur et que, me prenant en pitié, le libraire s'obligeait à me faire la conversation, lequel s'écarta, soulagé, à l'arrivée de la beauté blonde.

De ce moment, de ce qui s'est joué pour elle, il lui reviendra de témoigner : l'évidence massive et soudaine de la rencontre, cet homme-là, se dit-elle, le barrage de ses sentiments qu'elle endigue au prix de sa santé, les longs mois de chagrin, la crainte de ne pas être aimée, mais quand enfin pour tous deux la lumière se fit, ma rémanente rêverie avait un visage, le plus beau, le plus émouvant des visages, celui que je pris dans mes mains sur le quai de la gare du Nord où pour la première fois, tout malentendu levé, nous nous retrouvions dans cette configuration nouvelle où la Voie lactée s'entrouvre pour permettre à la tisserande de rejoindre son bouvier. Et j'étais tellement absorbé par la contemplation de ce pur miracle que j'en aurais oublié mes premiers mots, si elle ne me les rappelait chaque fois que nous évoquons les étapes de notre chemin l'un vers l'autre, mots murmurés à son oreille, après que j'avais déposé un baiser au coin de ses lèvres, tandis que nous nous serrions au milieu de la foule des voyageurs : Je tremble, ma chérie.

C'était certainement injuste pour mon interlocutrice. Car après tout, elle devait me rendre deux ou trois ans, tout au plus. Dans une autre vie j'aurais peut-être été à ses côtés, vieillissant auprès d'elle et n'osant pas exiger qu'elle épile ces vilains poils rebelles au-dessus de sa lèvre, de crainte de la vexer, et du coup baissant les yeux pour ne pas les croiser. C'était comme si ma vie avait continué et pas la sienne, arrêtée quelque part dans une bouffée de jeunesse, où elle pouvait s'exposer nue, sans gêne, au regard de ses proches. Depuis elle avait replié ses années fiévreuses et les avait rangées en haut de l'armoire, au lieu que moi, l'intimidé permanent, j'étais parti à la découverte de mon nouvel univers. Comment lui expliquer que ses années d'élection n'avaient pas provoqué le même éblouissement en moi, que je ne m'y étais pas senti à ma place, pas les mêmes rêves, pas les mêmes adorations, et que maintenant seulement, la fiancée à mon bras, qui ne l'est pas vraiment, mais enfin considérons qu'elle l'est, il me semblait que mon tour de bonheur était arrivé.

À dire vrai je ne savais rien de ce qui s'était passé pour elle, et peut-être avait-elle profité pleinement des années qui avaient suivi, mais j'en doutais. Ses années de jeunesse restaient comme l'acmé de sa vie. Elle en gardait une nostalgie poignante dont elle cherchait un écho dans mes yeux. Il y avait sans doute eu une dernière séance de nu qu'avait arrêtée, dans la pénombre rougeoyante de la salle de développement aménagée au grenier, l'apparition au fond du bac, sur la feuille de carton glacé immergée dans le révélateur, livrant peu à peu son implacable vision du monde, de plis de cellulite sur les fesses. Ou peut-être était-ce le résultat tout simplement d'un manque d'amour, d'un désintérêt pour son corps, le compagnon se spécialisant dès lors dans les natures mortes, ou remisant définitivement son boîtier, ne trouvant pas la même excitation à photographier sous toutes les coutures, trois noix et une pomme artistiquement arrangées sur la margelle d'un puits. Quant à convaincre des jeunes femmes de poser pour lui, ça demandait beaucoup de compréhension de la part de la presque répudiée, beaucoup d'audace aussi du photographe qui avait surtout profité de l'intimité du couple pour s'aventurer dans ces domaines interdits. Mais cette façon de me dévisager qui attendait un signe de reconnaissance, cette crainte que nos chemins aient tellement bifurqué qu'elle n'ait plus laissé aucune trace dans mon souvenir — tout lui renvoyait sa jeunesse envolée. J'étais à ses yeux celui dont on disait qu'il recueillait les traces, et d'elle je n'avais rien conservé. Elle se nomma, et je m'en voulus de l'obliger à cette reddition par quoi elle enterrait définitivement ses dernières illusions, ce qui signifiait qu'elle était devenue méconnaissable, que plus rien ne subsistait de ses années glorieuses. J'ai demandé avec beaucoup de précaution si son compagnon faisait toujours de la photo, histoire de me rattraper, de montrer que je me souvenais parfaitement d'elle à présent. Après avoir longtemps résisté — je me rappelais qu'en son temps il refusait la couleur, prétextant que seul le noir et blanc était artistique — il s'était décidé à passer à la photo numérique qu'il retraitait sur son ordinateur. Je n'ai pas osé lui demandait si elle posait toujours pour lui.

De la même façon j'avais reçu la lettre d'un ancien camarade de faculté qui pensait s'être reconnu dans le personnage de Gyf, héros d'un de mes romans. Je ne lui avais emprunté que quelques traits, sans nuances, et sans doute ne se serait-il pas manifesté si la fille d'une de ses anciennes compagnes, devenue journaliste dans *Le Dauphiné*, ne m'avait proposé un entretien pour une radio locale, alors que je ne m'étais pas encore lancé dans l'écriture de ce roman, m'offrant sur un plateau une figure oubliée et un surnom qui m'était sorti de l'esprit mais qui, par une homophonie voisine, allait devenir Gyf. Ce jour-là, un véritable déluge s'abattait sur la ville, une pluie dense, épaisse, à ne pas risquer un nez dehors sous peine d'être non seulement trempé jusqu'aux os, mais écrasé sous le poids de l'eau, une masse liquide qui avait plongé la cité dans une lumière crépusculaire, dissuadant quiconque de pousser jusqu'à la librairie pour rencontrer l'auteur. De fait, il ne rentrait personne, nous laissant tout le temps de bavarder. La jeune femme était souriante, pleine de cet entrain propre à la jeunesse qui se lance dans la vie, et après en avoir fini avec les questions d'usage, pourquoi ce livre, qu'est-ce qui vous a poussé à l'écrire, alors qu'elle avait éteint son magnétophone et que la conversation prenait un tour plus libre : Mon beau-père vous a bien connu, vous étiez amis à l'université.

Il me fallut un peu de temps avant de faire le point et voir se dessiner un visage. Mais oui, il me revenait maintenant, des cheveux longs raides, foncés, plutôt gras, des lunettes de révolutionnaire russe et un petit nez rond. Même si je n'étais pas sûr qu'on pût parler d'une réelle amitié, ou peut-être — je n'en sais toujours pas très long sur ce sujet. Mais une relation de quelques mois, courant sur une seule année universitaire, pendant lesquels ce garçon déluré, en phase avec son époque, s'était étrangement intéressé à moi. Étrangement car si j'étais l'ombre qui rase les murs il était un des soleils du campus. Dans mon souvenir, nous nous rencontrons quelquefois dans le petit café bondé, qui a vu son chiffre d'affaires, jusque-là assuré par des pêcheurs — la rivière coule à deux pas —, exploser depuis l'implantation d'une faculté des lettres au milieu des bois et l'apparition d'une clientèle jeune et bruyante. Comme il est situé sur le chemin qui mène à la cité universitaire, il constitue un point de passage obligé et un lieu de ralliement. Il faut beaucoup de temps au milieu de la cohue avant d'obtenir son café, et à moins de lancer sa commande d'une voix forte on peut rester une heure le bras levé à tenter d'accrocher le regard de la serveuse. Même si, à dire vrai, cette attente me donnait le prétexte de demeurer longtemps à ma place et pour peu qu'elle me permette d'apercevoir la très belle jeune fille arabe et mutique, aux longs cheveux lisses s'étalant par-dessus le châle posé sur ses épaules, qui se tenait immobile sur la banquette où elle avait ses habitudes, je n'insistais pas pour qu'on me serve mon express. Je ne crois pas avoir croisé une seule fois son regard, et ne saurai jamais si elle s'apercevait de mes marques d'intérêt que je voulais le plus discrètes possible, je n'ose même imaginer que je ne lui étais pas indifférent et qu'elle se prêtait de bonne grâce à ce petit jeu, ce qui serait une des ironies masquées dont la vie a le secret, même si une révélation tardive mettrait un peu de baume sur ma jeunesse triste. De toute manière je n'en attendais rien. Sinon ce qu'on retire, ce moment doux et apaisé, d'une contemplation pure. Une fois pourtant j'ai dérangé ce visage sans expression apparente, lorsqu'un camarade jovial retira prestement la chaise sur laquelle je m'apprêtais à m'asseoir, et qu'au moment où je m'écrasais dans le vide elle éclata de rire. Et je ne savais pas, alors que j'étais ridiculement à terre, si je devais me réjouir d'avoir obtenu un mouvement de joie sur son visage figé, ou me désoler d'avoir attiré son attention au prix d'une humiliation qui semblait me remettre à ma vraie place.

Le camarade n'était pas le modèle de Gyf pour qui ces farces de collégiens ne cadraient pas avec le sérieux que réclamait le combat en vue d'un monde meilleur. Je ne me souviens plus si nous parlions politique, mais sans doute un peu, puisque dans la rhétorique étudiante, toute discussion débouchait immanquablement sur la nécessité d'une révolution. D'une manière générale j'acquiesçais aux propos à teneur idéologique du seul fait de n'y comprendre rien. Mais une remarque de sa part témoigne que je m'y risquais de temps en temps. C'est même le seul souvenir précis que j'aie de lui, tous les autres, passés au moulinet de la fiction, ont perdu toute crédibilité, je ne sais même plus à quoi ressemblait mon père derrière le portrait que de livre en livre j'ai fait de lui — et ma mère prend le même chemin. Comme je m'étais enhardi à glisser que nous refaisions le monde au fond de nos verres : Tu n'es pas le premier, commenta-t-il, et extraordinairement, alors qu'il me semblait avoir produit un effet poétique inédit, je ne crois pas en avoir été vexé, ce qui démontre qu'il devait être bienveillant. Peut-être aussi que je ne voulais pas aggraver ma solitude. Je passais alors mon temps à tenter d'écrire dans ma chambre de la cité universitaire une pièce de théâtre dans laquelle j'imaginais le retour dans sa ville natale d'une sorte de double de Rimbaud, arborant pilon et bandeau de pirate sur l'œil (l'extraordinaire prémonition de l'adolescent fugueur, enfermé dans le grenier de la ferme de Roche, écrivant dans *Une saison en enfer*, vingt ans avant de revenir unijambiste de son calvaire éthiopien : « les femmes soignent ces féroces infirmes retour des pays chauds »). Elle me suit toujours, cette pièce, mais impossible d'en user comme du texte originel, quand je la parcours, je ne sais toujours pas de quoi il est question. Le plus clair de mes activités consistait surtout à attendre les heures des repas allongé sur le lit étroit de ma chambre d'étudiant, un transistor allumé posé sur la tablette, et coupant le long après-midi par la cérémonie du thé.

Dans sa lettre d'une dizaine de feuillets, il cite un professeur — la nouvelle de sa mort lui a remis en mémoire toute cette période. Je l'avais apprise aussi par un de ses anciens étudiants, à l'occasion d'une séance de dédicace, et j'en avais été peiné, car il était un des rares enseignants à avoir compté pour moi. Sous ses allures de dandy, c'était un auteur raté qui accumulait les manuscrits de pièces qu'il envoyait en vain aux comédiens et directeurs de théâtre, et dont il avait fini, à notre demande, par nous lire quelques passages. Fortement inspirée de Beckett et Ionesco, c'était l'histoire de frères siamois dont il imaginait, pour les besoins de la mise en scène, que, collés l'un contre l'autre, ils partageaient une seule et même botte. Il avait obtenu de créer un module intitulé « création littéraire » où nous étions dispensés de passer des examens, tout texte remis obtenant automatiquement la moyenne, ce qui n'était pas négligeable pour des étudiants moyennement studieux, et pour moi l'occasion de sortir de mon isolement et d'afficher mon ambition littéraire. Ainsi, c'était dans son cours que nous nous étions rencontrés. Du coup je comprenais mieux cette amitié dissemblable. Ce dévoilement public de nos écrits nous rapprochait, facilitait les confidences et les aveux. Je me souviens aussi d'un étudiant qui nous épatait avec ses montages habiles et drôles, et dont je découvris par la suite qu'ils étaient importés des techniques de l'Oulipo. Le modèle de Gyf écrivait-il ? Sans doute, mais je n'ai rien lu de lui que cette longue missive tardive. Il me semble qu'il s'intéressait davantage au cinéma. Il avait déjà réalisé un court-métrage, dont le scénario, bien dans l'esprit du temps, raconté par lui dans ce même café où nous nous retrouvions, m'avait laissé incrédule : un couple faisait l'amour dans un lit posé au milieu d'un champ, entouré de musiciens avec des fleurs dans les cheveux. Où l'on retrouve tous les thèmes en vogue : l'amour libre, le retour à la nature, et la pratique communautaire de la musique (mais ici, au lieu de tambourineurs, il avait placé un cercle de violonistes. Et nul besoin d'être ami avec un orchestre philharmonique, ceux-là faisaient semblant de jouer, la bande-son mêlant râles d'amour, citations poétiques et musique traditionnelle). Ce qui me rendait incrédule, c'est qu'une part majoritaire de moi trouvait le scénario parfaitement ridicule, mais qu'une autre, tout aussi sincère, se demandait si pour sortir, comme le dit Chateaubriand, je devrais en passer par là. Et j'en arrivais toujours à la même conclusion : pas de place pour moi. Dans sa lettre il me rappelait aussi des soirées arrosées que j'avais oubliées, et dont je n'étais pas loin de croire qu'il les avait plus ou moins inventées, car les détails qu'il me donnait ne soulevaient aucun écho en moi. Je serais allé chez lui. Mais où ? Est-ce qu'il n'habitait pas une maison en campagne ? Peut-être m'avait-il inclus au fil du temps, m'accordant rétrospectivement un rôle à la mesure de ce que j'étais devenu. De même que je lui avais prélevé quelques traits pour créer le personnage de Gyf, de même il avait fait de moi un personnage romanesque avec lequel il aurait partagé ses soirées de beuveries, quand je n'avais fait que frôler sa vie.

D'une certaine manière mon nouveau statut lui permettait une revalorisation de ses années de jeunesse, les justifiait en quelque sorte, redorait son panthéon d'amitié. Mais j'y trouvais aussi mon compte. D'être dépeint sous les traits d'un joyeux comparse n'était pas sans me procurer un secret plaisir. Je basculais du même coup du côté de l'imagerie étudiante, insouciante et chahuteuse. Peut-être que je réussissais à donner le change après quelques verres, d'autant que je ne supportais pas l'alcool, n'en buvant jamais. Peut-être que j'y croyais moi-même, et que je me laissais littéralement enivré par cette exultation inédite qui me faisait pour une fois participer à la liesse générale. Mais je ne suis quand même pas le plus mal placé pour savoir ce qu'il en a été vraiment pour moi de ces années d'études. Et la dominante, ce n'est pas la joie.

Il me détaillait aussi, et longuement, le roman de sa vie depuis que nos chemins s'étaient séparés. On y retrouvait les stations habituelles de la marginalité. Lui aussi avait tâté de la photo, puis du théâtre de rue, avant de se lancer dans la brocante avec sa compagne, en Auvergne ou dans le Limousin, ou plutôt l'aidant dans sa recherche d'objets puisque c'était son affaire à elle, autrement dit essayant de se rendre utile, et pendant tout ce temps noircissant des cahiers, envoyant des manuscrits qui lui revenaient avec la désespérante réponse toute faite dans laquelle on cherche le mot encourageant, en dépit de la valeur de votre texte, par exemple, le mot valeur faisant oublier presque la suite — ne nous intéresse pas —, autant d'activités communes à tout un monde marginal que je connaissais assez bien, ces enchanteurs d'autrefois qui finissaient par se glisser comme des coucous dans le lit d'une compagne travailleuse faute de subvenir eux-mêmes à leur entretien. Sa lettre, digne et désabusée, sans plainte, avait des accents testamentaires. Il jugeait lucidement son parcours qu'il estimait un ratage sur toute la ligne, mais de se retrouver en héros de roman lui valait une sorte de prix de consolation. Il avait laissé quelque chose de lui-même et m'en remerciait. Tu écris pour nous, disait-il, et dans le nous il fallait entendre tous ceux qui comme lui avaient rêvé d'un monde différent et avaient été englouti par des expériences hasardeuses. Le temps de se rendre compte qu'elles les menaient à une impasse, il était trop tard pour faire demi-tour. J'imagine que nous aurions poursuivi notre échange, même si je redoutais de possibles retrouvailles, mais, à peine le temps de me faire à cette idée, sa compagne m'annonçait bientôt sa mort aux abords de la cinquantaine. La cause en était une défaillance du cœur, ou un embouteillage vasculaire, ce que confirma sans doute sous le sceau de la science le médecin, mais je savais, moi, la vraie raison. Alors pour toi, mon camarade.

DU MÊME AUTEUR

Aux Éditions Gallimard

LA DÉSINCARNATION, *essai* (Folio n° 3769).

L'INVENTION DE L'AUTEUR, *roman* (Folio n° 4241).

L'IMITATION DU BONHEUR, *roman* (Folio n° 4590).

PRÉHISTOIRES, *essai* (Folio 2 € n° 5354).

LA FIANCÉE JUIVE.

LA FEMME PROMISE, *roman* (Folio n° 5056).

COMMENT GAGNER SA VIE HONNÊTEMENT, La vie poétique, I (Folio n° 5497).

UNE FAÇON DE CHANTER, La vie poétique, II, *roman*.

Aux Éditions de Minuit

LES CHAMPS D'HONNEUR, *roman*.

DES HOMMES ILLUSTRES, *roman*.

LE MONDE À PEU PRÈS, *roman*.

POUR VOS CADEAUX, *roman*.

SUR LA SCÈNE COMME AU CIEL, *roman*.

LES TRÈS RICHES HEURES, *théâtre*.

Aux Éditions Casterman

LES CHAMPS D'HONNEUR, *dessins de Denis Deprez*.

MOBY DICK, *dessins de Denis Deprez*.

Chez d'autres éditeurs

ROMAN-CITÉ *dans* PROMENADE À LA VILLETTE, *Cité des Sciences/Somogy*.

CARNAC OU LE PRINCE DES LIGNES, illustrations de Nathalie Novi, *Seuil*.

LES CORPS INFINIS, peintures de Pierre-Marie Brisson, *Actes Sud*.

LA BELLE AU LÉZARD DANS SON CADRE DORÉ, illustrations de Yan Nascimbene, *Albin Michel Jeunesse*.

SAGE PASSAGE À TANGER, aquarelles de Jean Leccia, *Domens*.

LA FUITE EN CHINE, *Les Impressions Nouvelles*, 2006.

SOUVENIRS DE MON ONCLE, *Éditions Naïve*, 2009.

ÉVANGILE SELON MOI, *Éditions Les Busclats*, 2010.

COLLECTION FOLIO

Dernières parutions

5234. Gustave Flaubert	*Un parfum à sentir ou Les Baladins* suivi de *Passion et vertu*
5235. Carlos Fuentes	*En bonne compagnie* suivi de *La chatte de ma mère*
5236. Ernest Hemingway	*Une drôle de traversée*
5237. Alona Kimhi	*Journal de Berlin*
5238. Lucrèce	*«L'esprit et l'âme se tiennent étroitement unis»*
5239. Kenzaburô Ôé	*Seventeen*
5240. P.G. Wodehouse	*Une partie mixte à trois* et autres nouvelles du green
5241. Melvin Burgess	*Lady*
5242. Anne Cherian	*Une bonne épouse indienne*
5244. Nicolas Fargues	*Le roman de l'été*
5245. Olivier Germain-Thomas	*La tentation des Indes*
5246. Joseph Kessel	*Hong-Kong et Macao*
5247. Albert Memmi	*La libération du Juif*
5248. Dan O'Brien	*Rites d'automne*
5249. Redmond O'Hanlon	*Atlantique Nord*
5250. Arto Paasilinna	*Sang chaud, nerfs d'acier*
5251. Pierre Péju	*La Diagonale du vide*
5252. Philip Roth	*Exit le fantôme*
5253. Hunter S. Thompson	*Hell's Angels*
5254. Raymond Queneau	*Connaissez-vous Paris?*
5255. Antoni Casas Ros	*Enigma*
5256. Louis-Ferdinand Céline	*Lettres à la N.R.F.*
5257. Marlena de Blasi	*Mille jours à Venise*
5258. Éric Fottorino	*Je pars demain*
5259. Ernest Hemingway	*Îles à la dérive*

5260. Gilles Leroy	*Zola Jackson*
5261. Amos Oz	*La boîte noire*
5262. Pascal Quignard	*La barque silencieuse (Dernier royaume, VI)*
5263. Salman Rushdie	*Est, Ouest*
5264. Alix de Saint-André	*En avant, route!*
5265. Gilbert Sinoué	*Le dernier pharaon*
5266. Tom Wolfe	*Sam et Charlie vont en bateau*
5267. Tracy Chevalier	*Prodigieuses créatures*
5268. Yasushi Inoué	*Kôsaku*
5269. Théophile Gautier	*Histoire du Romantisme*
5270. Pierre Charras	*Le requiem de Franz*
5271. Serge Mestre	*La Lumière et l'Oubli*
5272. Emmanuelle Pagano	*L'absence d'oiseaux d'eau*
5273. Lucien Suel	*La patience de Mauricette*
5274. Jean-Noël Pancrazi	*Montecristi*
5275. Mohammed Aïssaoui	*L'affaire de l'esclave Furcy*
5276. Thomas Bernhard	*Mes prix littéraires*
5277. Arnaud Cathrine	*Le journal intime de Benjamin Lorca*
5278. Herman Melville	*Mardi*
5279. Catherine Cusset	*New York, journal d'un cycle*
5280. Didier Daeninckx	*Galadio*
5281. Valentine Goby	*Des corps en silence*
5282. Sempé-Goscinny	*La rentrée du Petit Nicolas*
5283. Jens Christian Grøndahl	*Silence en octobre*
5284. Alain Jaubert	*D'Alice à Frankenstein (Lumière de l'image, 2)*
5285. Jean Molla	*Sobibor*
5286. Irène Némirovsky	*Le malentendu*
5287. Chuck Palahniuk	*Pygmy* (à paraître)
5288. J.-B. Pontalis	*En marge des nuits*
5289. Jean-Christophe Rufin	*Katiba*
5290. Jean-Jacques Bernard	*Petit éloge du cinéma d'aujourd'hui*
5291. Jean-Michel Delacomptée	*Petit éloge des amoureux du silence*

5292. Mathieu Terence	*Petit éloge de la joie*
5293. Vincent Wackenheim	*Petit éloge de la première fois*
5294. Richard Bausch	*Téléphone rose* et autres nouvelles
5295. Collectif	*Ne nous fâchons pas! Ou L'art de se disputer au théâtre*
5296. Collectif	*Fiasco! Des écrivains en scène*
5297. Miguel de Unamuno	*Des yeux pour voir*
5298. Jules Verne	*Une fantaisie du docteur Ox*
5299. Robert Charles Wilson	*YFL-500*
5300. Nelly Alard	*Le crieur de nuit*
5301. Alan Bennett	*La mise à nu des époux Ransome*
5302. Erri De Luca	*Acide, Arc-en-ciel*
5303. Philippe Djian	*Incidences*
5304. Annie Ernaux	*L'écriture comme un couteau*
5305. Élisabeth Filhol	*La Centrale*
5306. Tristan Garcia	*Mémoires de la Jungle*
5307. Kazuo Ishiguro	*Nocturnes. Cinq nouvelles de musique au crépuscule*
5308. Camille Laurens	*Romance nerveuse*
5309. Michèle Lesbre	*Nina par hasard*
5310. Claudio Magris	*Une autre mer*
5311. Amos Oz	*Scènes de vie villageoise*
5312. Louis-Bernard Robitaille	*Ces impossibles Français*
5313. Collectif	*Dans les archives secrètes de la police*
5314. Alexandre Dumas	*Gabriel Lambert*
5315. Pierre Bergé	*Lettres à Yves*
5316. Régis Debray	*Dégagements*
5317. Hans Magnus Enzensberger	*Hammerstein ou l'intransigeance*
5318. Éric Fottorino	*Questions à mon père*
5319. Jérôme Garcin	*L'écuyer mirobolant*
5320. Pascale Gautier	*Les vieilles*
5321. Catherine Guillebaud	*Dernière caresse*
5322. Adam Haslett	*L'intrusion*

5323. Milan Kundera	*Une rencontre*
5324. Salman Rushdie	*La honte*
5325. Jean-Jacques Schuhl	*Entrée des fantômes*
5326. Antonio Tabucchi	*Nocturne indien* (à paraître)
5327. Patrick Modiano	*L'horizon*
5328. Ann Radcliffe	*Les Mystères de la forêt*
5329. Joann Sfar	*Le Petit Prince*
5330. Rabaté	*Les petits ruisseaux*
5331. Pénélope Bagieu	*Cadavre exquis*
5332. Thomas Buergenthal	*L'enfant de la chance*
5333. Kettly Mars	*Saisons sauvages*
5334. Montesquieu	*Histoire véritable et autres fictions*
5335. Chochana Boukhobza	*Le Troisième Jour*
5336. Jean-Baptiste Del Amo	*Le sel*
5337. Bernard du Boucheron	*Salaam la France*
5338. F. Scott Fitzgerald	*Gatsby le magnifique*
5339. Maylis de Kerangal	*Naissance d'un pont*
5340. Nathalie Kuperman	*Nous étions des êtres vivants*
5341. Herta Müller	*La bascule du souffle*
5342. Salman Rushdie	*Luka et le Feu de la Vie*
5343. Salman Rushdie	*Les versets sataniques*
5344. Philippe Sollers	*Discours Parfait*
5345. François Sureau	*Inigo*
5346 Antonio Tabucchi	*Une malle pleine de gens*
5347. Honoré de Balzac	*Philosophie de la vie conjugale*
5348. De Quincey	*Le bras de la vengeance*
5349. Charles Dickens	*L'Embranchement de Mugby*
5350. Epictète	*De l'attitude à prendre envers les tyrans*
5351. Marcus Malte	*Mon frère est parti ce matin...*
5352. Vladimir Nabokov	*Natacha et autres nouvelles*
5353. Conan Doyle	*Un scandale en Bohême* suivi de *Silver Blaze. Deux aventures de Sherlock Holmes*
5354. Jean Rouaud	*Préhistoires*
5355. Mario Soldati	*Le père des orphelins*
5356. Oscar Wilde	*Maximes et autres textes*

5357. Hoffmann	*Contes nocturnes*
5358. Vassilis Alexakis	*Le premier mot*
5359. Ingrid Betancourt	*Même le silence a une fin*
5360. Robert Bobert	*On ne peut plus dormir tranquille quand on a une fois ouvert les yeux*
5361. Driss Chraïbi	*L'âne*
5362. Erri De Luca	*Le jour avant le bonheur*
5363. Erri De Luca	*Première heure*
5364. Philippe Forest	*Le siècle des nuages*
5365. Éric Fottorino	*Cœur d'Afrique*
5366. Kenzaburô Ôé	*Notes de Hiroshima*
5367. Per Petterson	*Maudit soit le fleuve du temps*
5368. Junichirô Tanizaki	*Histoire secrète du sire de Musashi*
5369. André Gide	*Journal. Une anthologie (1899-1949)*
5370. Collectif	*Journaux intimes. De Madame de Staël à Pierre Loti*
5371. Charlotte Brontë	*Jane Eyre*
5372. Héctor Abad	*L'oubli que nous serons*
5373. Didier Daeninckx	*Rue des Degrés*
5374. Hélène Grémillon	*Le confident*
5375. Erik Fosnes Hansen	*Cantique pour la fin du voyage*
5376. Fabienne Jacob	*Corps*
5377. Patrick Lapeyre	*La vie est brève et le désir sans fin*
5378. Alain Mabanckou	*Demain j'aurai vingt ans*
5379. Margueritte Duras François Mitterrand	*Le bureau de poste de la rue Dupin* et autres entretiens
5380. Kate O'Riordan	*Un autre amour*
5381. Jonathan Coe	*La vie très privée de Mr Sim*
5382. Scholastique Mukasonga	*La femme aux pieds nus*
5383. Voltaire	*Candide ou l'Optimisme. Illustré par Quentin Blake*
5384. Benoît Duteurtre	*Le retour du Général*

5385. Virginia Woolf	*Les Vagues*
5386. Nik Cohn	*Rituels tribaux du samedi soir et autres histoires américaines*
5387. Marc Dugain	*L'insomnie des étoiles*
5388. Jack Kerouac	*Sur la route. Le rouleau original*
5389. Jack Kerouac	*Visions de Gérard*
5390. Antonia Kerr	*Des fleurs pour Zoë*
5391. Nicolaï Lilin	*Urkas ! Itinéraire d'un parfait bandit sibérien*
5392. Joyce Carol Oates	*Zarbie les Yeux Verts*
5393. Raymond Queneau	*Exercices de style*
5394. Michel Quint	*Avec des mains cruelles*
5395. Philip Roth	*Indignation*
5396. Sempé-Goscinny	*Les surprises du Petit Nicolas. Histoires inédites-5*
5397. Michel Tournier	*Voyages et paysages*
5398. Dominique Zehrfuss	*Peau de caniche*
5399. Laurence Sterne	*La Vie et les Opinions de Tristram Shandy, Gentleman*
5400. André Malraux	*Écrits farfelus*
5401. Jacques Abeille	*Les jardins statuaires*
5402. Antoine Bello	*Enquête sur la disparition d'Émilie Brunet*
5403. Philippe Delerm	*Le trottoir au soleil*
5404. Olivier Marchal	*Rousseau, la comédie des masques*
5405. Paul Morand	*Londres* suivi de *Le nouveau Londres*
5406. Katherine Mosby	*Sanctuaires ardents*
5407. Marie Nimier	*Photo-Photo*
5408. Arto Paasilinna	*Le potager des malfaiteurs ayant échappé à la pendaison*
5409. Jean-Marie Rouart	*La guerre amoureuse*
5410. Paolo Rumiz	*Aux frontières de l'Europe*
5411. Colin Thubron	*En Sibérie*
5412. Alexis de Tocqueville	*Quinze jours dans le désert*

5413. Thomas More	*L'Utopie*
5414. Madame de Sévigné	*Lettres de l'année 1671*
5415. Franz Bartelt	*Une sainte fille et autres nouvelles*
5416. Mikhaïl Boulgakov	*Morphine*
5417. Guillermo Cabrera Infante	*Coupable d'avoir dansé le cha-cha-cha*
5418. Collectif	*Jouons avec les mots. Jeux littéraires*
5419. Guy de Maupassant	*Contes au fil de l'eau*
5420. Thomas Hardy	*Les Intrus de la Maison Haute* précédé d'un autre conte du Wessex
5421. Mohamed Kacimi	*La confession d'Abraham*
5422. Orhan Pamuk	*Mon père et autres textes*
5423. Jonathan Swift	*Modeste proposition et autres textes*
5424. Sylvain Tesson	*L'éternel retour*
5425. David Foenkinos	*Nos séparations*
5426. François Cavanna	*Lune de miel*
5427. Philippe Djian	*Lorsque Lou*
5428. Hans Fallada	*Le buveur*
5429. William Faulkner	*La ville*
5430. Alain Finkielkraut (sous la direction de)	*L'interminable écriture de l'Extermination*
5431. William Golding	*Sa majesté des mouches*
5432. Jean Hatzfeld	*Où en est la nuit*
5433. Gavino Ledda	*Padre Padrone. L'éducation d'un berger Sarde*
5434. Andrea Levy	*Une si longue histoire*
5435. Marco Mancassola	*La vie sexuelle des super-héros*
5436. Saskia Noort	*D'excellents voisins*
5437. Olivia Rosenthal	*Que font les rennes après Noël ?*
5438. Patti Smith	*Just Kids*

Composition I.G.S.
Impression Maury-Imprimeur
45330 Malesherbes
le 15 octobre 2012.
Dépôt légal : octobre 2012.
Numéro d'imprimeur : 176336.

ISBN 978-2-07-044843-2. / Imprimé en France.